Kai Magnus Sting
Die Ausrottung der Nachbarschaft

Vom Autor bisher bei KBV erschienen:

Leichenpuzzle

Kai Magnus Sting, geboren 1978, schreibt Kabarettprogramme, Hörspiele, Kriminalromane, Kurzgeschichten und Kolumnen für Radio und Zeitung. Seit über zwanzig Jahren ist er mit seinen Bühnenprogrammen auf Tournee, produziert Live-CDs und Hörspiele, ist im Fernsehen zu bestaunen und im Radio zu hören und hat für seine kabarettistischen Arbeiten zahlreiche Preise gewonnen.

Was gehen mir meine dämlichen Nachbarn auf den Sack. Selten solch eine Dummheit, Blödheit, Arroganz, Eitelkeit und Verbohrtheit – und damit habe ich mich nur auf die positiven Dinge konzentriert – auf einem Haufen erlebt. Und das Verrückte dabei: dasselbe denken die auch über mich. Nur gut, dass die Leute nicht immer so dürfen, wie sie wollen und gerne können würden. Man käme aus dem Metzeln ja gar nicht mehr heraus.

Alfons Friedrichsberg

Dies ist ein Roman und kein Leitfaden – auch kein erzählendes Sachbuch! Personen und Handlungen sind frei erfunden. Ähnlichkeiten mit lebenden oder verstorbenen Personen sind rein zufällig und nicht beabsichtigt. Des Weiteren distanziert sich der Autor mit Nachdruck von den Meinungen und Äußerungen der auftretenden Personen. Auch möchte er klarstellen, dass solche Nachbarschaften ausschließlich der Phantasie entspringen können. Deshalb ist dieser Roman für alle, die schon mal ihre Nachbarn umbringen wollten. Und für die, die das noch vor sich haben. Also für alle.

2. Stock:
Holger u. Iris
1. Stock:
Fr. Siebenreich
EG:
Hr. u. Fr. Preibisch

2. Stock:
Hr. Nobel
1. Stock:
Fr. Hagen
EG:
Fr. Tellmann u. Fr. Bach

1. Stock:
Hr. u. Fr. Straaten
EG:
Fr. van Grecht
1. Stock:
Prof. Dr. Kaiser
EG:
Hr. Marzimke
Dachgeschoss:
Hr. Pistorius
1. Stock:
Hr. u. Fr. Laubengänger
EG:
Hr. Kolpmann
Fr. Blumenfeld
1. Stock:
Hr. u. Fr. Weißner
EG:
Otto
GIFT

Prolog oder Kapitel 0

Unzufällige Unfallzufälle oder: Anfang, ohne den das Ende nicht wäre

Es passieren mehr Morde als Haushaltsunfälle in den eigenen vier Wänden getarnt, als man sich vorstellen mag. Und es gehört schon eine gewisse Planung dazu, wenn man es so machen will, dass es nicht auffällt. Das ist die Kunst dabei: Das Geplante wie zufällig erscheinen lassen, in diesem Fall: zwei eiskalte Morde wie ein einziges Malheur. Also sie beim Fensterputzen so von der Leiter stoßen, dass sie aus der hübschen Penthousewohnung im siebten Stock auf den Bürgersteig klatscht, und ihn bei der samstäglichen Autopflege vom eigenen Wagen überrollen lassen. Eigentlich zwei urdeutsche Todesfälle. Und beides sollte so geschehen, dass es endgültig ist.

Das war der Plan. Leicht in die Tat umzusetzen, war er auch.

Es war ein wunderschöner Frühlingsnachmittag, einer der ersten angenehm warmen Tage, die Sonne schien, die Vögel zwitscherten, die Laubsauger bliesen lautstark durch die Vorgärten, manches wurde gekärchert, Kinder liefen von der Schule nach Hause, die Straßencafés waren stark frequentiert, die Menschen genossen die Wärme und die gute Luft.

Der Sommer stand vor der Tür. Und ihre Leiter zu nah am Fenster. Da hätte sie vorsichtiger sein sollen. Im Erdgeschoss hätte man ihr diese durchaus leichtsinnige Aktion noch durchgehen lassen. Aber nicht, wenn man die Fenster im siebten Stock putzen möchte. Natürlich, die Aussicht war phantastisch: vorne raus grün, hinten raus grün, rechts lag die Innenstadt und dahinter der Hafen, links der Zoo und der Wald.

Alles in allem eine sehr idyllische Wohngegend, die einem aber auch nichts mehr bringt, wenn man tot auf dem Asphalt liegt.

Inmitten der Idylle vernahmen die Nachbarn ein undefinierbares Geräusch.

Einige reagierten gar nicht darauf. Ein Mann stand auf, schaute alkoholumnebelt aus dem Fenster, sah die ganze Bescherung, zuckte mit den Schultern und legte sich zurück aufs Sofa; im Fernsehen lief eine Kochsendung, in der das zubereitet wurde, was in der Tiersendung davor vorgestellt wurde. Ein Jugendlicher zückte sein Mobiltelefon, drehte ein Videofilmchen und stellte es ins Netz. Eine Frau ließ vom Gemüseschneiden ab, schaute aus dem Fenster, erschrak, schüttelte den Kopf und schnitt weiter. Ein Kind, eigentlich mit Hausaufgaben beschäftigt, erschauderte so sehr, dass es sich über der Algebra erbrach. Und einer rief ganz einfach die Polizei.

Die eintreffenden Beamten und Ärzte hätten sich einen schöneren Nachmittag vorstellen können.

Auf dem Bürgersteig konnte man mit einigem Bemühen die Reste einer Frau erkennen. Also eigentlich nur den Oberkörper, denn der Kopf war aufgeplatzt, etwas Hirnmasse ausgetreten, ein Teil des Unterkiefers samt Kinn lag in einer Vogeltränke, ein Fuß mitsamt des Schienbeins hinter einem Gartenzwerg. Da hatten sie ordentlich was zusammenzufegen.

Erstaunlich, wie sich schon kurze Zeit nach dem Aufprall Raben und Tauben in den Ästen der umstehenden Bäume sammelten und neugierig die Szene betrachteten, begierig darauf, etwas Essbares zu erhaschen. Wenn man einmal Vögel dabei beobachten durfte, wie sie Totes auseinanderreißen, sieht man diese possierlichen Tiere mit ganz anderen Augen.

Später stellte man sich bei der Betrachtung des angeblichen Unfallortes die Frage: Wie ist es dazu gekommen? Sie hatten doch eine Zugehfrau, die kam einmal die Woche. Hätte die doch die Fenster putzen können. Nicht, dass es um die nicht auch schade gewesen wäre, wäre die aus dem Fenster gestürzt, das nicht. Aber sie war immerhin vierzig Jahre jünger. Mit Mitte 70 das Fenster putzen im siebten Stock ... so etwas macht man doch nicht mehr.

Und wer platzierte seine Leiter so nah ans Fenster? Vielleicht stand sie auch unachtsam und kippelig auf einer Teppichkante.

Einige Nachbarn waren der Meinung, wenn sie das vorher gewusst hätte, dass sie später tot auf dem Bürgersteig liegen würde, hätte sie die Leiter wahrscheinlich noch mal umgestellt.

Der Punkt dabei war allerdings: Sie hatte die Leiter nicht selber aufgestellt. Und sie stand auch nicht freiwillig drauf. Eigentlich hatte sie die Fenster überhaupt nicht geputzt. Im Leben wäre sie nicht auf die Idee gekommen, die Fenster zu putzen, bei ihrer Höhenangst. Und letztlich war sie auch nicht von sich aus hinausgestürzt.

Alles eine einzige Inszenierung.

Dennoch ging man von einem Haushaltsunfall aus.

Die meisten Todesfälle ereignen sich eben in den eigenen vier Wänden.

Natürlich auch außerhalb.

Er hatte mit Hausarbeit nichts am Hut. Er liebte die Natur und seinen Garten; sein Auto war sein ein und alles. Es war ein ungeschriebenes Gesetz, dass am Samstagmittag eine intensive Autopflege auf dem Programm stand, dass es fürs Wochenende fertig war und sie mit einem blitzblanken Wagen zu ihren Ausflügen aufbrechen konnten.

Zunächst fuhr er durch die Waschstraße, und dann stellte er seinen Wagen zu Hause vor die Türe und fing mit dem Polieren und den feineren Säuberungsarbeiten an.

Und er wollte einen Reifenwechsel vornehmen.

Man hatte ihm schon oft genug gesagt, er solle bei seiner Arbeit die Handbremse ziehen. Die Garageneinfahrt war nun mal abschüssig, wie leicht kann da so ein Mittelklassewagen zurückrollen. Und wie schnell liegt man drunter.

Er starb an seinen inneren Verletzungen.

Dass diesen Unfall niemand mitbekommen hatte, dass man ihn noch nicht einmal um Hilfe hatte schreien hören, konnte sich keiner erklären.

Es wusste ja auch niemand, dass er zunächst betäubt, dann unter seinen eigenen Wagen gelegt, dann erst der Wagenheber entfernt und er dann von seinem eigenen Fahrzeug überfahren und erdrückt wurde.

Diese gewichtige Belastung über viele Stunden, das überlebt niemand.

Eine Frau mit Hund gab später der Polizei zu Protokoll, dass sie ihn unter seinem Auto habe liegen sehen, als sie aus Gassigründen an der Garage vorbeigekommen sei. Aber der habe immer samstags unter seinem Wagen gelegen. Da habe sie gar nicht so drauf geachtet. Die Tatsache dieser Regelmäßigkeit mochte ja noch angehen, aber nicht die Dauer und der eigentliche Ort. Man liegt nicht freiwillig vier Stunden regungslos unter dem linken hinteren Wagenrad.

Unfälle. Beides.

So stand es jedenfalls in den Protokollen der Polizei.

Nette Menschen waren die beiden auch gewesen. Da geht man nicht von einer absichtsvollen, bösen Tat aus.

Waren sich die ermittelnden Behörden einig.

Waren sich auch die Nachbarn einig.

Alle.

Bei jedem Gespräch mit und unter den Nachbarn kam man zu dem Fazit: tragisch, diese Unfälle, aber doch zufällig.

Wie das Leben eben manchmal so spielen kann.

Schicksal.

Das einzig Seltsame blieb, dass beide innerhalb von nur einem Monat bei diesen tragischen Unfällen ums Leben kamen.

Jeder für sich alleine.

Und dabei waren sie 52 Jahre glücklich miteinander verheiratet gewesen. Nicht beide. Er mehr als sie.

Bei so viel Glück und Harmonie und Frieden ging keiner davon aus, dass sie umgebracht wurden.

Beide.

Und was keiner wissen konnte: dass diese beiden Todesfälle erst der Anfang der Ausrottung der Nachbarschaft sein sollten.

Kapitel 1

Coda im Tümpel

Eigentlich begann alles mit Prof. Dr. Kaiser im Gartenteich. Und dann nahm die Ausrottung der Nachbarschaft ihren Lauf.

Es war ein wunderschöner Sommermorgen. Der Rasen glänzte feucht in der aufgehenden Sonne, die Vögel zwitscherten vergnügt, froh ob der warmen Tage, und flogen von Ast zu Ast, Eichhörnchen schossen die Bäume hinauf und jagten wieder hinunter, alles lag in friedlicher Ruhe da.

So auch Kaiser. Denn das Einzige, was in dieser Gartenidylle wirklich störte, war ein Typ, der voll bekleidet, also in Anzug, Einreiher, Weste, Krawatte und Einstecktuch, Oberhemd, Lederschuhe, dort lag, wo er absolut nichts zu suchen hatte. Jedenfalls nicht in vollem Ornat, nicht derart mit Tauen, Seilen und Hölzern versehen und nicht zu dieser Uhrzeit. Außerdem lag Prof. Dr. Kaiser zu diesem Zeitpunkt schon einige Stunden so da.

Aufgefallen war er Herrn Laubengänger, der nur eben kurz die Essensreste gramgebeugt zum Kompost tragen wollte. Das machte er oft morgens, bevor er zur Arbeit fuhr. Schlafen konnte er eh schlecht, auf der Autofahrt zum Büro über die A 40 würde er sich nur wieder aufregen, da genoss er jeden morgendlichen Gang durch den Garten. Er war auch mühelos zum Kompost gekommen. Nur auf dem Rückweg war er buchstäblich über Kaiser gestolpert.

Noch nicht ganz wach, den ersten Bürokaffee jetzt schon herbeisehnend, blieb er am rechten Schienbein des Toten hängen, machte einen Satz nach vorne, erschrak kurz, drehte sich über die Schulter nach hinten, sagte kurz »Entschuldigen Sie bitte«, wollte wieder weiter, hielt dann aber inne, drehte sich zurück und traute seinen Augen nicht.

Wenn er das vorher gewusst hätte, so dachte er später an diesem Tag, hätte er seine Frau zum Kompost geschickt. Dann hätte er wenigstens im weiteren Verlauf des Tages seine Ruhe gehabt. Und nicht die Befragungen durch Polizeibeamte, immer wieder dieselben Wiederholungen und Aussagen.

Zurück zum Akademiker. Zum vollen Verständnis muss festgestellt werden: Prof. Dr. Kaiser lag nicht freiwillig im Gartenteich. Es gab ja mittlerweile die absonderlichsten Hobbys, da wunderte einen ja gar nichts mehr. Er lag dort auch nicht vollständig. Also nicht physisch komplett. Eigentlich nur mit einem Körperteil: nämlich dem Kopf.

Aber doch so, dass er nicht umhinkonnte, jämmerlich in seinem eigenen Tümpel zu ertrinken.

Man muss sich das so vorstellen: Prof. Dr. Kaiser lag auf dem Bauch mitten auf dem Rasen, sein Leib fixiert mithilfe eines stabilen Holzbretts, das quer über seinem Oberkörper lag, und an den Enden der Längsseiten an Pfählen tief in den Boden getrieben war, Arme und Beine weit von sich gestreckt und jeder Arm, jedes Bein, selbst Hände und Füße mit Tauen, Seilen und Schleifen an Heringen und Haken so im Erdreich verankert, dass eine körperliche Rührung, selbst die kleinste Bewegung vollkommen unmöglich war.

Wie der Gekreuzigte, nur eben horizontal. Und auch nicht gekreuzigt, sondern eher – wenn man das überhaupt sagen kann: geseilt.

Ein bizarres Bild.

Nun war diese bewegungslose Lage durchaus bewusst gewählt, fast schon liebevoll arrangiert, das Ganze. Denn der Geseilte, also Prof. Dr. Kaiser, lag mit Blickrichtung Teich in seinem Garten. Leider eine letale Blickrichtung, da ihm so sein Gartenteich näher stand, vielmehr lag, als gut für ihn war.

Er hatte seinen blöden Tümpel quasi auf Augenhöhe. Nasenspitzenhöhe, kann man fast sagen. Zungenspitzenhöhe, noch besser.

Ach, eigentlich war Kaiser seinem Teich in dieser Situation näher, als ihm lieb sein konnte. Denn er hing mit seinem Kopf darin. Und zwar so, dass er ihn nicht mehr rausbekam, da sein Hinterkopf mit einem Lederriemen so stramm fixiert war, dass er den Kopf weder heben noch nach links oder rechts hätte wenden können.

Und da bleibt einem natürlich nichts anderes übrig, als zu ersaufen. Da kannst du in deinem Leben noch so viele Seepferdchen, Freie Schwimmer oder sonstige Abzeichen erturnt und erschwommen haben: Wenn du so im Gartenteich hängst, dann ist Schluss. Dann läuft dir das Wasser kontinuierlich in den Mund, den Hals runter, dann ertrinkst du irgendwann jämmerlich.

Und da der Garten Prof. Dr. Kaisers höchstes Gut war, kann man durchaus sagen, dass er mit seiner ihm höchst eigenen Leidenschaft dahingestreckt wurde.

Es war Sommer: alles erblühte, erstrahlte, erwachte zum Leben und der Mensch im Gartenteich hauchte sein letztes Lüftchen aus.

Die Vögel zwitscherten in den Bäumen und sangen ihre Lieder, die Bienen summten, die Fische zogen an Kaisers aufgerissenen Augen vorbei und spiegelten sich in den trüben, toten Pupillen.

Die Frösche hatten gelaicht. Und wer weiß ... Die Atmungen Kaisers, das anfängliche Wehren, dann das Einatmen, vielmehr: Einwässern ... Da schwamm mit Sicherheit der ein oder andere Froschlaich mit in den sich im Todeskampf Befindlichen. Und dort, in den dunkel-feuchten Körperwelten würde vielleicht so mancher Frosch jetzt das Licht der Welt erblicken, vielmehr: das Dunkel.

Und wie so oft im Leben: Des einen Freud, des andern Leid. Hier wurde gestorben, dort wurde gelebt. Ein fortwährender Teufelskreis.

Und so kam über Nacht der Tod in Form eines ansonsten überaus idyllischen Gartenteichs zu Prof. Dr. Kaiser. Auch vor akademischen Weihen macht er nicht Halt, der Tod, dieser Lauser.

Kapitel 2

Hingang in der Nachbarschaft

»Was sagst du eigentlich zu meinen Geranien?« Jupp Straaten rupfte linkisch Verwelktes zwischen den Blüten hervor und warf es über die Balkonbrüstung.

Alfons Friedrichsberg schien völlig unbeeindruckt und desinteressiert. Er lag auf dem Balkon im Holzstuhl, zog an seiner kubanischen Zigarre und bellte ein »Ich?« zwischen dem Qualm in die warme Luft.

»Ja, du. Oder ist außer dir und mir sonst noch wer auf dem Balkon?«

Friedrichsberg sah sich um. »Also ich seh niemanden.«

»Ja, und?«, schüttelte Straaten den Kopf. »Was sagst du jetzt zu meinen Geranien?«

»Nun, ich muss gestehen, ich wusste nicht, dass sie wert auf angemessene Unterhaltung legen, sonst hätte ich mich ganz anders auf sie vorbereitet und eingestellt.

Aber allen Ernstes: Bist du wirklich der Meinung, die möchten ein Gespräch mit mir führen?«

»Wenn sie halbwegs bei Verstand sind, nicht«, atmete Straaten schwer aus.

»Außerdem komme ich mir hier vor wie auf dem Rosenmontagszug, nur anstelle von Kamellen werfen wir Blumen in den Garten. Wo bleibt Dahl eigentlich? Wollte der nicht schon längst hier sein? Der wollte doch Kuchen mitbringen.«

»Sollte. Er sollte Kuchen mitbringen. Aber da der Kaffee ja auch noch nicht durch ist«, Straaten nickte über seine Schulter nach hinten in Richtung Küche, »hat auch noch der Kuchen und somit Dahl, also haben beide noch Zeit.«

Friedrichsberg erhob sich schwerfällig und lehnte sich weit über die Balkonbrüstung, schaute hinab in den Garten und paffte Kringel nach unten. »Hmhmhm ... Sag mal, was ist da eigentlich bei dir im Garten los? Was sind denn da so viele Leute unterwegs? Ist das ein Volksaufstand? Eine Massendemo im Kleinen oder ein neudeutscher Flashmob?«

»Weder, weder, noch. Die haben einen Toten gefunden.«

»Was? Wo?« Friedrichsberg beugte sich rasch zurück.

»Was: wie gesagt, einen Toten, wo: im Gartenteich.«

»Und namentlich?«

»Prof. Dr. Kaiser von nebenan.«

»Und der ist in seinem eigenen Gartenteich ertrunken?«

»Na ja«, über Straatens Mund huschte ein kühles Lächeln. »Ich würde eher sagen: ertrunken worden.«

»Wie?«

»Der wurde am Boden, also im Erdreich, mit Tauen und Strippen und derlei solcherart befestigt, dass er sich nicht mehr rühren konnte und mit dem Kopf im Teich hing. Und da er da ohne fremde Hilfe nicht wegkam, ist er zwangsläufig ersoffen. Worden.«

»Na, fein, das grenzt schon eher an eine Hinrichtung.« Friedrichsberg ließ sich ächzend in seinem Holzstuhl nieder und streckte die Beine von sich. »Und wann wurde der entdeckt?«

»Heute Morgen. Da hat Frau Tellmann ihre Wäsche aufhängen wollen.«

»An Herrn Kaiser?«

»Im Garten. Und da lag er.«

»Das ist ja grauslich. Aber auch schön«, eine große Rauchwolke verließ Friedrichsbergs Mund, »zeugt doch von Phantasie, so eine Teichtötungsaktion. Alle naselang werden sie erschossen, als ständ man auf der Kirmes, als ging's um einen Teddybären. Aber auf so was hier musst du erst mal kommen, fast schon poetisch: Ersäufnis im Teich.«

»Dich begeistert das?«

»Ein bisschen schon. Vor allen Dingen ist es hier doch so hübsch idyllisch. Nette Wohngegend, liebe Menschen, jeder kennt sich, man spricht miteinander, behält sich im Auge, weiß was vom Nächsten, reicht mal ein Stückchen Kuchen rüber zum Kaffee, man grillt gemeinsam im Sommer, und dann verreckt einer aus dieser Gemeinschaft vor den Augen aller im eigenen Tümpel. Na, auf gute Nachbarschaft.«

»Haha, nicht wirklich amüsant.«

»Und ich frage mich da zwangsläufig: Wer macht so was? Und vor allen Dingen: Warum?«

»Ich bitte dich!« Straaten, der sich bisher eingehend um seine Balkonbepflanzung gekümmert hatte, drehte sich abrupt um und schaute seinen alten Freund streng an: »Du willst doch nicht schon wieder ...«

»Heißt mit anderen Worten«, unterbrach er ihn, »wir haben wieder was zu tun.«

Man muss sich, um sich die Örtlichkeit vors geistige Auge zu bringen, man muss sich also ein Rechteck vorstellen. Beziehungsweise eine rechteckige Wohnanlage, allesamt Bauten aus den Zwanzigerjahren des zwanzigsten Jahrhunderts.

Sieben Häuser, die meisten mit zwei oder drei Wohnparteien, nur in einem Häuschen hatte eine alte Dame gewohnt. Vier Häuser an der oberen Längsseite, drei Häuser schlossen das Rechteck rechts ein. An der unteren Längsseite befand sich ein länglicher, über Eck gehender Backsteinbau: das Heimatmuseum der Stadt.

Und in der Mitte dieses Rechtecks eine parkähnliche Anlage mit Bäumen, Büschen, einer Rosenhecke, einer Rasenfläche, Kieswegen, einem kleinen Taubenschlag, mehreren Bänken, Teppichstangen und dem bereits erwähnten Gartenteich.

Von Klettergerüsten, Sandkästen, Reitpferdchen, Tischtennisplatten oder Ähnlichem hatte man beizeiten Abstand genommen. Man fand, dass die Zeit der Kinderbespaßung vorbei sei und hatte nicht vor, sich die idyllische Ruhe durch kleine, laute Blagen abspenstig zu machen. Ruhe ist stets hart erkämpft; und ist sie erst einmal erreicht, möchte man sie sich von niemandem wegschreien lassen.

Und in diesen Häusern wohnte Nachbarschaft beisammen. Eine Nachbarschaft, die sich nun schon lange kannte, größtenteils jedenfalls, lebten die meisten doch schon seit vielen Jahren hier. Und der Rest ... nun ja, der Rest ... Es gibt immer einen Rest; egal wo und egal wie und auch egal wie viel davon. Mit dem muss man auskommen. Ein Rest muss immer sein. Denn nur mit dem Rest offenbart sich das Ganze; es kann nur wirken, wenn man sich stets des Restes bewusst ist.

Friedrichsberg überkreuzte seine ausgestreckten Beine und legte sie vor sich auf einen kleinen Hocker, bevor er sich in dem Liegestuhl zurücklehnte, seine Zigarre in den Aschenbecher legte, die Hände vor seinem stattlichen Bauch schloss, Däumchen drehte, über sich in den Himmel blickte und in ihn hineinphilosophierte: »Möglichkeit eins: Der Tümpel-Täter oder Kloaken-Killer, ganz wie du magst, kommt von außerhalb. Dann müssen wir heftigst auf die Suche gehen. Möglichkeit zwei: Der Morast-Mörder sitzt hier in der Nachbarschaft, ist also allen hinlänglich bekannt. Dann wird sich unsere Suche erheblich einfacher gestalten, und in dieser Wohnanlage wird bald eine neue Immobilie frei. Die Frage ist nur: Wer war's?!«

»Ich habe keine Lust auf diese Mörderspiele.« Müde ließ sich Straaten neben Friedrichsberg auf einem Holzstuhl nieder.

Friedrichsberg kombinierte weiter: »Vielleicht ist der ausgezehrte ältere Herr vom Hochparterre unser Meuchelmörder, der immer noch die hell beigefarbene

Cordhose trägt, die er seinerzeit, es mag an die 35 Jahre her sein, in einem Kaufhaus erstanden hat und die er immer noch mit Stolz trägt, wenn sie auch an den Knien etwas ausgedünnt ist. Ebenso verhält es sich mit dem Cordsakko und dem kleinkarierten Hemd unter dem hellblauen Pullunder. Alles in die Jahre gekommene Qualitätsprodukte, die mittlerweile auch ihren olfaktorischen Reiz ausleben und einen die Straßenseite wechseln lassen, wenn man diesen Herren daherkommen sieht. Oder ist es die ältere Dame in der orangefarbenen Kittelschürze, die jedem, aber auch wirklich jedem ein Gespräch aufdrängt und über alles und jeden Bescheid weiß? Der fleischgewordene Tratsch, die Boshaftigkeit in Person, die alles und jeden gegeneinander auszuspielen versucht. Und dabei redet und redet und redet und redet, und trotzdem nichts sagt.«

»So was wohnt hier nicht.«

»Pah! Hast du 'ne Ahnung. So was gibt's überall, sieht nur immer anders aus. So was ist chamäleonesk. Es könnte aber auch die Businesstrulla sein: Hosenanzug und Blazer von der Designerstange, Sonnenbrille – auch im Winter – in die Haare gesteckt, der Erfolg sitzt ihr in den Knochen und will da nicht rauskommen, stets am Rande des Limits, blank liegende Nerven auf 1,67 Meter und damit ihr gesamtes Umfeld verseuchen wollend und das auch schaffend. Wer auch als blutrünstiger Mörder infrage kommt, ist der Lump: Fenster, die sich nicht mehr putzen lassen, die rausgebrochen und neu eingesetzt werden müssen, dahinter Gardinen, die aussehen wie das Turiner Grabtuch, die Flurwoche hält er für einen aggressiven Angriff auf die Freiheit seiner

Person und kommt einem mit Begriffen wie Leibeigener und Sklave und spießige Kapitalistenschweine. Wie es bei dem drinnen aussieht, will man gar nicht wissen. Also in der Wohnung; im Oberstübchen dürfte nichts sein. Wirft man aber einen Blick auf den Balkon, fühlt man sich in gewisser Weise an einen frischen Grzimek erinnert: die ganze ausgedorrte und vertrocknete Blumentopf- und Kastenbepflanzung muss unter dem Motto stehen: Serengeti darf nicht sterben. Darunter aber immer mindestens ein Kasten Bier.«

»Ja, so was wohnt hier. Der hat zu allem Überfluss auch noch einen Hund.«

»Siehst du wohl. Es könnte natürlich auch der Helfer sein, der alles weiß, aber nichts kann. Wenn der anpackt, ist es so, wie wenn drei andere loslassen. Will jedem helfen und verursacht dadurch nur noch größeren Schaden, hält sich dann aber raus. Und wenn ein Schuldiger gesucht wird, redet seine Frau. Als Mörder kommt natürlich auch der Hausmeistertyp infrage: Eigentlich der Schlimmste von allen. Meistens im Kittel und seit einigen Jahren mit neuem Titel: *facility manager*. Macht aber dieselbe Scheiße wie zu seiner Zeit als Hausmeister. Nur kommt er sich jetzt noch wichtiger vor. Haut nur große Sprüche raus, kann gar nichts, und ist und bleibt ein obrigkeitshöriger, kleingeistiger Uniformträger. Unloyal, feige, faul, bestechlich. Ein Blockwart der Neuzeit, ein mieser Mörder.«

»Jetzt hör aber auf. Das macht bei uns alles eine Verwaltung.«

»Was? Das Morden? So eine Art Miet-Mord-Mafia? Und denen kannst du dann mitteilen, wen du gerne ausgeschaltet sehen würdest? Hochinteressant. Hast du da mal eine Durchwahl für mich? Vielleicht möchte ich deren Dienste in Anspruch nehmen.«

»Ich hör einfach nicht hin. Tässchen Kaffee gefällig?«

Friedrichsberg nickte. »Mit Milch. Und Zucker. Oder der Täter ist der Spanner: eine fleischwurstähnliche Masse mit Gesicht, hübsch in Feinripp untergebracht, kahl rasierter Schädel umschließt unüberraschend wenig. Alles unter dem Motto: Wenn schon unappetitlich, dann richtig. Das ist auch der Typ, der sich seine Flaschen Bier und seine Zigaretten in Plastiktüten am Kiosk um die Ecke besorgt und an jedem Fenster ein Fernglas stehen hat. Er sagt, daraufhin angesprochen, es gehe ihm um die Vögel. Nun ja, so kann man's auch ausdrücken.«

»Also einen Spanner haben wir hier nun wirklich nicht. Ich hab jedenfalls noch keinen gesehen.«

»Ja, und darum geht's ja schließlich auch: Sehen und Gesehenwerden. Und dann wären da noch die jungen Leute. Die haben meistens nie einen Namen, werden nur ›die jungen Leute‹ genannt, auch wenn sie schon Mitte 40 sind. Und die sind immer alles: zu laut, zu forsch, zu frech, zu wild, zu spät, zu früh und überhaupt zu zu. Die sind einfach nur zu viel, die jungen Leute. Und für die jungen Leute sind alle anderen nur die peinlichen, alten Spießer. Auch wenn die anderen gerade mal Anfang oder Mitte 50 sind.«

»Die sind aber auch wirklich zu laut. Die wohnen ganz rechts. Grad im Sommer ...«

»Was: grad im Sommer? Wohnen die da ganz rechts im Sommer mehr oder sind sie dann besonders laut?«

»Die wohnen sommers wie winters dort, nur sommers fällt's mehr ins Gewicht. Da stehen die Fenster öfter auf.«

»Du siehst, mein lieber Straaten, das Ganze ist also ein sich ständig wiederholender Kreislauf. Da kommt man so schnell nicht wieder heraus. Und in diesem Kreislauf trifft man sich, tagtäglich, man sieht sich, tagtäglich, Nachbar trifft auf Nachbar trifft auf Nachbar, und man könnte sich manchmal ebenso tagtäglich die Gurgel umdrehen.«

Straaten atmete laut auf, als er mit der Kaffeekanne aus der Küche zurück auf den Balkon trat: »Ja, grad, wenn die Fenster auf Kipp stehen.«

Beide tranken ihren Kaffee, schauten ab und an auf die Szenerie im Innenhofgarten und entschlossen sich dann, runterzugehen und das Ganze aus der Nähe zu betrachten.

Kurz gesagt: Unten sah es nicht viel anders aus als von oben. Absperrband, Polizei, Menschen in weißlichen Ganzkörperanzügen, Streifenwagen, hektische Betriebsamkeit.

Das war die eine Seite, die Seite der Exekutive.

Und auf der anderen Seite: die Nachbarn.

Friedrichsberg hatte sich bis ans Absperrband vorgearbeitet; Straaten war zwar gefolgt, ganz recht war ihm die Aktion allerdings nicht gewesen.

Plötzlich hörten die beiden hinter ihnen eine Frauenstimme: »Ich weiß auch nicht mehr ... Ich wollte eigentlich nur eben die Wäsche aufhängen heute Morgen. Also Handtücher. Die hatte ich gestern Abend ... Die waren nicht trocken geworden ... Also wollt ich die heute Morgen ...«

»Jetzt rede doch mal einen Satz vernünftig geradeaus durch, Hilde! Ist ja fürchterlich.«

»Ja, ja, Hedwig, ich dachte nur ...« Die kleine, rundliche, ältere Dame stockte wieder in ihrem Redefluss.

Die große, hagere, aber ebenso ältere Dame neben ihr verdrehte die Augen: »Sie kriegt wieder keinen Satz raus. Ist aufgeregt. Jedes Mal dasselbe, Herr Straaten.«

»Schönen guten Tag, zusammen«, Jupp Straaten reichte den beiden Damen zur Begrüßung die Hand; zu Friedrichsberg gewandt sagte er: »Das sind die Tellmann-Bach-Schwestern: Hilde Tellmann und Hedwig Bach.«

»Angenehm, mein Name ist Friedrichsberg«, er machte einen leichten Diener. »So, hätten wir die Formalitäten auch erledigt.«

»Die beiden wohnen hier schon ... Jahrzehnte.«

»Um genau zu sein: zweiundfünfzig Jahre«, sagte die kleine Hilde Tellmann.

»Das ist enorm.«

»Ja, und in all den vielen Jahren ist so was hier noch nicht passiert.«

»Ein recht ungewöhnliches Ereignis, oder etwa nicht, Frau Tellmann?!«

»Da sagen Sie was, Herr Straaten. Da will man die Wäsche aufhängen und dann das! Der Herr Kaiser liegt da im Gartenteich. Das ist doch ein Akademiker. So was macht man doch nicht. Und der Teich war ja sein ganzer Stolz. Den wollte der noch am kommenden Wochenende entalgen.«

Friedrichsberg paffte einen Kringel in die Luft: »Das muss er jetzt nicht mehr.«

»Na ja«, sagte Straaten, »sagen wir mal so, er kann's nicht mehr.«

Hilde Tellmann schüttelte ihren Kopf: »Und ich kam heute nicht dazu, die Handtücher aufzuhängen. Also erst mal nicht. Ich geh noch so zur Leine rüber, denk mir noch: Da liegt doch jemand, und guck ... und schau ...«

»Ja, ja«, unterbrach sie ihre Schwester, »du guckst und schaust ...«

»Und dann seh ich da jemanden liegen. Am Boden. Halb im Teich. Bin ich rübergegangen und hab mir gedacht: Das ist doch der Herr Professor. Und ich trete ihm hier so in die Seite, aber er, er rührt sich nicht. Und da hab ich gedacht ...«

»Dass er tot ist. Mensch, das ist dir aber schnell gekommen.«

»Man merkt, dass Sie Schwestern sind« , grinste Friedrichsberg feist übers ganze Gesicht.

»Wir ... Wir wohnen hier zusammen.«

»Ja, Hilde. Und das seit mein Mann tot ist. Das ist jetzt auch schon 27 Jahre her. Meine WG mit meiner Schwester Hilde dauert inzwischen länger als meine Ehe mit Herbert. Auch eine Zumutung.«

»Ihre Ehe mit Ihrem Gatten oder die WG mit Ihrer Schwester, Frau Bach?«, wollte Straaten wissen.

»Beides. Ich kann gar nicht sagen, welches das größere Übel ist.«

»Ich wohne hier ja schon seit über fünfzig Jahren.«

Straaten schielte neugierig zu den Weißumhüllten von der Spurensicherung rüber, die durch, entlang und im Gartentümpel standen und mit Gefäßen, Pipetten und anderen Utensilien hantierten.

»Was ich überhaupt nicht begreifen kann, Herr Straaten«, machte die alte Tellmann weiter, »ist: Wer hat denn wohl den Herrn Professor umgebracht?! Da gibt's doch überhaupt keinen Grund für.«

»Nun ja«, gab der Angesprochene zur Antwort, »irgendeinen Grund wird's schon geben, sonst würde er ja nicht tot im Teich hängen, oder, Alfons?«

Friedrichsberg gluckste: »Ach, wenn man schon bei den kleinsten Kleinigkeiten irgendwo in ander Leut Teichen liegen würde, was wären die Teiche voll ... Sie haben ja direkt neben Herrn Kaiser gewohnt, Frau Bach, Frau Tellmann ... Wie war der denn so? Als Nachbar, meine ich.«

»Nett, sehr nett. Oder, Hedwig? Ein sehr sympathischer, vornehmer, aufmerksamer Herr in den besten Jahren.«

»Ach was. Aufgesetzt war der. Mit dem stimmte doch was nicht.«

»Wie meinen Sie das?«, wollte Friedrichsberg wissen.

»Hatte der Dreck am Stecken, Frau Bach?«, hakte Straaten nach.

»Was fragen Sie denn?! Sie haben den doch auch gekannt, Sie wohnen doch direkt nebenan.«

»Selbstverständlich kenne ... kannte ich Kaiser.«

»Lackaffe.«

»Wie bitte, Frau Bach?«

»Das war ein Lackaffe.«

»Ein gepflegter Herr«, korrigierte ihre Schwester.

»Lackaffe.«

»Ach, Hedwig ... Hat ein bisschen zu laut Musik gehört, manchmal. Nicht immer, weiß Gott, nicht immer. Manchmal aber. Der Herr Professor war ja an und für sich ein ruhiger Zeitgenosse.«

»Ein Lackaffe.«

»Nur manchmal, die laute Musik...«

Hedwig Bach prustete los. »Das war so laut, dass bei uns im Schrank die Sammeltassen gewackelt haben. Und immer so ein klassisches Zeug. Schrecklich. Nicht mal so einen schönen Schlager, was zum Mitsingen. Immer dieser Klassikkrampf.«

»Bach, Hedwig, er hat Bach gehört.«

»Ja und? Ist das etwa kein Klassikkrampf?! Also.«

Friedrichsberg setzte seine Zigarre, die in der Zwischenzeit erloschen war, erneut in Brand. »Aber er zählt zu einem der angenehmeren Krämpfe, mit denen wir uns konfrontiert sehen.«

»Und immer Schallplatte. Ganz altmodisch war er da«, Hilde Tellmann strahlte über das ganze Gesicht, und es bildeten sich feine Lachfältchen. »Hatte ich beim letzten Besuch noch auf dem Tisch liegen sehen. *Brandenburgische Konzerte.*«

»Also doch nicht Bach.«

»Ach, Hedwig«, Hilde schüttelte den Kopf.

Friedrichsberg winkte ab, legte Straaten seine Hand auf die Schulter und ermunterte ihn zum Gehen. »Wir genehmigen uns jetzt ein Schnäpschen auf dem Balkon. Auf den Schrecken. Also auf die Leiche. Ist doch nett, wenn man noch mal einen auf die Toten trinkt.«

Damit drehten sich die beiden älteren Herren ab und verließen die Szenerie.

Kapitel 3

Holländische Annäherung

Bei den unzufälligen Unfallzufällen hatte er höchstselbst sowohl die Inszenierung wie auch die Durchführung innegehabt.

Bei den nun folgenden Taten wollte er sich allerdings die Finger nicht schmutzig machen, von den Händen oder sonstigen Körperteilen gar nicht zu reden.

Er war an die holländische Küste gefahren, um eine Verabredung wahrzunehmen. Den Tipp hatte er von einem alten Klassenkameraden bekommen, zu dem er ziemlich losen Kontakt hielt. Damals war dieser Primus gewesen; heute ein eher zwielichtiges Subjekt, das sich jahrelang mit Spielhallen über Wasser gehalten hatte, auch mal mehrere Jahre wegen Drogenbesitzes im Knast gesessen hatte, und nun in Datteln eine Eckkneipe unterhielt. Die Geschäfte liefen mehr schlecht als recht, das wusste man; was man auch wusste: Man konnte über ihn ohne große Probleme und ohne Nachfragen nicht registrierte Schusswaffen und Ähnliches beziehen.

Er hatte ihn in seiner Eckkneipe aufgesucht, sie hatten zusammen getrunken bis weit in die Nacht, hatten sich über dies und das unterhalten, er hatte dem heruntergekommenen Kneipier gesagt, was er bräuchte, vielmehr wen wofür, das schien den Schankwirt ziemlich zu amüsieren, er dachte kurz nach und nannte ihm eine Mobilnummer, die er sofort in seinem Handy abspeicherte.

Am nächsten Tag hatte er die Nummer angerufen und Kontakt aufgenommen und sich für den kommenden Samstag in Bergen aan Zee verabredet.

Den ehemaligen Schulfreund und Kneipenwirt hatte man am nächsten Abend hinter dem Tresen seiner Pinte mit gebrochenem Genick tot aufgefunden. Er hatte Handschuhe getragen und seine benutzten Gläser, auch die Schnapspinnchen, beim Verlassen der Kneipe mitgenommen und zu Hause vernichtet. Spuren hinterlassen sollte er nicht haben; ob man die Verbindung (außer der schulischen, aber da gab es ja noch dreißig andere Möglichkeiten) zu ihm herstellen konnte, war äußerst fraglich.

Er hatte sich mittags auf den Weg gemacht, war über Kleve, Nijmegen, Amsterdam, Alkmaar und Bergen gefahren und war am Nachmittag in Bergen aan Zee eingetroffen. Am Zeeweg stellte er seinen Wagen ab und legte die letzten Meter zum Strandpavillon zu Fuß zurück.

Es war warm, die Sonne schien aus einem strahlend blauen Himmel, der Strand war gut besucht, Kinder buddelten im Sand und bauten Burgen, Frauen saßen daneben und kritzelten in Sudoku-Heften, Männer lasen Zeitung oder schliefen.

Und mittendrin ein mehrfacher Mörder, der wie ein ganz normaler Tourist wirkte.

Dieser Mörder suchte sich einen freien Platz an einem der Tische auf dem Vorbau des Strandpavillons und legte ein Buch vor sich hin: *Schuld und Sühne* in einer gebundenen Ausgabe.

Als die Bedienung kam, bestellte er sich ein Heineken und einen Bessenjenever und wartete. Mit den Getränken kam ein bärtiger Mann an seinen Tisch und stellte fest: »Ach, Sie interessieren sich für Dostojewski? Bei so schönem Wetter?«

Er schaute auf, nickte dem Bärtigen zu und forderte ihn auf, sich zu setzen.

»Ich nehme einen Kaffee, danke«, sagte der Bärtige zur Bedienung.

Eine Weile saßen sie wortlos da. Der Kaffee kam, der Bärtige nahm einen Schluck und fragte: »Sie haben meine Nummer von Günther, stimmt's?«

Er nickte.

»Wenn irgendwas über Günther kommt, bedeutet das für mich in der Regel Arbeit. Und da wir beide nicht zum Small Talk hier zusammengekommen sind ... Ich höre.«

Der Mörder beugte sich ein wenig nach vorne und legte die Arme auf den Tisch. »Ich möchte Sie engagieren.«

Pause.

»Schön. Und für was?«

»Für eine kleine Schrecknummer.«

»Aha. Was habe ich unter Schrecknummer zu verstehen?«

»Sie sollen einigen Personen Schrecken einjagen, ganz einfach.«

Der Bärtige nippte noch mal am Kaffee. »Das klingt recht einfach. Normalerweise kommen von Günther ganz andere Dinge ... Mehr ist es nicht? Ich soll wen erschrecken?«

»Ja. Mehr ist es nicht. Haben Sie eine Frau?«

Der Bärtige stutzte. »Ich bin nicht verheiratet, wenn Sie das meinen.«

»Interessiert mich nicht, was Sie sind oder nicht sind.«

»Ach so, Sie meinen, ob ich eine Partnerin habe?«

»Genau. Ich benötige ein Paar.«

»Kann ich besorgen. Und wann soll das ganze Ding steigen?«

»Übermorgen Abend. Was kriegen Sie dafür?«

»Fünf.«

»Tausend?«

Der Bärtige nickte. »Legen Sie noch zehn drauf, und ich erschreck sie zu Tode.« Der Bärtige lachte.

Der Mörder griff in die Innentasche seiner Jacke und holte einen kleinen Zettel hervor, auf dem eine Adresse notiert war und ein Name und schob ihn dem Bärtigen über den Tisch zu.

»Danke fürs Angebot.«

Er trank den letzten Schluck Heineken aus, stand auf, nahm das Buch vom Tisch und sagte: »Ich werde drüber nachdenken.« Der Mörder stand auf, verließ den Strandpavillon und lief zwischen den Sandburgen zu seinem Auto zurück.

Kapitel 4

Überblick über die Verhältnisse

Einen Tag nach der Auffindung der teilweise gewässerten Leiche saß Alfons Friedrichsberg zusammen mit seinen Freunden Jupp Straaten und Willi Dahl auf einer der Bänke, die in dem parkähnlichen Innenhof standen.

»Sag mal, muss das sein?« Straaten warf Friedrichsberg einen strengen Blick zu. »Jetzt sitzt du mal an der frischen Luft, und dir fällt nichts Besseres ein, als dir direkt wieder so einen dicken Stumpen in den Mund zu schieben.«

Dahl nickte beipflichtend: »Richtig. Das ist auch für uns nicht schön.«

Friedrichsberg nahm die Zigarre aus dem Mund, streckte den beiden die Zunge raus und paffte dann genüsslich weiter. An der Zigarre vorbei sagte er zu Straaten: »Du kanntest Kaiser doch. Was weißt du denn über ihn?«

Noch bevor der Angesprochene antworten konnte, warf sich Dahl verbal dazwischen: »Halt. Nee, Leute, wirklich nicht. Ich habe keine Lust schon wieder in irgend so eine Mordgeschichte verwickelt zu werden. Das beim letzten Mal, das hat mir wirklich gereicht.«

»Huch, was hat er denn?« Straaten schaute seinen Nebensitzer verblüfft an.

»Die Schnauze voll von euren Kriminalknobeleien hat er. Was soll das denn jetzt schon wieder? Kaum stolpert euch mal eine Leiche vor die Füße, müsst ihr eure alten Nasen in Dinge stecken, die euch nun wirklich absolut nichts angehen.«

»Meinst du«, sagte Friedrichsberg an seiner Zigarre vorbei.

»Ja, meine ich. Das ist Sache der Polizei. Die haben Leute dafür, die sich um so etwas kümmern.«

»Und was ist«, bohrte Straaten weiter nach, »wenn diese Leute heillos überfordert sind? Die können doch noch nicht mal vernünftig den Verkehr regeln. Und denen soll ich es also überlassen, wenn mein Nachbar von nebenan in unserem Hofgartenteich ersäuft wird?!«

Friedrichsberg lehnte sich mit seinem massigen Körper auf der Bank zurück, dass sie Gefahr lief, nach hinten umzukippen; er streckte die Beine von sich, verschränkte die Arme hinter seinem Kopf, spitzte seinen zigarregefüllten Mund. »Es ist ein so herrliches Wetter, die Sonne tiriliert, die Vögel brummen und die Bienen wärmen, es ist alles ruhig und beschaulich, und unterm Strich seit vielen Wochen schon so traut und öde, dass es mich vor Holdheit ankotzt. Mir ist stinkelangweilig.

Und du kannst mir glauben: Mir passt so ein ersäufter Nachbar gerade prima in den Kram. Da hake ich doch gerne nach und interessiere mich für Dinge, die mich nichts angehen. Besser als nur blöd rumzusitzen und den Tag verstreichen zu lassen. Ein Todesfall, so es einen nicht höchstselbst betrifft, kann doch überaus erheiternd sein, oder?« Er grinste übers ganze Gesicht und paffte Rauchkringel in den Himmel.

»Aber nur noch dieses eine Mal«, meinte Dahl. »Und dann ist auch mal gut. Nicht, dass das alles zu gefährlich für uns wird. Diesen Mord hier kann man ja durchaus schon als Folterung bezeichnen.«

»Memme«, blaffte der dicke Friedrichsberg, setzte sich wieder aufrecht hin und sagte zu Straaten: »Und? Du bist doch auch dabei, oder?«

»Es hat einen Nachbarn dahingerafft. Glaubst du, das lass ich auf mir sitzen? Nicht, dass hier ein Irrer am Werk ist und sich mich auch noch vorknöpft.«

»Schön. Also, was weißt du über Kaiser?«

Straaten zuckte mit den Schultern. »Ein Nachbar eben. Manchmal bin ich mit ihm ins Gespräch gekommen. Auf der Straße oder gelegentlich hier im Hofgarten. Schien viel Zeit zu haben. Immer wenn er mich traf, wollte er mich überreden, dass ich mal auf eine Tasse Tee bei ihm vorbeischaue.«

»Ach«, lächelte der Dicke diabolisch, »so einer war das. Tee ... Ich verstehe.«

»Nichts da. So einer war das eben nicht. Verheiratet ist er gewesen, seit einigen Jahren Witwer. Ein Kind. Tochter, glaube ich. Ist aber schon längst erwachsen und lebt in ... ich meine in Australien.«

»Schönes Motiv«, schmatzte Friedrichsberg, »Alleinerbin.«

»Und deswegen jettet die mal eben von da hinten hierher und döppt den Vatter in den Teich? Ich bitte dich.« Straaten tippte sich mit dem Zeigefinger an die Stirn.

»Hatten die beiden denn Kontakt?«

»Soviel ich weiß, nein.«

»Hm ... Auch interessant. Und warum nicht?«

»Keine Ahnung. Kein Kontakt mehr seit dem Tod der Mutter vor ... na ja ... vor bestimmt fünf bis zehn Jahren. Weiß nicht mehr so genau.«

»Die ist aber eines natürlichen Todes gestorben, oder?«

»Wer? Die Mutter?«, fragte Dahl dazwischen.

»Glaub schon. Ich meine, die wär bei irgend so einer Routineoperation in der Narkose geblieben. Blinddarm, Leistenbruch, was weiß ich. Unschöne Sache war das, damals. Wollte Kaiser auch gegen angehen. Gegen die Ärzte. Aber mach da mal was. Hat sich einen Rechtsanwalt genommen. Hat aber nichts gebracht. Hat nur drüber angefangen zu saufen.«

Friedrichsberg atmete tief ein. »Was hat der denn so gemacht, dieser Kaiser?«

»Ja, gesoffen dann wohl«, meinte Dahl.

»War an der Uni«, sagte Straaten. »Linguistik. Schwerpunkt Ruhrgebietssprache. Soll eine Koryphäe gewesen sein auf dem Gebiet, frag mich nicht.«

Friedrichsberg zog an seiner Zigarre. »Ist er wegen Suffes rausgeflogen oder normal emeritiert?«

»Der ganz normale bürokratische Gang der Dinge.«

Der Dicke nickte: »Danebenleben in sieben Schritten: Pampers, Job, Ehe, Witwer, Rentner, Säufer, Kiste.«

»So in etwa.«

»Und die ganze Kohle nicht zu vergessen.«

Straaten schüttelte den Kopf: »Die eben nicht. Weil Spieler.«

»Was wiederum die hübsche These des Erbmordes über den Haufen wirft. Schade.« Friedrichsberg wischte sich mit der linken Hand über den Schnurrbart.

»Also die Leute hier sagen ...«

»Ach, die Leute!«, unterbrach der Dicke Straaten. »Na, wenn die nichts mehr zu sagen haben, dann stimmt aber was nicht im Lande. Und, was sagen sie, die Leute?«

»Die Leute also sagen, dass Kaiser jedes Wochenende im Spielcasino anzutreffen war. Aber nicht hier in unserem, sagen die Leute. Da hatte er mittlerweile schon Hausverbot, sagen die Leute. Nein, meinen die Leute, der musste in die umliegenden Spielhöllen fahren. Und da verprasste er sein Geld, sein Vermögen, sagen die Leute. Und weil er ja Rentner ist, also vielmehr war, und seine Kohle nur so aus dem Fenster warf, hat er sich hier um den Garten gekümmert.«

»Sagen die Leute.«

»Das sagen die Leute?«, fragte Dahl.

»Ja, das sagen die Leute«, sagte Straaten. »Und, das sagen sie auch noch, die Leute, er hat es ganz toll gemacht.«

»Das mit dem Garten?«, wollte der Dicke wissen.

»Das mit dem Garten, ja. Und der ist wirklich eins a gepflegt, kann man nichts sagen. Groß-ar-tig, wirklich.«

»Sagen die Leute.«

»Nee, sag ich.«

»Ach, sagst du. Und was sagen die Leute sonst noch so?«

»Na, das sagen sie nicht.« Straaten griff in seine Jackentasche, holte ein Stofftaschentuch hervor und putzte sich dezent die Nase. »Ich hab mich mit dem Kaiser oft über Blumen und so was unterhalten. Also wann man den Rasen schneidet und düngt und wie man Rosen zurückzuschneiden hat und wann man was pflanzt, damit das dann auch im Frühjahr richtig zur Geltung kommen kann, auch, wie man Gärten anlegt ... Da hatte der echt was von weg, muss ich schon sagen. Der kannte sich aus. Und hat sich mit der Gartenpflege hier im Karree eine schöne Stange Geld dazuverdient.«

»Sagen die Leute.«

»Sagen die Leute«, nickte Straaten.

»Sagen sie sonst noch was?«

»Nö.«

»Schön. Und Kaiser wohnte hier schon wie lange?«

Straaten überlegte. »Na, lass mal überlegen ... Also, ich würde sagen mindestens fünfzehn Jahre. Ja, kurz bevor er Witwer wurde. Sie ist ja noch mit eingezogen. Nette Frau gewesen.«

»Kannste mal sehen: Pampers, Job, Ehe, Witwer, Rentner, Säufer, Gärtner, Spieler, aber sonst ein untadeliger Mann von hohen Gnaden, der Ansehen genoss. Na, dann Gesundheit. Und jetzt ab in die Kiste.«

Die drei saßen eine Weile schweigend auf der Bank und hielten ihre Nasen in die Sonne. Friedrichsberg besah sich die Reste seines Zigarrenstummels missmutig.

Dann brach Straaten das Schweigen. »War ja nicht der erste.«

»Was?« Friedrichsberg schaute noch immer auf seine Rauchware.

»Tote hier.«

»Wie bitte?« Urplötzlich war des Dicken Interesse geweckt.

»Noch ein Toter?« Dahl zog die Augenbrauen hoch.

Straaten nickte. »Die alte Blumenfeld vor gut zwei Wochen.«

»Und?«, hakte Friedrichsberg nach. »Hatte die auch einen Mörder, der sie im Teich ersoffen hat oder derlei?«

»Nee, die hatte Kellertreppe.«

»Oh.«

»War auch schon alt, ging an die Neunzig. Hat allein gelebt in einer kleinen Villa zwischen unseren Häusern. Und die ist die Kellertreppe runtergefallen. Genickbruch.«

»Hat wer heimlich geschubst?«

Straaten wiegte die Hand hin und her: »Ist nicht näher untersucht worden.«

Friedrichsberg gab seinen Zigarrenstummel nun endgültig auf und legte ihn neben sich auf die Bank. »Soso. Jetzt haben wir also den Kaiser und die Blumenfeld. Und? Kannten die sich? Wenn ja, könnten die beiden Todesfälle irgendwie zusammenhängen? Wenn sie sich nicht kannten, hängen die Fälle trotzdem irgendwie zusammen? Was meinst du?«

Straaten wiegte seinen Kopf hin und her. »Selbstverständlich kannten sich die beiden. Sind ja immerhin Nachbarn gewesen. Ich glaube aber, die beiden haben sich nicht sonderlich gemocht. Mir schien immer, die beiden wären sich absichtlich aus dem Weg gegangen. Was sollte die beiden außer der Tatsache, dass sie benachbart waren, noch verbunden haben?«

»Ganz einfach«, sagte Friedrichsberg. »Die zweite Tatsache, dass sie nämlich beide innerhalb von zwei Wochen ums Leben gekommen sind.«

»Aber das kann doch ein Zufall sein.«

»Sicher. Muss aber nicht.«

»Die eine ist gestürzt und gestorben, der andere wurde brutal ermordet.«

»Vielleicht ist die Gestürzte auch vom Ermordeten in Folge eines heftigen Streits gestürzt worden. Und die Angehörigen der Gestürzten haben sich dann gerächt.«

»... und ihn ersäuft? Und was soll dem Ganzen für ein Streit vorangegangen sein?« Straaten schüttelte den Kopf. »Ist mir alles zu weit hergeholt.«

»Weit hergeholt vielleicht, aber noch nicht so weit, dass es unmöglich wäre. Weißt du ...«, wollte Friedrichsberg sich noch wortreich erklären, wozu er allerdings nicht mehr kam, denn ein großer, dünner, sportlich wirkender Mann durchschritt den Hofgarten und eilte auf die drei Rentner auf der Bank zu.

»Guten Tag, die Herren«, sagte er knapp.

Die drei schauten zu ihm auf, einzig Straaten gab eine Antwort: »Ah, guten Tag, Herr Nobel.«

Der deutete mit einem Kopfnicken in Richtung Gartenteich. »Schrecklich, was da passiert ist, oder? Wenn es wenigstens ein Unfall gewesen wäre. Da könnte man ja noch sagen: Furchtbar, so was. Aber so ein Mord ... Hier bei uns ... In der Nachbarschaft ...«

Straaten öffnete für eine Antwort seinen Mund, aber Friedrichsberg war schneller: »Die Nachbarschaften sind doch die schlimmsten. Nirgendwo wird doch mehr gemauschelt und getuschelt und getratscht und inzestuiert und missgönnt als in der Nachbarschaft. Doch, halt, stimmt nicht ganz: In der Familie ist es in der Regel noch schlimmer. Da kommen ja nach Jahren und Jahrzehnten Fälle ans Tageslicht ... Meine Herren! Da schläft ja mittlerweile jeder mit jedem und alles durcheinander. Da weiß doch die eigene Familie nicht mehr: Bin ich noch Bruder oder schon Vater? Oder die Mutter meines Onkels väterlicherseits oder das Kind meiner Kinder oder die Oma meines Bruders, der wiederum Vater meiner Kinder ist? Alles ein Sodom.«

»Richtig«, pflichtete Straaten bei. »Und dann kommt noch, zu allem Überfluss, ein bisschen Gomorrha hinzu.«

»Ich kann dem nicht mehr folgen«, sagte Dahl mit Verzweiflung.

»Und wer verschweigt's unterm Strich?« Friedrichsberg schaute zu Dahl, Straaten und auch zu diesem Nobel. »Die Nachbarschaft. Und so bleibt alles hübsch im trauten Zweisammen.«

Straaten schüttelte sich: »Schon gruselig.«

Der vor ihnen stehende Nobel hob beschwichtigend die Hände: »Ja, aber doch nicht beim alten Kaiser.«

»Das hab ich doch auch nicht gesagt«, grunzte Friedrichsberg.

»Das hat er doch so gar nicht gesagt«, meinte Straaten.

»Aber gemeint hast du's so.«

»Auch nicht.«

»Nee, gemeint hat er's auch nicht.«

»Was meint er denn?«, fragte Dahl den Dicken.

»Er meint, vielmehr: Ich meine, und denken Sie bitte immer dran: Die stillsten Wasser sind die tiefen!«

Nobel zog die Augenbrauen zusammen, dass sich drei steile Falten über der Nasenwurzel bildeten. »Wer sind Sie überhaupt?«

»Das ist eine gute Frage. Und wenn ich eine Antwort darauf hab, sind Sie der Erste, der es erfährt. Aber heißen tu ich Friedrichsberg.«

»Ich will Ihnen jetzt mal eins sagen, Herr Friedrichsberg ...«

»Moment«, sagte der und tat in seinen Taschen kramend so, als suchte er etwas, »ich hol mal eben was zum Schreiben ...«

Aber Nobel wartete nicht ab: »So etwas wie diesen abscheulichen und heimtückischen Mord dulde ich nicht in meiner Anlage.«

»Schön. Dann tun Sie mal was dagegen. Ich drück Ihnen die Daumen.«

»Guten Tag.« Nobel nickte und entfernte sich von den dreien in Richtung Teich.

»Ihnen doch auch, Herr Nobel«, rief Straaten ihm nach; und als der außer Hörweite war: »Gut, dass ich nichts mit dem zu tun habe.«

»Wieso?«, wollte der Dicke wissen.

»Gehört dem hier was?«, fragte auch Dahl.

»Und wer ist das überhaupt?«

Straaten winkte ab: »Dem gehören hier ein paar Mietshäuser. Aber auch noch nicht lange. Vorher gehörten die seinen Eltern. Die sind vor ein paar Monaten verstorben. Das war im Frühling. Erst sie und einige Tage später, vielleicht waren es auch Wochen, er. Sie hatte irgend so eine Darmgeschichte. Hat die schon jahrelang mit sich rumgeschleppt, wie man sich sagt.«

»Wer sagt sich das? Schon wieder die Leute?«

Straaten ging darauf gar nicht ein. »Daran ist sie aber nicht gestorben, das war viel tragischer. Sie ist beim Putzen aus dem Fenster gefallen. Und er ist von seinem eigenen Auto überfahren worden.«

»Nicht schlecht«, Friedrichsberg pfiff Luft zwischen den Zähnen durch. »Gab's Ermittlungen?«

Straaten schüttelte den Kopf. »Und, wer erbt die ganze Chose? Natürlich der Sohnemann.«

Friedrichsberg verschränkte die Arme vor der Brust: »Na ja, objektiv gesehen: Er ist gepflegt, sieht gut aus, scheint aber was im Schilde zu führen. Wenn ihr mich fragt: Ein Mann aus gutem Hause, der irgendwann Gefallen an der Gosse gefunden hat. Das ist einer, bei dem man sofort merkt, wenn man sich falsch verhält, kriegt man eins auf die Fresse, dabei trägt er Anzug und hat einen Studienabschluss. Na ja, wird auch nur BWL sein.«

»BWL?«

»Ja. Basteln, Wandern, Liedersingen. Nettes Hobby. Unterm Strich, bei dem Abschluss: Kohle statt Köpfchen.«

Straaten räusperte sich. »Den hat es nach München in eine Werbeagentur verschlagen. Hat sich jahrelang einen Dreck um die Eltern geschert und jetzt, nachdem er alles geerbt hat, kommt er zurück und macht auf dicke Hose.«

»Hm ...« Friedrichsberg spitzte die Lippen. »Inwieweit das denn? Also inwieweit dickhost er denn?«

»Der würde doch am liebsten alle rauswerfen.«

»Wie: alle rauswerfen?! Einfach so? Dich denn auch? Bist du sein Mieter?«

»Nee.«

»Na, Schwein gehabt.«

»Aber die anderen. Also Teile davon. Und er hätte sie am liebsten alle raus, alles kernsanieren, schmucke Eigentumsklitschen draus zaubern und dann für eine Wahnsinnskohle verschachern.«

»Das sagt der so? Das kommuniziert der so?«

»Nein.«

»Das weißt du aber.«

Straaten schüttelte den Kopf: »Auch nicht. Das denk ich mir. Man merkt's ihm doch an.«

Die drei saßen eine Weile schweigend nebeneinander. Zwei, drei Meisen flogen im Baum schräg vor ihnen von Ast zu Ast.

»Aber jetzt mal unter uns«, sagte Dahl. »Das kann der doch nicht machen. Man hat doch auch ein gewisses Recht. Ich meine als Mieter und so.«

»Genau«, sagte Friedrichsberg. »Und weil Kaiser sich sein Recht wie auch immer rausgenommen hat, wird er von Nobel im Gartenteich ersäuft? Sportlich, fürwahr.«

Straaten schaute in den Himmel. »Kann doch sein. Eine Wohnung ist jetzt jedenfalls leer.«

Kapitel 5

Kühe vor Theorien

Eigentlich wären Preibischs nicht ins Theater gegangen, hätten sie gewusst, dass sie, als sie nach Hause kamen, bereits daheim waren und auf sich selbst warteten und einige Tage später leider tot sein würden.

So geht das eben manchmal.

Noch saßen sie aber in ihrem Auto und ließen den Theaterabend Revue passieren.

Sie: »Also wenn du mich fragst, war die Inszenierung völlig am Bedarf vorbei.«

Er: »Hm. An meinem auch.«

Sie: »Mich hat das nicht mitgenommen.«

Er: »Ah. Wohin denn?«

Sie: »Ach, Hildemar! Und so eine schlechte Hauptdarstellerin habe ich schon lange nicht mehr gesehen. Das letzte Mal in … Na ... Dings … Hach, wie hieß das gleich noch … Dieses … Das war das Stück mit dieser … Na, Mensch, wie hieß das gleich noch mal?! Das hat doch dieser ehemalige … Herrgott, Hildemar, jetzt sag's doch, du weißt es doch.«

Er: »Nee.«

Sie: »Das war dieses entsetzliche Stück von dieser jungen, französischen … Wie hieß denn die jetzt noch gleich? So jung ist sie ja auch nicht mehr ... Das war diese … Die hat doch auch dieses … Na …«

Er: »Weiß nicht.«

Und so überaus eloquent wäre es mit Sicherheit noch weitergegangen, hätte Sieglinde Preibisch nicht – mit dem gestählten Adlerauge des geübten Eheweibes, das seit Jahren auf den Cholesterinhaushalt des Gatten zu achten hat – bereits von Weitem das warmheimelige Licht ihres Tiffanylämpchens gesehen, das, auf dem Fensterbrett ihrer Erdgeschosswohnung stehend, einem Leuchttürmchen gleich Osrams Erfindung in die nashorngraue Nacht schleuderte.

»Da brennt ja Licht!« Pause. »Hildemar! Da brennt ja Licht!«

Und der Gatte, die Gefahr bereits im Ansatz spürend, den Helden in sich hervorkehrend, ihr direkt ins trübe Antlitz blickend: »Hast du wahrscheinlich vergessen.«

»Nein! Da bin ich mir sicher. Ich lasse das doch nie an. Ich habe das noch nie angelassen.«

»Dann habe ich's vielleicht vergessen. Kann doch sein. Hab ja noch Fernsehen geschaut. Und da hab ich's wohl angelassen.«

Die nervenbündelige Gattin, hier fürs Erste beruhigt, sackte wieder in den Beifahrersitz, während gattenseits versucht wurde, das Automobil zu parkieren, was aufgrund eines in Pausenkürze angetrunkenen, nicht unbeträchtlichen Alkoholpegels von bedeutender Schwierigkeit war. Aber Hildemar hielt seiner Faustregel die Treue: Wenn schon zur Kunst mitgeschleift, darf mich der treue Bruder Alkohol wenigstens begleiten. Nichtsdestotrotz ließ es sich Hildemar nie nehmen, Auto zu fahren. Auch hier war er von der alten Gattenregel überzeugt: Selbst amtsmäßig vollgelaufen fahre ich noch besser als meine Frau nüchtern.

Gattin Sieglinde indes, nicht primär mit dem Parkieren beschäftigt, so doch immer wieder vermeintlich gute Anweisungen und Hinweise gebend, ließ das Tiffanylämpchen zum einen, die komplette Wohnung zum anderen nicht aus dem Auge. Und so meinte sie: »Da bewegt sich doch was!«

»Wo?«

»Da, hinter den Gardinen. Da ist doch ein Schatten!«

Ihr Mann schüttelte den Kopf: »Seh nichts.«

»Hildemar, da ist wer in unserer Wohnung!«

»Dann kann er ja gleich das Licht löschen«, sagte der alte Ehehase und lachte heiser auf.

»Hildemar, ich bitte dich. Da ist doch wer. Jetzt tu doch was!«

»Das mache ich auch. Ich parke ein. Jedenfalls versuche ich es.«

Fassungslos schaute sie ihren Mann an: »Aber was machen denn diese Leute in unserer Wohnung, Hildemar?«

»Ich weiß es nicht. Wir werden sie gleich fragen.« Er sagte das mit der Emotionalität eines just ummörtelten Ziegelsteins.

Die alte Preibisch war zunächst einmal still, er konnte sein Vehikel parken.

Die beiden Eheleute steuerten – wenn auch unsicher, so doch gemessenen Schrittes – auf das Mehrfamilienhaus zu, in dem sie die untere Etage bewohnten. Sie steckten den Schlüssel in die Haustüre, schlossen auf, gingen die zwei Stüfchen zum Hochparterre hinauf, steckten nun den nächsten Schlüssel in die Wohnungstüre und …

Er passte nicht.

Der Schlüssel ließ sich nicht drehen. Rein ging er mit Mühe, aber zu drehen war er nicht. Es war der falsche Schlüssel zur richtigen Türe. Weil: durch diese Türe mussten sie. Aber der Schlüssel passte nicht.

Sie schauten auf das Klingelschild an der Türe, so, als wüssten die beiden nicht mehr so recht, ob sie dort überhaupt wohnten. Aber auf dem Schild stand ganz klar *Preibisch*.

»Was machen wir jetzt?!« Sieglinde war käsebleich.

»Klingeln«, schlug Hildemar pragmatisch vor.

»In unserer eigenen Wohnung?!«

»Wieso nicht? Es scheint ja jemand drin zu sein und mit unseren Schlüsseln kommen wir nicht rein.«

Und so taten sie's dann auch, fast so wie man einen Rollmops vertilgt, obwohl man ihn eigentlich nicht mag.

Es war nahezu surreal-theatral. Das Flurlicht erlosch, Preibischs standen für eine Zehntelsekunde im Dunkeln, die Wohnungstüre öffnete sich – und ein freudestrahlendes Paar blickte ihnen entgegen.

Preibischs standen da wie zwei Kühe, die man spontan mit der Relativitätstheorie konfrontiert und denen man sagt: Nun mach mal.

Das andere Paar schaute sie an, bis der Mann plötzlich sagte: »Guten Abend, was kann ich für Sie tun?«

Eine nicht unpeinliche Pause entstand, da Preibischs grad nichts auf diese Frage zu antworten wussten, bis Sieglinde plötzlich aus sich herausstotterte: »Wir wohnen hier.«

»Wo?«, wollte der Mann wissen.

»Na, hier«, sagte Preibisch.

»Wo hier?«, wollte der Mann weiter wissen.

»Ja hier. Also hier!«, sagte Preibisch und wies in seine Wohnung. Es war seine Wohnung. Also vielmehr ihre. Sie hatten sich nicht vertan, der Hausschlüssel hatte gepasst, nur der Wohnungsschlüssel eben nicht. Auf dem Klingelschild stand ihr Name, ihre Möbel standen in der Wohnung, standen in ihrer Wohnung.

»Wie: Sie wohnen hier?«, fragte der Mann erstaunt.

»Das ist unsere Wohnung!«, schrillte Sieglinde Preibisch, so wie nur laute Frauen im Alter schrillen können.

Die blonde Frau in ihrer Wohnungstüre verschränkte die Arme vor der Brust und betrachtete die beiden Preibisch-Kühe vor der Türe. »Das kann nicht sein«, sagte die Frau von drinnen.

»Aber wir sind Preibischs«, Hildemar wurde es zu bunt, seine Halsschlagader trat beachtlich hervor, so als wollte sie jedem zeigen, dass sie noch da war. »Und wir wohnen hier!«, setzte er noch nach.

Mit dem kalten Hauch alles übertrumpfender Arroganz schnitt die Stimme des Mannes in die Wut Hildemar Preibischs: »Das kann nicht sein, denn wir wohnen hier. Schon seit über 19 Jahren.«

»Nein, nein, nein!« Sieglinde hatte in Kleinkindermanier die Hände vor ihr Gesicht geschlagen, nach dem Motto: Wen ich nicht sehe, der sieht mich nicht; was ich nicht sehe, kann nicht sein.

»Doch, doch, glauben Sie uns.«

»Aber Sie heißen doch nicht Preibisch. Also ... Ich meine, Sie können doch unmöglich Preibisch heißen und hier wohnen.«

»Wir heißen Preibisch.«

Die beiden Preibischs vor der Tür starrten jetzt nur noch stumm auf die beiden Preibischs in der Tür, die ganze Situation überhaupt nicht begreifend. Und um dem ganzen Sprachlosen noch einen draufzugeben, sagte jetzt die Preibischfrau in der Wohnung in einem süffisanten Tonfall, der das Ganze ins Lächerliche ziehen sollte: »Komm, Hildemar, das wird mir jetzt zu dumm hier. Wenn die beiden nicht wissen, wer sie sind und wo sie wohnen, können sie mir nur leid tun.«

Damit ging sie nach hinten ab, nur um sich – sichtbar für die Vor-der-Türe-Preibischs – im Wohnzimmer auf das Sofa zu werfen, an einer Tasse Tee zu nippen und die neueste Ausgabe irgendeines Wohnstilmagazins zu durchblättern.

Vor der Türe gingen Augen über, so wie Milch überschäumt.

»Und Sie, Sie gehen jetzt besser nach Hause«, sagte der Mann arrogant.

»Aber wir wohnen doch hier!« Eigentlich schon ein letztes Aufbegehren der Türenpreibischs.

»Nein, das tun Sie nicht!«, wurde die Arroganz jetzt lauter. »Sie sind ja verrückt.« Und nach hinten weg zur wohnstilmagazinhaltenden Frau: »Du, ich glaube, die brauchen Hilfe.«

Sie drauf von hinten: »Sollen wir die Polizei rufen?«

Wahrlich: eine Posse.

Zumindest für den Außenstehenden. Aber steht man erst mal selber in so einer Posse, ist es mit dem Unterhaltungswert dahin.

Der Mann schaute die beiden Preibischs aus schmalen Augenschlitzen böse an: »Das ist vielleicht keine so schlechte Idee. Und wenn Sie uns noch einmal belästigen sollten, werden wir das auch tun.«

Und schon flog die Türe zu.

Vor der Türe zwei Preibischs, die eigentlich keine mehr waren. Dahinter eine Wohnung, die nicht mehr ihre war. Zwei Menschen in ihr, die behaupteten, sie zu sein. Und zwei eigentliche Preibischs, die sich mittlerweile selber nicht mehr sicher waren, das zu sein, was sie waren. Oder gewesen zu sein, was sie sind. Oder sind, was sie meinten zu sein.

Waren sie denn noch? Wollten sie jetzt noch sein? So identitätslos vor der eigenen Türe? Aber war es überhaupt noch ihre Türe? Ihre Wohnung dahinter?

Theoretisch schon.

In der Theorie waren sie die Preibischs und das vor ihnen ihre Wohnung.

Die Praxis aber ist oft ein grausiger Geselle, der einem aus lausiger Fratze seine breite Zunge entgegenstreckt.

Und in der Praxis waren die beiden schlicht nur Kühe vor Theorien.

Und wenige Tage später waren sie tot.

Kapitel 6

Ein Telefonat

Er saß gemütlich auf dem großen, roten Sofa, hatte die Füße auf den niedrigen Couchtisch gelegt und neben sich eine geöffnete Flasche Bier gestellt. In der Hand hielt er sein Mobiltelefon, drückte auf eine abgespeicherte Nummer, wartete einen Moment, dann wurde auch schon abgenommen.

»Ja, ich bin's«, sagte er zufrieden. »Wollte nur sagen, dass das eine sehr schöne Aktion gewesen ist. ... Ja, ja, sehr schön gemacht. Nein, muss ich wirklich sagen. Ich hätte das nicht besser hinbekommen. ... Was? Nein, ich muss hier noch eine Weile bleiben. ... Ja, in der Wohnung. ... Nein, nicht die ganze Zeit. Ich denke, dass ich am Wochenende wieder mal zurück ... Richtig. ... Und jetzt? Was planen Sie als Nächstes?« Er hörte gespannt den Ausführungen am anderen Ende zu; dann lachte er laut auf. »Gut, sehr gut. Das gefällt mir! ... Ja, ich denke, das kann dann morgen ... Ja, selbstverständlich! Was denken Sie denn?! Mir rennt die Zeit davon, Mann! Und Zeit ist Geld. Das ist hier doch totes Kapital. Das will ich nutzen. ... Ja, ich bin doch nicht von der Heilsarmee. Die Zeiten sind vorbei.« Er machte eine kleine, dramaturgische Pause. »Müssen uns noch mal treffen, denn bald soll das nächste Ding losgehen.« Und noch eine kleine Pause. »Und dann lassen wir's krachen.«

Er legte auf und leerte die Flasche in einem Zug.

Kapitel 7

Wohnungen, Möglichkeiten und nachbarschaftliche Aufstellungen

»Na, nun setzen Sie sich doch bitte erst mal hin.« Jupp Straaten wies mit der Linken auf den rustikalen Küchentisch und die vier Stühle, die um ihn herum gruppiert waren. »Möchten Sie vielleicht einen Kaffee? Ein Wasser?«

Sieglinde und Hildemar Preibisch waren weiß wie die Wand, ihnen steckte der Schrecken in den Knochen. Sie hatten bei ihrem langjährigen Nachbarn geklingelt, sie wollten mit ihm reden, um Hilfe bitten.

»Hätten Sie vielleicht auch einen Cognac?«, fragte Preibisch seinen Nachbarn, und setzte sich dabei auf einen der Küchenstühle.

Seine Frau zischte ihn – mit einem Blick, der töten kann – nur kurz an: »Hildemar!«

»Ja, was denn, Sieglinde?!«, er schaute sie aus großen, müden Augen an. »Das ist mir richtig an die

Nieren gegangen. Das muss ich erst mal verarbeiten.«

»Ja, aber weißt du, wie viel Uhr es ist? 11 Uhr.«

»Na und?«, Straaten zuckte mit den Schultern.

»11 Uhr! Vormittags!«, vervollständigte die Gattin entrüstet.

»Frau Preibisch«, sagte Straaten beruhigend und ging in Richtung Wohnzimmer und somit Schrankwand, um eine Flasche Cognac und drei kleine Gläschen zu holen, »grad vormittags trinkt es sich doch am schönsten.«

»Also ich weiß nicht«, gab sie nur zur Antwort.

Straaten kam zurück, stellte die Gläschen auf den Tisch, öffnete die Flasche und goss zwei Gläser voll. Dann warf er einen Blick auf Sieglinde Preibisch; die nickte nur, und er goss auch ihr Gläschen voll. »So, bitte sehr.«

Alle drei tranken.

Während der Schnaps seine Wirkung tat, fragte Straaten die beiden: »Und Sie kannten dieses fremde Ehepaar in Ihrer Wohnung überhaupt nicht?«

»Nein.«

»Aber wieso ist denn ein Ehepaar, das da nicht hingehört, in Ihrer Wohnung?«

Straaten schüttelte den Kopf: »Ich versteh das Ganze nicht. Ihr Schlüssel hat nicht gepasst und Leute, die Sie nicht kennen, sitzen in Ihrem Wohnzimmer.«

Preibischs nickten.

»Und haben behauptet, sie wären Sie.«

Erneutes Nicken.

»Mehr nicht?«

»Sie haben uns mit der Polizei gedroht«, sagte die Preibisch mit Nachdruck.

»Wieso?«

»Ja, wenn wir nicht umgehend die Wohnung verlassen und sie in Ruhe lassen. Dabei ist es unsere Wohnung! Und wir waren ja gar nicht drin!«

»Aber warum haben Sie denn nicht die Polizei gerufen? Das hätte ich doch sofort getan!«

Sieglinde hob die Arme Richtung Himmel und ließ sie zurück in ihren Schoß fallen. »Ich weiß es nicht. Ich kann Ihnen da auch keine vernünftige Erklärung zu geben.«

»Wir ... Sagen wir mal so ... Wir standen unter Schock.« Hildemar Preibisch schaute missmutig aus der Wäsche. »Und sind es ... eigentlich ... immer noch.«

»Deshalb waren Sie bis jetzt noch nicht bei der Polizei.«

Die beiden nickten wieder.

Verstehen konnte Straaten das alles nicht. Weder diese krude Geschichte mit den fremden Leuten in den eigenen vier Wänden, noch die Sache mit der Nichthinzuziehung der Polizei. Deshalb versuchte er es mit einer Provokation: »Sie kennen den Mann, oder?«

Preibischs rissen synchron entsetzt die Augen auf.

»Was unterstellen Sie uns denn da, Herr Straaten?!«

»Nun«, sagte der ganz ruhig, »ich suche einfach nur eine simple Erklärung für diesen seltsamen Vorfall.«

Die beiden ihm gegenüber Sitzenden sahen ihn stumm an.

»Es hätte ja durchaus sein können, dass Sie ihn irgendwo schon mal gesehen haben. Im Supermarkt oder ... in der Innenstadt beispielsweise, im Park ... Was weiß denn ich? Es kann ja sein, dass dieser Typ Sie schon länger beobachtet hat.«

»Beobachtet?« Hildemar wurde unruhig.

Straaten räusperte sich: »Na ja, es kann ja sein, dass er ... Also vielleicht ist der Mann Ihnen ja gefolgt, hat sie beobachtet. Ist Ihnen denn da mal was aufgefallen? Sind Sie in letzter Zeit verfolgt worden? Wurden Sie ausspioniert? Ist irgendwas Unübliches vorgefallen?«

Hildemar dachte nach und schüttelte dann den Kopf: »Nein ...«

»Nicht, dass wir wüssten«, bestätigte jetzt auch seine Frau.

»Aber irgendetwas hat der Mann ja vor. Sonst würde er sich bei Ihnen zu Hause ja nicht einquartieren. Entweder wollte der Ihnen nur einen Schrecken einjagen, warum auch immer, oder er brauchte Ihre Wohnung für was auch immer. Als Treffpunkt, als Zwischenquartier für irgendetwas, was er bei sich zu Hause nicht veranstalten wollte. Ein heimliches Treffen irgendwelcher Banden, die Planung irgendeiner heimlichen Geschichte ... Vielleicht ist das ein Hehler, der mit irgendwelchen Gegenständen handelt, oder ein Drogendealer, der in Ihrer Wohnung für einen Abend seine Geschäfte abgewickelt hat. Keine Ahnung.«

Die beiden Preibischs schauten sich entsetzt an.

Straaten rückte seine Brille zurecht: »Wo waren Sie denn die letzte Nacht?«

»Im Hotel«, sagte Sieglinde mit Nachdruck.

Ihr Mann nickte: »Ja. Schönes Zimmer. Mit Minibar. Und Pay-TV und diesen gemütlichen, weißen Latschen, da hab ich ein Paar auch mit nach Hause ...«

»Hildemar!«, unterbrach ihn seine Frau.

»Ja, ich meine ja nur. Für den Preis ... Und inklusive Frühstück.«

»Das ist ja doll«, nickte Straaten.

»Ich hatte zweimal Rührei heute Morgen.«

»Ach.«

»Hildemar!«, donnerte seine Frau wieder.

»Waren Sie heute schon in Ihrer Wohnung?«

Frau Preibisch wurde kleinlaut: »Wir trauen uns nicht.«

Straaten ergriff die Initiative: »Wissen Sie was? Ich rufe mal eben meinen Freund Friedrichsberg an. Und dann gehen wir alle zusammen in Ihre Wohnung.«

Vor Schreck machte Sieglinde Preibisch große Augen: »Ja, und wenn dieser Mann noch da ist?«

»Dann«, sagte Straaten bedeutungsvoll, »sehen wir weiter.«

* * *

Eine Stunde später standen sie zu viert vor der Wohnungstüre der Preibischs. Straaten hatte Friedrichsberg kurz die Einzelheiten der Angelegenheit geschildert, er fand diese Geschichte höchst interessant und amüsant.

Hildemar Preibisch zog sein Schlüsseletui aus der Jackentasche, suchte den Passenden heraus, führte ihn in den Schaft ein, was ihm auch ohne Widerstand gelang. Vorsichtig drehte er den Schlüssel im Schloss um und rief dann leise aus: »Der Schlüssel passt! Ich glaub's ja nicht, er passt wieder!«

»Wie kann das denn?« Sieglinde Preibisch schaute verwirrt zwischen Türe und Gatte hin und her.

Friedrichsberg spitzte die Lippen: »Dann haben die wohl das Schloss wieder ausgetauscht.«

»Was soll das denn?« Straaten schüttelte den Kopf. »Die bauen das alte aus, ein neues ein und das dann wieder aus, nur um das alte neu einzubauen?«

»Alt, neu, ein, aus ... Du redest wirr, mein Freund.« Der Dicke guckte ihn streng an.

»Nein! So muss es ja gewesen sein. Anders geht's ja nicht. Aber wieso das alles?«

»Wir werden sehen«, sagte Friedrichsberg und öffnete die Türe.

»Und wenn die noch drin sind?!«, flüsterte die Preibisch.

»Da rechne ich nicht mit. Dann hätten sie ja das Schloss nicht austauschen müssen.«

Friedrichsberg betrat die Wohnung, ging ein paar Schritte durch die Diele und lugte vorsichtig in alle Zimmer. »Sie sehen: keiner da. Weshalb auch? Und wir wären drin.«

Die drei anderen folgten ihm, blieben aber zunächst in der Diele verunsichert stehen.

»Und?« Friedrichsberg machte mit beiden Armen eine ausladende Bewegung und drehte sich dabei im Kreis. »Schauen Sie sich doch mal um, ob noch alles an Ort und Stelle ist. Oder ob der Mann was mitgenommen hat. Vielmehr das Pärchen.«

Sieglinde Preibisch schaute flüchtig in alle Räume. »Also auf den ersten Blick ...«

»Was denn?«, fragte Friedrichsberg.

»Nein, nein. Ich seh nichts. Also mir fällt nichts auf. Also nicht, dass ich wüsste. Ich schau mich mal eben etwas gründlicher ... Hildemar«, raunzte sie ihren Mann an, der bewegungslos in der Tür zum Bad stand. »Jetzt steh doch nicht einfach so da rum ... Jetzt sieh dich doch mal um, Hildemar!«

»Aber wo soll ich denn nachschauen?«

»Überall, Hildemar!«

»Und wo da genau?«

»Hildemar, überall!«

Straaten blieb bei Friedrichsberg, der langsam in Richtung Wohnzimmer ging und sich auf das Sofa setzte; Sieglinde und Hildemar Preibisch gingen ein Zimmer nach dem anderen ab, schauten überall nach, kontrollierten Schränke und Schubladen.

Straaten beugte sich zu seinem Freund hinüber: »Und wenn den beiden doch was gestohlen worden ist?«

»Dann hätten wir wenigstens eine Erklärung dafür, dass da wer Fremdes in dieser Wohnung gewesen ist. Dann war das schlicht und ergreifend ein simpler Einbruch. Aber sollen wir mal wetten? Ich wette, dass hier nicht das Geringste fehlt.«

»Aber wieso? Die hatten doch eine komplette Nacht Zeit, hier alles auf den Kopf zu stellen und auszuräumen.«

»So lange waren die bestimmt nicht hier. Und da ging es denen vermutlich auch nicht drum.«

»Wie meinst du das?«

»Schau dich doch mal um! Hier ist nichts durcheinandergebracht worden. Ich find das alles hier recht kommod und akkurat, um nicht zu sagen spießig. Sogar die Sofakissen hier haben einen Handkantenknick in der Mitte.«

»Ein klassisches, deutsches Wohnzimmer eben.«

»Ja, und wie werden sie irgendwann mal sterben? Von der Schrankwand in Eiche rustikal erschlagen. Schöner, deutscher Tod: In Eiche leben, in Eiche enden wir.« Friedrichsberg schüttelte sich. »Ist ja grauslig ...!«

»Es herrscht nicht so ein Chaos wie bei dir. Hier hat alles seinen angestammten und angeordneten Platz.«

»Ich würde fast sagen: klinisch.«

»Ein Allergiker würde sich wohlfühlen.«

Über das Gesicht des Dicken huschte ein Grinsen: »Kann er ja mit einem Nihilisten zusammen eine WG aufmachen.«

Straaten richtete sich auf. »Willst du hier etwa die Existenz einer Wirklichkeit anzweifeln?«

»Sagen wir mal so: Ich würde es gern.«

»Was ist deine Vermutung bei alldem?«

Friedrichsberg hob die Hände hoch und ließ sie neben sich aufs Couchleder plumpsen. »Also wenn es so war, wie die beiden Preibischs dir erzählt haben ...«

»Warum sollten sie sich das denn ausgedacht haben?!«, unterbrach ihn Straaten.

»Jetzt sei still und lausche! Also, wenn es so war, wie die dir erzählt haben, dann muss das alles Spuren hinterlassen haben: schmutzige Gläser, leere Flaschen, Unordnung, Müll. Von alldem ist aber, wie du siehst, nichts zu sehen. Möglichkeit eins: Dieses ominöse Pärchen hat hier wieder richtig reinegemacht, wann auch immer, also ob gestern Abend noch, die Nacht oder heute Morgen, vollkommen wurscht, obwohl ich eher vermute, dass sie das sofort nach dem Abzug der richtigen Preibischs gemacht haben, und zwar fluchtartig, mussten sie doch damit rechnen, dass die richtigen Preibischs kurz nach ihrem Besuch mit der Ordnungsmacht wieder vor der Türe stehen könnten. Oder Möglichkeit zwei: Die Preibischs faseln uns einen ziemlichen Blödsinn zusammen.«

Straaten schluckte und schüttelte dann langsam den Kopf. »Also Möglichkeit zwei möchte ich ausschließen. Ich kenne die beiden nun schon einige Jahre, das sind so nette Menschen, freundlich, hilfsbereit, gut, sie ist manchmal etwas laut und schrill und fährt ihren Gatten ziemlich an, aber insgesamt ... Auch, dass sie vorhin so aufgelöst und entsetzt bei mir vor der Türe standen ... Das haben die uns nicht vorgespielt. Nein, das möchte ich ausschließen.«

Friedrichsberg schaute ihn über seine Brillengläser hinweg spitzbübisch an: »So, möchtest du? Kannst du es denn auch?«

Sieglinde Preibisch trat durch die Wohnzimmertüre und auf die beiden zu. »Also der Schmuck ist noch da.«

»Vollzählig?«, wollte Friedrichsberg wissen.

»Ja, ja. Also ich denke schon. Ich habe den in der untersten Schublade von meinem Nachttisch. Und da fehlt nichts.«

»Und andere Wertgegenstände? Geld vielleicht?«

Hildemar Preibisch kam dazu und schüttelte den Kopf. »Das Bargeld haben wir in der Küche in dem Schränkchen direkt neben dem Herd. Da war zwar nicht mehr viel, aber das bisschen, so ungefähr 300 Euro, ist noch da.«

Der Dicke nickte und schürzte die Lippen. »Und Bilder, Vasen, Porzellan, was weiß ich? Fernseher, Stereoanlage, DVD-Player ...«

Die Preibisch winkte ab. »Musik hören wir keine.« Und zu ihrem Mann sagte sie: »Aber wenn sie dir den Fernseher genommen hätten ...«

»Der fehlt ja auch nicht, wie Sie sehen können.« Er zeigte zur Schrankwand, aus der ein akkurat eingearbeiteter Flachbrettbildschirm herausstrahlte.

»Klingt ja bis jetzt beruhigend«, sagte Straaten. »Und auch ansonsten ...«

»... scheint alles vollzählig zu sein«, ergänzte Preibisch.

»Nein, es fehlt überhaupt nichts«, bestätigte seine Frau.

Die Preibischs setzten sich und die vier schauten sich einen Moment lang an.

Dann ergriff Friedrichsberg wieder das Wort. »Das ist doch seltsam. Wenn nichts fehlt ... Wozu waren die dann in Ihrer Wohnung? Was meinen Sie?«

Die beiden schüttelten ihre Köpfe: »Wir haben keine Ahnung.«

»Ja, aber es muss doch einen Grund geben!«, blaffte sie Friedrichsberg an. »Jetzt denken Sie gefälligst mal nach! Setzen Sie Ihren Hirnschmalz in Bewegung! Kann doch nicht so schwer sein!«

»Was werden Sie denn so laut?«, fragte die Preibisch.

Und Friedrichsberg legte noch eine Schüppe Lautstärke dazu: »Ich bin noch gar nicht laut geworden! Sie bemühen Ihren Nachbarn und der wiederum mich, dass wir uns die Sache hier mal angucken. Das tun wir. Und? Was kommt dabei heraus? Nichts! Nee, noch weniger: gar nichts! Und Sie beide sitzen hier, glotzen mich an mit offenen Mündern wie zwei tote Fische und wissen anscheinend nichts! Das ist doch nicht Ihr Ernst!« Er schaute die beiden streng an.

»Ja, aber ...«

»Also! Ich höre!«

Sieglinde lief eine Träne die Wange hinunter und sie schluchzte: »Ich ... Ich weiß es doch nicht ...«

»Wir haben Angst. Wenn die wenigstens was geklaut hätten ... Aber so?!« Hildemar Preibisch stützte seinen Kopf in die Hände und atmete laut aus.

Friedrichsberg stand auf, ging zum Fenster, schob die Gardine ein wenig zur Seite und schaute hinaus.

Friedrichsberg drehte sich wieder um und schaute in Richtung Couch. »Sagen Sie mal, Herr Preibisch: Wie sah der Mann denn eigentlich aus? Können Sie sich erinnern, oder vielmehr: Könnten Sie ihn beschreiben?«

»Das kann ich Ihnen genau sagen«, schnellte Sieglinde vor.

»Ach, Sie sind Herr Preibisch?!«, stutzte spöttisch Friedrichsberg.

Aber sie machte weiter: »Also, der Mann ... Der Mann hatte einen dunklen Pullover an.«

Er: »Dunkelblau.«

Sie: »Nein, braun.«

Er: »Dann aber ein komisches Braun. Ich meine, das war Dunkelblau.«

Sie: »Und eine schwarze Hose.«

Er: »Nein, die war braun.«

Sie: »Schwarz.«

Er: »Du vertust dich. Braun war die.«

Sie: »Ja, also eine dunkle Hose jedenfalls. Und Schuhe hatte der auch an. Und das in der Wohnung!«

Er: »Sollte ich mir mal erlauben. Turnschuhe noch dazu.«

Sie: »Lederschuhe.«

Er: »Und braune Haare.«

Sie: »Die waren dunkelblond.«

Er: »Nein, braun.«

Sie: »Dann aber ein sehr helles Braun. Ganz helles Braun. Fast schon ein sehr dunkles Blond.«

Friedrichsberg: »Hm ... Und wie groß, wie alt, wie dick, wie dünn?«

Sie: »Na ja, so eins-siebzig wird der schon gewesen sein.«

Er: »Der war größer. Mindestens eins-neunzig, vielleicht sogar eins-fünfundneunzig.«

Sie: »Der war kleiner. Und dick war der.«

Er: »Gar nicht. Schlank. Also vollschlank.«

Sie: »Dick.«

Er: »Ich würde sagen durchtrainiert.«

Friedrichsberg: »Ja, was denn jetzt?«

Er: »Ein kräftiger, trainierter, großer Mann.«

Sie: »Klein. Und dick.«

»Irgendwelche Besonderheiten?«, fragte Straaten dazwischen.

Er: »Nein.«

Sie: »Er hatte einen Bart.«

Er: »Stimmt. Das ist aber keine Besonderheit.«

Sie: »Und der hatte eine unglaublich große Nase. Fast schon Furcht einflößend.«

Er: »Gar nicht. Ganz normal war die.«

»Ich kann nichts mit all dem anfangen«, stöhnte Straaten auf. »Und die Frau?«

Die beiden Preibischs zuckten mit den Schultern und schauten sich an.

Er: »Das war eine blonde Frau. Mehr kann ich Ihnen nicht dazu sagen.«

Sie: »Das ist das Einzige, was ihr Männer über Frauen sagen könnt: Was sie für eine Haarfarbe haben.«

Er: »Immerhin.«

Friedrichsberg kam seufzend vom Fenster auf die drei Sitzenden zu. »Ich denke, das hilft uns weiter. Oder auch eher nicht. Na ja. Sie sind erst mal wieder in Ihrer Wohnung. Machen Sie hier mal ein bisschen Durchzug, atmen Sie tüchtig durch, lehnen Sie sich zurück, trinken Sie sich was. Und wenn Sie zur Besinnung gekommen sind, rufen Sie die Polizei an. Und denen können Sie das alles erzählen. Sammeln Sie sich aber bitte vorher. Sonst wird den Beamten schwindelig.«

***

Friedrichsberg und Straaten gingen nach dieser Aktion zunächst getrennte Wege, jeder hatte andere Dinge zu erledigen. Da es aber ein ganz famoser Sonnentag war, trafen sie sich am späten Nachmittag wieder, hatten noch Willi Dahl dazugeholt, und so saßen alle drei gemeinsam auf einer Bank in der Sonne im Hofgarten, schauten sich die Häuser ringsum an, hörten die Vögel zwitschern, auch den ein oder anderen Frosch im Gartenteich quaken, in dem noch bis vor Kurzem Herr Professor Doktor Kaiser gelegen hatte, und machten sich so ihre Gedanken.

»Jetzt mal unter uns«, sagte Jupp Straaten etwas bedeckt. »Was ist denn, wenn die Preibischs spinnen?«

Dahl merkte auf. »Das sind doch die netten Leute, die uns im letzten Winter mal die selbst gemachte Brombeerkonfitüre gegeben haben, oder?«

Straaten nickte: »Das sind die, richtig. Aber wann hast du denn die Brombeerkonfitüre gegessen? Und außerdem war das meine. Aber egal, jetzt erst mal zu den Preibischs. Also, spinnen die?«

»Wie meinst du das?«, fragte Friedrichsberg.

»Ja, haben die sie nicht mehr alle?«

»Wieso?«

»Ach, wieso, wieso, du warst doch dabei vorhin!«

Friedrichsberg zog aus der Innentasche seines Jacketts eine Zigarre und ein Streichholzbriefchen hervor und setzte die Rauchware genüsslich schmatzend in Brand.

Schräg links vor ihnen war das Haus, in dem auch die Preibischs wohnten. Ein Fenster ihrer Wohnung stand auf, Sieglinde erschien am Fenster, schaute in den Hof hinaus, entdeckte die drei auf der Bank und winkte.

»Haben die Polizei angerufen!«, rief die Preibisch in den Innenhof hinunter.

Die drei verstanden kein Wort.

»Wie bitte?!«, rief Friedrichsberg hinauf.

»Was?!«, rief die Preibisch wieder hinunter.

»Was haben Sie gesagt?!«, wieder Friedrichsberg.

»Wir haben die Polizei gerufen!«

»Ah ja!«

»Die waren schon da!«

»Ah so!«

»Die konnten aber auch nichts feststellen!«

»Ach was!«

»Ja!«

»Nun ...!«

»Schönen Abend noch!«

»Auch so!«

Fenster zu.

Straaten schüttelte den Kopf. »Jetzt weiß es auch jeder.«

»Und was?«, fragte Friedrichsberg.

»Dass niemand was weiß.«

»Nun«, meinte der Dicke und paffte einen großen Kringel, »dann wissen wir ja alle dasselbe.«

»Also wenn ihr mich fragt: Da steckt doch dieser Nobel hinter.«

Dahl machte große Augen: »Dieser Vermieter? Aber wieso das denn?«

»Der will die Preibischs raus haben und kommt denen mit so einem Psychoterror«, kombinierte der Dicke.

»Aber das ist doch unmenschlich.«

»Richtig, mein lieber Straaten. Das ist es. Passt ja zu dem Knilch. Der hat das ganze Ding hier inszeniert. Hätte man denen jetzt die halbe Bude leer geräumt, dann hätte ich vielleicht noch gesagt: Gut, da steckt irgendeine Diebesbande hinter. Aber so? Das Ganze hier ist doch etwas zu kurios abgelaufen.«

»Ja, kann man denn diesen Nobel nicht irgendwie festnageln?«

»Womit und an was, mein Freund? Was willst du dem denn vorwerfen? Es ist ja nichts gestohlen worden.«

»Kann man ihm denn nichts beweisen?«

»Der wird doch nicht so blöde sein und das Ding selber durchgezogen haben. Der hat da jemanden beauftragt. Und die sind dann in die Wohnung.«

»Aber da kann man doch die Polizei ...«

»Und was sagst du der Polizei, wenn du eine Anzeige aufgeben willst?«, unterbrach Friedrichsberg Straaten. »Da war wer in meiner Wohnung, ich weiß aber nicht, wer, der hat gesagt, er sei ich, obwohl er nicht ich war, sondern ich war ja ich, und ich bin auch ich geblieben, aber ich durfte nicht rein? Dann geben die dir freien Eintritt. Und zwar in die Geschlossene. Das ist doch alles ein klares Indiz für so eine Psycho-Nerven-Nummer.«

»Und mit welchem Ziel?«, wollte Dahl wissen.

»Ein simples Ziel«, sagte Friedrichsberg genüsslich. »Die Preibischs werden kirre und hauen in den Sack.«

Straaten nickte langsam. »Ah ja, soll heißen, Nobel malträtiert noch ein bisschen rum, haut noch den ein oder anderen Psycho-Klops raus, und irgendwann haben die Preibischs die Faxen dicke, packen ihre Sachen, ziehen aus ihrer Wohnung, und Nobel hat neben der Kaiser-Wohnung die zweite leere Wohnung und kann seine Pläne verwirklichen: Modernisierung und Verkauf.«

»Und die große Kohle machen«, nickte jetzt auch der Dicke.

»Blödmann.«

»Kannste laut sagen.«

Für einen Moment hingen die drei ihren Gedanken nach und lauschten dabei dem Vogelgezwitscher.

Das Schweigen wurde von Friedrichsberg unterbrochen, der sich an Straaten wandte: »Aber sag mal, wo wir hier so traut beisammensitzen ... Umgeben von Bäumen, Büschen, Blümchen, Wiese, Teich und Haus und Haus und Haus, also umzingelt von der Nachbarschaft ... Wer ist das denn alles?«

»Wie meinen?«, wollte der Angesprochene wissen.

»Also wer sind denn die Nachbarn? Wer wohnt hier? Wer ist das im Einzelnen?«

»Ui, da muss ich aber ausholen.«

»Bitte nicht so weit«, Friedrichsberg zog ein wenig den Kopf ein, soweit das bei zweieinhalb Doppelkinnen überhaupt möglich war. »Sonst verletzt sich noch jemand.«

»Also«, holte Straaten aus, »das sind zum einen die beiden Preibischs, da muss ich nicht mehr allzu viel erklären, oder?«

»Na ja, eigentlich nicht. Aber wie sind die denn so zusammen?«

»Wie: zusammen?«

»Steht er sehr unter ihrer Zuchtrute?«

»Schon«, meinte Straaten. »Wirklich ernst nehmen tut sie ihn nicht, das stimmt. Aber ich glaube, ihm ist das ganz recht. Der ist froh, dass sie die Bestimmerin ist zu Hause. Er ist ja irgendwas bei der Stadt, Grünflächen oder so was. Noch nicht mal in der Exekutive, der beaufsichtigt nur. Kriegt von ihr jeden Morgen die Butterbrotbüchse mit den geschmierten Schnittkes mit auf den Weg, und am Nachmittag kommt er wieder nach Hause. Dann geht wahrscheinlich der Stress für ihn erst mal los. Bis er am nächsten Morgen wieder zur Arbeit kann. Und da kann er sich dann von zu Hause erholen.«

»Aber blöd ist der doch nicht, oder?« Friedrichsberg war sich da nicht ganz sicher.

»Ein netter Mann ist das. Aber was willst du machen, wenn du so eine Frau neben dir im Bett liegen hast abends? Entweder fügst du dich, oder du brichst aus. Also im Sinne von Zigarettenholengehen, obwohl man gar nicht raucht – und schon ist man über alle Berge. Aber dafür ist er wohl zu blöde.«

»Oder zu bequem«, gab der Dicke rülpsend von sich.

Straaten atmete tief ein: »Und wer weiß schon, was die Menschen zusammenhält. Liebe ist da bestimmt mit im Spiel. Vielleicht liebt sie es ja, ihn so unterzubuttern.«

»Schön. Weiter.« Friedrichsberg beförderte einen Rauchkringel in den Himmel.

»Dann ist da ja noch Kaiser gewesen. Da hab ich ja bereits alles drüber erzählt.«

»Also ich weiß noch nichts über ihn«, sagte Dahl.

»Ein andermal«, winkte Friedrichsberg ab. »Ich klär dich auf, aber bitte nicht hier und jetzt.«

»Es lohnt sich auch nicht, so viel über Kaiser nachzudenken«, sagte Straaten. »Schließlich ist er ja tot.«

»Haha«, machte jetzt wieder Friedrichsberg. »Aber warum er das ist, das wollen wir ja herausfinden. Und also müssen wir uns über kurz oder lang mit ihm beschäftigen.«

»Auch wieder wahr.«

»Und es besteht ja noch die Möglichkeit, dass die Sache mit den fremden Preibischs was mit dem Tod von Kaiser zu tun hat.«

»Und was?« Straaten zog die Augenbrauen zusammen.

»Das weiß ich jetzt noch nicht. Aber ich kaue bereits drauf rum.«

»Was machst du?«, wollte Dahl vom Dicken wissen.

»Ich kaue. Drauf rum.«

»Auf was?«

»Auf Kaiser. Und Preibischs.«

»Ich versteh dich nicht.«

»Mensch, ich mache mir meine Gedanken.«

»Ach so.«

»Also, weiter.«

»Ja nun, dann sind da noch die Tellmann-Bach-Schwestern.« Straaten zog ein Taschentuch hervor und putzte sich die Nase.

»Die wir auch schon kennen«, nickte Friedrichsberg.

»So ist es. Das sind Hilde Tellmann und Hedwig Bach. Die wohnen zusammen in einer Wohnung. Wie die das aushalten ... Die eine ist zeitlebens ungebunden gewesen, die andere war verheiratet. Der Mann ist früh verstorben, und seitdem leben die hier. Die sind hier eigentlich nicht mehr wegzudenken.«

»Sind die nett, frech, unverschämt, liebenswürdig, arrogant, freundlich ...?«

»Das sind zwei reizende, alte Damen. Rüstig, würde ich sie beschreiben. Also von ihrer äußeren Erscheinung. Für ihr Alter recht unternehmungslustig. Sind viel unterwegs. Also machen Spaziergänge zusammen. Jeden Tag. Bis vor ein paar Jahren fuhr die Tellmann auch noch Auto. Das hat sie aber nach einem Unfall drangegeben. Passiert ist da nichts Wesentliches. Also kein ... Na, wie sagt man ... Personenschaden. Aber das Auto: Totalschaden. Und da hat sie das Auto abgegeben und den Lappen gleich mit.«

»Aha. Und passiert ist da wirklich nichts?«, fragte Dahl Straaten.

»Nein, nein, da war alles in Ordnung. Die beiden treffen sich regelmäßig mit den Preibischs.«

»Zu was?«, Friedrichsberg beugte sich neugierig nach vorne.

»Gemischte Sauna auf dem Speicher.«

»Wie?«

»Ein Scherz. Ich weiß nicht, was die vier machen. Kartenspielen, vermute ich mal. Ich glaub, sie haben es mir auch schon mal erzählt, ich kann es aber nicht mehr genau sagen.«

»Aha. Und wie oft?«

»Einmal die Woche.«

»Tapfer.«

»Sonst gibt's über die beiden aber auch nichts zu erzählen. Man trifft sich ab und an, auf der Straße, beim Bäcker, beim Metzger ... Nette Mitmenschen. Eigentlich ungewöhnlich, für so Nachbarn.«

»Gut«, Friedrichsberg nahm seine Zigarre aus dem Mund, betrachtete sie genüsslich und freute sich über die Tatsache, dass er noch genügend Rauchware vor sich hatte; dann steckte er die Zigarre zurück. »Der Nächste, bitte.«

»Tja, wen nehmen wir denn jetzt?« Straaten schaute sich in dem großen Innenhof um. »Ja, nehmen wir den: Franz Kolpmann.«

»Aha und Ach. Und, was ist das für einer? Lebt der alleine?«

»Ja! Das kann man so sagen. Ich glaub, mit dem würde es auch keine aushalten.«

»Interessant«, der Dicke rieb sich die Hände. »Und wieso?«

»Lern ihn kennen, dann weißt du es.«

»Vielleicht möchte ich ihn jetzt gar nicht mehr kennenlernen. Heiraten wollen würde ich ihn sowieso nicht.«

»Ich würde es dir auch nicht raten. Jetzt aber mal im Ernst: Das ist ein Querulant und Korinthenkacker. Einfach ein anstrengender Zeitgenosse.«

»Inwieweit denn?«

»Na, nur mal ein Beispiel. Wir haben ja im Hof so eine große Müllsammelstelle. Alles fein geordnet. Nach Normalmüll, grüner Punkt, gelber Punkt, Papier. So. Und als das neu eingeführt wurde, also dieses Prinzip, da waren die Tellmann-Bach-Schwestern ... Nun ich will mal sagen, leicht überfordert. Und anstatt dieser blöde Kolpmann ihnen hilft und das Ganze erklärt, was macht er? Der ruft sofort den Vermieter an und die Verwaltung und schwärzt die beiden an. Aber richtig dicke Post. Die beiden waren außer sich. Weil denen wurde jetzt auch von höherer Stelle aus Druck gemacht. Also die alte Tellmann war fertig mit den Nerven. Was ich verstehen kann. Die alte Bach hat's nicht so sehr mitgenommen. Der war das mehr oder weniger egal. Die hatte aber auch den Müll nicht weggeworfen. Und Kolpmann? Entschuldigt sich nicht, sondern ist noch stolz auf das, was er gemacht hat.«

»Na ja, ein Kapitalverbrechen ist das aber auch nicht.«

»Das nicht. Aber es ist nicht nett«, meinte Dahl.

»Und es zeigt«, fuhr Straaten fort, »wes Geistes Kind dieser Typ ist. Ein ekelhafter Denunziant. Fängt auch gerne den Postboten ab, hält dann ein nettes Schwätzchen, sagt, er könne dem Postboten gerne die Arbeit abnehmen und werde selber die Briefe und Päckchen und so fort an die Haushalte verteilen, und was macht er dann?« Straaten schaute die beiden neben ihm Sitzenden an.

»Na?« Dahl nickte ihm aufmunternd zu.

»Was glaubt ihr?«

»Du wirst es uns schon verraten«, sagte der Dicke an seinem Zigarrenstummel im Mund vorbei.

»Er nimmt die Sachen teilweise mit zu sich nach Hause, öffnete die Briefe überm Wasserdampf und liest sie dann.«

»Das ist übel.«

»Und Päckchen und Pakete fängt er auch gerne ab und gibt sie nicht weiter.«

Friedrichsberg strich sich über seinen Schnurrbart. »Gibt's da Beweise?«

Straaten schüttelte den Kopf.

»Dann ist das üble Nachrede, oder irre ich mich da?«

»Das ist die Realität.«

»Also summa summarum ein Arschloch.«

»Geht in die Richtung, ja. Nicht wirklich angenehm. Also zu tun haben möchte ich mit ihm nicht. Und er tut dabei immer so freundlich.«

»Und dir gegenüber?« Friedrichsberg blinzelte seinen Nebenmann knapp über die Brille an.

»Die Freundlichkeit in Person. Aber ich trau ihm nicht von hier bis da.«

»Nun, so eine große Strecke ist das ja nun auch wieder nicht.«

»Aber immerhin, es ist eine Strecke.«

Friedrichsberg winkte ab. »Schon gut, schon gut. Aber bitte weiter jetzt, es wird ja immer interessanter.«

Straaten nahm seine Brille von der Nase und wischte sie mit einem Stück seines Oberhemdes ab.

Eigentlich hatte er Friedrichsberg bereits alles über Erich Nobel gesagt. Also all das, was er über ihn sagen konnte. Und das wiederholte er jetzt noch mal. Dass ihm also seit einiger Zeit drei Mietshäuser hier gehörten, die vorher Eigentum der Eltern waren. Nach deren Tod hatte der Sohn das alles geerbt. Ein Sohn, Werbefuzzi in München, der sich nicht mehr für seine Eltern interessiert hatte und dem auch die alte Heimat, also diese Häuser hier, schnuppe waren. Bis zu dem Zeitpunkt jedenfalls, wo er sie geerbt hatte. Er war zurück in die Heimat gekommen, lebte seitdem in der Wohnung seiner Eltern und regelte den Nachlass.

Straatens These dabei war, dass der Sohnemann am liebsten alle alten Mieter aus den Wohnungen raushaben und mit den rundrenovierten Immobilien viel Geld machen wollte.

»Ich halte es sogar für möglich, dass er Kaiser aus dem Weg geräumt hat.«

»Das ist allerdings gewagt.«

»Warum auch nicht? Ich kenne den ja gar nicht! Also traue ich ihm per se erst mal alles Mögliche zu.«

»Und Unmögliche. Also sollten wir den mal im Auge behalten?«

Straaten nickte seinem dicken Freund zu. »Wie geht's weiter?«, wollte der wissen.

»Na, dann nehmen wir mal die alte Blumenfeld.«

»Die die Kellertreppe runtergestürzt ist.«

Straaten nickte wieder. »Was soll man über die sagen? Alte Frau, ziemlich gebrechlich. Wohnte hier, seit ich denken kann. War mal verheiratet. Ihr Mann hat sich aber aus dem Staub gemacht, recht früh. Eine Tochter, die bei der Mutter aufgewachsen ist. Nette Frau, auch alleinstehend. Hab mich mal mit der unterhalten. Die kam regelmäßig, wohnt nicht weit von hier entfernt.«

Friedrichsberg grummelte: »Das sagt ja alles wenig über die Blumenfeld. Mochte die hier jemand nicht?«

»Nö«, sagte Straaten. »Also ich wüsste von nichts.«

»Was nichts heißt«, vervollständigte der Dicke. »Hatte die Kontakt zu jemandem?«

»Ja, zu den Tellmann-Bach-Schwestern. Die waren ja auch ein Alter, mehr oder weniger.«

»Und sonst?«

»Gibt's nichts.«

Die beiden schauten sich müde an.

Dahl sagte: »Und weiter?«

»Weiter geht's mit der Frau Hagen, Anne Hagen. Die wohnt da hinten. Das ist eine sehr attraktive Endfünfzigerin.«

»Na!«, sagte der Dicke und streckte den Zeigefinger warnend in die Höhe. »Denk immer an dein holdes Ehegespons, du alter Charmeur.«

Straaten verdrehte die Augen. »Ich sag's ja nur.«

Der Dicke nickte. »Und ich meine ja nur. Weiter zu Frau Hagen.«

»Also gut. Die Frau ist alleinstehend, Bibliothekarin, arbeitet hier in der Innenstadt, macht regelmäßig Sport, also jedenfalls sehe ich sie öfters mit einer Sporttasche losfahren. Eine sehr nette, gesprächige Frau.«

»Also ist sie geschwätzig?«

»Nein, das nicht. Aber sie unterhält sich gern, wenn man sich trifft. Auf der Straße oder beim Einkauf. Und sie ist gescheit, witzig, aufgeschlossen und belesen.«

Friedrichsberg rümpfte die Nase. »Klingt nicht unanstrengend. Gefährten, Antipoden, Wegelagerer, derlei?«

Straaten dachte kurz nach. »Och, die kommt eigentlich mit allen gut klar.« Er dachte weiter. »Hat sich mal mit Kolpmann angelegt. Und mit diesem Otto.«

»Was kein Kunststück zu sein scheint«, stellte Friedrichsberg fest.

»Wer ist Otto?«, wollte Dahl wissen.

»Kommen wir gleich zu«, ging Straaten drüber hinweg. »Da flogen richtig die Fetzen.«

Friedrichsberg horchte auf. »Wann und wo war das?«

»Das war an dem seitlichen Ausgang von unserem Hofgarten hier. Da hatte die blöde Töle von diesem Otto mal wieder hingemacht und Otto sich einen Dreck drum geschert. Das kriegte Frau Hagen mit und machte Rabatz. Und den lässt sich so ein Otto nicht gefallen. Schon gar nicht von einer Frau. Und dann ging's, wie gesagt, zur Sache.«

»Und mit Kolpmann?«

»Liegt schon länger zurück, hab ich keine Erinnerung mehr dran. Aber genug Stoff liefert der Typ ja, dass man sich über ihn aufregen kann. Also deshalb ...«

Friedrichsberg hielt seine Zigarre in der Linken und schaute auf den Aschekegel. »Ansonsten kommt Frau Anne Hagen mit allen gut zurecht.«

»Ja, das kann man so sagen.«

»Und dass Kolpmann und Otto hinter der Nummer mit den Preibischs stecken und Gleiches auch mit Frau Hagen vorhaben könnten?«, fragte Dahl.

»Wage ich zu bezweifeln. Die Preibischs hätten doch ihre Nachbarn erkannt, wenn die in ihrer Wohnung gewesen wären. Die haben Leute dafür engagiert, Mensch. Denk doch mal nach. Und außerdem liegt unser Fokus auf Nobel.«

»Dann hätten wir noch Holger und Iris«, nahm Straaten den Faden wieder auf. »Zu denen fehlen mir allerdings die Nachnamen.«

»Gut so«, nickte der Dicke, »das wird mir hier langsam eh zu viel und zu unübersichtlich. Also, wer sind die beiden und fasse dich bitte kurz.«

»Studenten, Mitte zwanzig. Wohnen hier seit ungefähr fünf Jahren, würde ich mal sagen.«

»Und wie sind die?«, fragte Dahl.

»Wie Studenten eben so sind. Verlassen spät am Tag das Haus, sitzen nächtelang am Computer oder vorm Fernseher, jedenfalls nehme ich das mal an, danach zu urteilen, was ich so durch die ungeputzten, milchigen Fensterscheiben sehen kann. Und sie hängen grad im Sommer viel zu lange draußen auf dem Balkon rum und laden sich viel zu laute Freunde ein. Da hat es schon haufenweise Beschwerden gehagelt.«

»Soso, von wem?«, fragte Friedrichsberg neugierig nach.

»Das nun wirklich von allen Seiten.«

»Auch von der netten Frau Hagen?«

»Selbst von der«, nickte Straaten, stand auf und ging vor der Parkbank ein paar Schritte auf und ab.

»Hoch, jetzt wird er hektisch, der Mann«, sagte Friedrichsberg ärgerlich.

»Ich kann nur nicht mehr sitzen«, korrigierte Straaten und hielt sich den Rücken.

»Was studieren die denn? Müßiggang und erhöhte Reproduktion durch Kopiererei?«

»Du meinst die üblichen Studentenbeschäftigungen?«

»Genau. Bis sie an Dosenraviolivergiftung jämmerlich eingegangen sind.«

Die drei lachten herzhaft auf.

Straaten blieb vor den beiden stehen und ließ die Arme baumeln. »Ich glaube, er studiert auf Lehramt, welches Fach da genau, weiß ich nicht, sie Philosophie.«

»Ui, wie toll: zwei zukünftige Taxifahrer.«

Friedrichsberg strich sich übers Doppelkinn.

»Jedenfalls sind die nicht unfreundlich. Grüßen, wenn auch knapp. Unterhaltung findet da kaum statt. Sind eben junge Leute.«

»Ja, ja«, pflichtete Friedrichsberg seinem Freund bei. »Bei denen hat man manchmal das Gefühl, als hätten sie Angst, sich mit alten Menschen abzugeben, weil sie die Befürchtung haben, dass sie jedes Gespräch gleich zehn Jahre älter werden lässt. Die sogenannte Gesprächsvergreisung. Kann sogar mit dem Tod enden, wenn's allzu langweilig wird. Hab das schon mal erlebt. Bin dem nur knapp entkommen. Aber eingeschlafen bin ich dabei.«

»Wer viel interessanter sein könnte, das ist Otto mit seinem Köter.«

»Ah, ja, berichte«, Friedrichsberg richtete sich auf, nahm Haltung an und rieb sich die Hände.

»Der ist so groß wie breit, ein Vierkant. Also groß. Rennt jeden Tag stundenlang ins Fitnessstudio zum Trainieren, sperrt in der Zeit seinen blöden Hund auf dem Balkon aus, könnt euch ja vorstellen, was der dann am kläffen ist.«

»Wer? Otto?«, fragte Friedrichsberg.

Dahl lachte.

Straaten schüttelte den Kopf. »Dieser blöde Hund ist nur am kläffen. Auch zu Hause in der Wohnung. Kaum geht einer am Haus vorbei und durch das Treppenhaus, schlägt die Töle an. Da möchte ich nicht in Weißners Haut stecken.«

»In wessen?«

»Weißners Haut. Die wohnen im selben Haus wie Otto.«

»Wie heißt Otto denn mit Nachnamen.«

»Otto.«

»Und vorne? Auch Otto?«

»Nein. Obwohl er so aussieht. Aber wie er vorne heißt, das weiß ich nicht. Der ist wirklich eine Zumutung.«

»Wer jetzt?«, hakte der Dicke wieder nach, »Otto oder die Töle?«

»In diesem Fall beide. Aber zunächst zum Köter: Der kläfft nur rum, der scheißt überall hin, Otto macht nichts weg, drückt dir nur einen blöden Spruch, wenn du mal was sagst.«

»Kann man da nicht gegen angehen?«, wollte Dahl wissen.

»Sind wir schon. Also wir alle. Mit Ausnahme vom Kolpmann, der wollte da nichts mit zu tun haben, sich nicht mit Otto anlegen. Der hat Schiss. Wir haben uns an die Vermieter gewandt. Ja, aber wie willst du, außer du fotografierst es, nachweisen, dass das Häufchen der Hund von Otto gewesen ist? Soll auch eigentlich einen Maulkorb tragen.«

»Wer von beiden?«, grinste Friedrichsberg an seiner Zigarre vorbei.

»Am besten beide. Hält sich dieser Otto aber auch nicht dran, es ist eine Unverschämtheit. Na ja. Am Wochenende rennt er immer ins Stadion. Das ist ein richtiger Hooligan. Der geht zum MSV.«

»Zu was?«, fragte Friedrichsberg ironisch.

»MSV. Das ist ein Sportverein. Die haben mal Fußball gespielt. Und wenn die am Wochenende ein Spiel haben, tanzt der da schon besoffen an. Und kommt gerne mal mit seinen Kumpels nach dem Spiel hierher. Dann saufen und grölen die in seiner Wohnung weiter. Unerträglich.«

»Sonstige aparte Auffälligkeiten?«

Straaten senkte etwas seine Stimme: »Der soll mal im Knast gesessen haben.«

Der Dicke zog die Augenbrauen hoch und spitzte den Mund: »Oho. Es wird interessant. Und wie lang wofür?«

»Wie lang weiß ich nicht. Und man sagt sich wegen gefährlicher Körperverletzung und Drogenbesitz.«

Dahl schaute Straaten mit weit geöffneten Augen an. »Du hast vielleicht eine Nachbarschaft ...«

»Ja«, bestätigte Straaten, »für manche brauchst du echt einen Waffenschein.«

Der Dicke nickte anerkennend: »Da kann ich dir nur recht geben. Wen haben wir denn da noch?«

»Na ja«, machte Straaten weiter. »Bleiben wir gleich im Haus bei Otto. Da haben wir noch so einen kuriosen Fall. Das ist das Ehepaar Weißner.«

»Und was ist mit denen? Halten die sich verprügelte Kleinwüchsige als Sklaven im Keller?«

Straaten schüttelte verständnislos den Kopf: »Du redest wieder einen Schwachsinn ... Nein, beide sind um die Sechzig, ruhig, sehr ruhig, sind beide Juristen, grüßen, wenn auch knapp, aber grüßen.«

Straaten machte eine Pause, die sofort von Friedrichsberg beendet wurde: »Gut. Das mit dem Advokatengehabe ist schon nicht schlecht. Aber kommt da noch was? Etwas Abseitiges? Krudes? Grausliges?«

Straaten nickte, Dahl und der Dicke schauten sich voller Spannung an. »Weißner hat einen Taubenschlag.«

Wie ein zu lang gebackenes Soufflé sackten die beiden anderen in sich zusammen.

»Wenn's mehr nicht ist«, Friedrichsberg blies Luft durch den gespitzten Mund.

»Also ich find das grenzwertig. Man kann doch nicht Tauben in einer Wohngegend halten. Die kreisen hier jeden Tag ihre Bahnen, landen auf den Dächern und kacken da und unterwegs im Flug alles voll. Früher hat man hier im Hof seine Wäsche aufhängen können. Ist doch gar nicht mehr möglich.«

»Also anderer Leute Wäsche möchte ich auch nicht unter die Nase gehängt bekommen«, grummelte Friedrichsberg.

»Bis du die unter deinem dicken Doppelkinn überhaupt siehst, ist die schon längst trocken und abgehängt«, spöttelte Straaten. »Und allein aus diesem Grund lässt man doch seine Tauben nicht einfach so fliegen.«

»Ja, was sollen sie denn sonst machen, die Viecher? Mit der Bahn fahren? Sie fliegen nun mal.«

»Aber doch nicht im Wohngebiet«, protestierte Straaten und setzte sich wieder hin. »Und die Laubengängers haben Katzen.«

»Wer ist das und wie kommst du drauf?«

»Die wohnen mit Kolpmann in einem Haus. Nette Leute. Fast zu nett. Die sind so nett, dass ich mir immer sage: Mit denen stimmt was nicht. Wer so nett ist, der hat was zu verbergen.«

Friedrichsberg nickte. »Ich weiß, was du meinst. Solche Leute kenn ich auch.«

»Ich kann eigentlich nichts gegen die sagen, wirklich nicht. Die sind immer freundlich, kommen auf mich zu, egal, wo sie mich sehen, und zwängen mir ein Gespräch auf. Die sind so gesprächig, das neigt schon zum Geschwätz. Aber nie ein böses Wort zu oder über was auch immer. Unglaublich fast. Aber sie haben Katzen.«

»Und?«, fragte Dahl knapp.

»Lassen die manchmal frei laufen. Die pinkeln immer auf die Wiese und bleichen die richtiggehend aus. Da musste Kaiser immer wieder nachdüngen.« Straaten hielt kurz inne. »Kann er jetzt auch nicht mehr.« Er seufzte. »Und was glaubt ihr, wie die Mülltonnen stinken, wenn da das Katzenklo entsorgt worden ist. Fürchterlich, einfach fürchterlich. Oder die Katzenfutterdosen mit den Resten drin, ist genauso schlimm.«

»Hat einer aus eurer traut-geneigten Nachbarschaft schon mal an Vergiftung gedacht und was Präpariertes auf dem Hofgarten fallen lassen?« Der Dicke grinste diabolisch. »Wären Hund wie Katz und Taub dahin.«

Empört setzte sich Straaten auf. »Wo denkst du hin?«

»Sag ich dir: in Richtung Vergiftung. Dem hält, wenn's gut gemacht ist, kein Tierchen stand.«

Für eine Weile herrschte Ruhe.

Dann sagte Straaten kleinlaut: »Es ist mal was gefunden worden, was da nicht hingehörte. Hat jedenfalls Kolpmann gesagt.«

»Wo was?«

»Hier unten auf dem Hof. Da stand morgens ein Schälchen Milch, das am Vortag noch nicht da war. Kaiser hat's entdeckt, als er den Rasen schneiden wollte, und im Garten auf die Golderdbeeren weggekippt. In der Nacht waren die Katzen ausnahmsweise mal nicht draußen. Glück gehabt. Die Blumen waren am nächsten Tag hinüber.«

»Die Katzen«, nickte der Dicke. »Für die anderen Pech. Hätte ja auch die Töle vom Otto draus trinken können.«

»Dann hätten wir da noch die alte Frau Siebenreich«, versuchte Straaten rasch abzulenken, »die lebt hier schon länger als die Häuser stehen.« Er lachte kurz auf. »Die macht nur noch das Nötigste, Hilfe hat sie keine. Eine nette, alte Dame. Über den Rest der Bewohner gibt es nicht viel zu berichten. Zum einen, weil sie noch nicht so lange hier wohnen wie die anderen, zum anderen, weil sie verhältnismäßig unauffällig sind. Da ist diese Sportlehrerin Sophie van Grecht, jung, Mitte zwanzig, alleinstehend, aber morgens verlassen oft alternierende Männer ihre Wohnung, sie ist sehr wenig zu Hause, joggt jeden Tag, geht ins Fitnessstudio. Grüßt knapp, hab ich noch nie ein Wort mit gewechselt. Und dann ist da noch Frank Marzimke, ein Automechaniker. Der hat hier ein paar Ecken weiter eine kleine Werkstatt. Der macht einen sympathischen Eindruck. Hat mir mal meine Reifen gewechselt unter der Hand. Mehr gibt's über den auch nicht zu berichten. Ja, und dann sind da noch meine Frau und ich.«

Friedrichsberg verzog angewidert sein Gesicht.

»Na, so schlimm ist es ja nun auch wieder nicht, oder?«, fragte Straaten rhetorisch.

»Wie man's nimmt«, sagte der Dicke. »Und euer Stand hier im Block?«

»Ich glaube ganz gut. Würde ich mal sagen. Aber wissen tu ich's nicht.«

Friedrichsberg legte das bisschen Rest seiner Zigarre neben sich auf die Bank, atmete schwer und schüttelte seinen dicken Schädel. »Das war eine Menge. Was für ein Typenkabinett. Und ich kenn die alle gar nicht.«

Straaten grinste: »Lernst du alle noch kennen, keine Sorge.«

Friedrichsberg zog einen Flunsch. »Weiß gar nicht, ob ich das überhaupt will.« Geräuschvoll zog er die Nase hoch. »Aber sag mal, deine Aufzählung, das war doch eine bunte Reihe. Wie sind die denn über die Häuser hier verteilt?« Er machte mit seiner rechten Hand eine ausladende Bewegung.

»Also hinter uns haben wir ja das Heimatmuseum«, begann Straaten zu erklären, »vor uns liegen vier Häuser. Im ganz linken wohnen Preibischs im Parterre ...«

»Ja, das weiß ich doch. War vorhin ja noch da«, unterbrach Friedrichsberg ihn.

»Willst du jetzt, dass ich es dir erkläre oder nicht?«

»Ja, lass ihn doch mal«, steuerte Dahl bei.

»Also. Bitte.«

»Im ganzen linken Haus wohnen Preibischs, darüber die alte Siebenreich und unterm Dach die Studenten. Im Haus daneben wohnen die Tellmann-Bach-Schwestern, darüber die Hagen, ganz oben Nobel. Dann kommt das nächste Haus mit Frau van Grecht und mir und meiner Frau.«

»Du meinst mit deiner Frau und dir«, korrigierte der Dicke.

Straaten verdrehte die Augen. »Ist ja gut. Im letzten Haus in dieser Reihe wohnt Marzimke und darüber wohnt, also wohnte Kaiser. Dann haben wir die Heckenecke und die rechte Seite. Und in den drei Häusern wohnen der Reihe nach: im ganz linken Kolpmann im Parterre und die Laubengängers drüber, unterm Dach noch der Pistorius, im zweiten Haus wohnte Frau Blumenfeld und im letzten Haus wohnen Weißners und dieser Otto. Danach nur noch Hecke. Das war's.«

Der Dicke ließ seine Blicke schweifen und grummelte irgendetwas Unverständliches vor sich hin.

Auf einmal schaute Friedrichsberg Straaten streng an: »Sag mal, wer bitte schön ist denn dieser Herr Pistorius?«

Straaten bekam hektische Flecken: »Och, den hab ich ganz vergessen.«

»Also, ich höre.«

»Pistorius hat sie nicht mehr alle.«

Friedrichsberg wartete einen Moment, dann: »Danke für diese überaus ausführliche Charakterisierung.«

»Der haust in einer zugemüllten Dachwohnung, ist psychisch komplett neben der Spur, der soll sogar mal in der Klapse gewesen sein, brabbelt irgendein wirres Zeug vor sich hin und kriegt nichts mehr mit.«

Plötzlich hörten die drei Banksitzer einen Rufer: »Juhuuu!« Sie schauten sich um. »Hallo! Hier!« Von dem Zwischengang des Heimatmuseums her kamen die beiden Tellmann-Bach-Schwestern und zogen einen Einkaufs-Trolley hinter sich her, der sich durch ein leichtes, aber stetes und damit durchdringendes Quietschen bemerkbar machte.

»Herr Straaten, Herr Dahl, Herr Friedrichsberg!«, rief Hedwig Bach lautstark durch den ganzen Hofgarten und die beiden Schwestern kamen rufend zu den dreien herüber: »Na, haben Sie schon was über den Toten rausbekommen? Na, sagen Sie schon!«

Sie hielten direkt vor der Bank und brachten ihren Hackenporsche mit den gesammelten Einkäufen zum Stehen.

Jupp Straaten machte im Sitzen einen leichten Diener: »Frau Tellmann, Frau Bach ... Den müssen Sie mal ölen, der quietscht ja fürchterlich. Den haben Sie aber auch ständig bei sich, oder?« Straaten wies mit seinem Zeigefinger auf den Hackenporsche.

Frau Bach nickte heftig: »Den führe ich immer mit mir. Da hab ich alles drin für den Notfall.«

»Und zum Einkaufen?«

»Ja, dafür brauche ich den natürlich auch.«

Hilde Tellmann unterbrach ihre Schwester: »Also wissen Sie, was ich dachte ... Also wegen des toten Kaisers ... Der Mörder, ob Sie da schon was wissen ...«

»Meine Schwester meint«, wurde die Bach von Hilde Tellmann unterbrochen, »also sie wollte Ihnen sagen ... Ich meine, sie möchte wissen ...«

»Was ich meine und was ich will«, unterbrach jetzt wieder Hedwig Bach, »das kann ich schon noch selber sagen, Hedwig, nicht wahr, Herr Straaten? Ich bin alt genug.«

»Das hoffe ich doch für Sie«, erwiderte der Angesprochene. »Wäre ja auch noch schöner.«

»Um auf Ihre Frage, besser: Ihre Fragefetzen Bezug zu nehmen: Ich kann Sie beruhigen, oder vielmehr: beunruhigen, aber wir haben bis jetzt noch rein gar nichts rausbekommen.«

Hedwig Bach lächelte eine süffisantes Lächeln: »Wir haben aber etwas herausbekommen.«

Die drei Herren auf der Bank stutzten.

»Und zwar«, übernahm wieder die Tellmann, »ich weiß gar nicht, ob das so von Belang ist, aber man weiß das ja nie, nachher sagen Sie, warum haben Sie uns das nicht schon viel früher gesagt, deswegen wollen wir damit auch zur Polizei, ich meine, das wussten wir ja selber nicht, dass das so war, der Herr Professor war ja eigentlich immer ein sehr feiner Mensch, bis auf die manchmal doch recht laute Musik ...«

»Klassik!«, unterbrach Hedwig.

»Aber zu laut, denn ...«

»Und der war ein Spieler! Hat alles verzockt.«

»Ja, aber ...«

»Und nichts mehr auf dem Konto.«

Die beiden Schwestern schauten abwechselnd die drei Herren an.

»Sehen Sie, das wussten wir schon.« Straaten sagte das und sah zugleich, wie alle Hoffnung und jedwedes Lächeln aus den Gesichtern der Damen verschwand.

»Ach.« Hedwig Bach schien beinahe betrübt.

»Wir haben das von Laubengängers. Und die haben es wiederum von Kolpmann. Die wohnen ja im selben Haus.«

»Ich bitte Sie«, tat Straaten pikiert. »Selbstverständlich kenne ich Laubengängers. Und ihre Katzen ...«

Hedwig Bach stöhnte genervt auf.

»Er hat mir gesagt«, machte Frau Tellmann weiter, »also er hat mir gesagt, mit ihr kann man über so was ja gar nicht sprechen, obwohl sie ja durchaus offen einem Gespräch gegenüber steht, aber er hat mir gesagt, dass sie ab und an mal in das Casino ... Nur so ein bisschen. Auch eher seltener in letzter Zeit, nur so zum Freizeitvergnügen. Haushaltskasse auffrischen, sagt sie immer. Ich glaube, er sieht das ein bisschen anders, der hat schon ein anderes ... also einen anderen Bezug dazu, na ja. Einarmige Banditen. Und da hat sie öfters Kaiser getroffen und ist mit ihm irgendwann ins Gespräch ... Ich meine: Nichts Schlechtes über die Toten ... Obwohl, wenn der wieder mal stundenlang die Steinplatten vom Gehweg gekärchert hat ...«

»Alles verzockt«, unterbrach die Bach. »Alles verzockt. Spieler bleibt Spieler.«

»Ja, ja, aber nett. Und was er sich um den Garten gekümmert hat ...«

»Trotzdem Spieler. Und Lackaffe.«

»Hedwig! Ich bitte dich! Auf jeden Fall sagte dann Herr Laubengänger noch, dass bei den Preibischs eingebrochen wurde. Stimmt das?«

Straaten nickte zustimmend: »Ja, das stimmt. Mehr oder weniger.«

»Das ist doch fürchterlich«, Hilde Tellmann hob beide Hände gen Himmel. »Wo soll das denn alles noch hinführen? Ich frag mich, wo das hinführen soll?«

»Ich frag mich vor allen Dingen: Was will man da mitnehmen? Also bei den Preibischs. Da liegt ja nichts rum.« Die Bach kniff die Augen zusammen und musterte den Dicken eindringlich.

»Nichts«, antwortete Friedrichsberg. »Wahrscheinlich nichts. Wo nichts ist, kann auch nichts fehlen. Aber ich muss Sie enttäuschen, das wissen wir auch schon alles.«

»Ich mache mir ernsthaft Sorgen«, sagte Frau Tellmann mit bitterer Miene.

Straaten fand tröstende Worte: »Das müssen Sie nicht.«

»Ich mache mir auch Sorgen«, gab jetzt auch Dahl zu.

»Mensch«, raunte der Dicke ihn an, »du wohnst hier doch gar nicht.«

»Na und? Man wird sich doch noch mal sorgen dürfen.«

Hedwig Bach ballte ihre rechte Hand zur Faust und fuhr ein paarmal damit durch die Luft: »Die sollen mal kommen. Denen geb ich eins mit dem Nudelholz. Und dann haben wir ja auch noch das Messer-Set aus Titan. Die werden filetiert.«

Friedrichsberg erhob sich schwerfällig, legte seine Hände in den Rücken und streckte das Kreuz einmal durch, wobei sein großer Wanst nur noch größer und bedrohlicher erschien. »Aber wer soll denn da kommen?«, fragte er. »Und was könnten die, die da kämen, von Ihnen wollen? Wer möchte schon freiwillig filetiert werden?«

Auch Straaten stand auf: »Machen Sie sich bitte keine Gedanken, es wird Ihnen schon nichts passieren.«

Hilde Tellmann duckte sich ein wenig und wisperte: »Ein Mord und ein Einbruch. Wo soll das nur hinführen? Vielleicht knöpfen die sich auch noch die Preibischs vor! Und dann sind die tot. Wo führt das hin?!«

Friedrichsberg wandte sich zum Gehen: »Vielleicht zu einem zweiten Mord. Wir werden sehen. Lassen wir uns einfach überraschen.«

Kapitel 8

Nächtliches Duett der Eventualitäten

Es war schon weit nach 23 Uhr, als sich zwei dunkle Gestalten im Schutze einer Heckenrose bei den Mülltonnen trafen. Die gesamte Hofgartenanlage lag im stillen Dunkeln, in einigen Fenstern brannte noch Licht. Leichter Nieselregen fiel aus schwarzen Wolken.

Die beiden Gestalten unterhielten sich schon eine Weile miteinander, dabei wählten sie einen leisen Ton, sodass sie kaum zu hören waren.

A: »Wissen Sie, wir beobachten das hier ja schon lange genug ...«

B: »Da sagen Sie was.«

A: »Und wenn ich mich so umschaue, man müsste ...«

B: »Man müsste, man müsste, man müsste ... Was Besseres fällt Ihnen auch nicht ein.«

A: »Man müsste einfach ...«

B: »Ist Ihnen ja noch nie eingefallen, was Besseres. Bei Ihnen kommt immer nur ›man müsste‹. Wenn ich mein

Leben lang immer nur ›man müsste‹ gesagt hätte, dann wäre ich ja heute noch nicht Witwe.«

B war also weiblich und lachte laut auf, woraufhin sie sich einen strengen Blick von A einhandelte.

A zischte: »Nicht so laut! Soll doch hier keiner mitbekommen, dass wir unser ...«

B: »Na?«

A: »Konspiratives Treffen hier abhalten.«

B: »Konspirativ ist gut.« Sie lachte wieder, diesmal allerdings erheblich leiser. »Das gerade war ein Scherz.«

A: »Ach so. Wenn man sich so umschaut und dabei sieht, wie viele Eheleute sich gegenseitig umbringen, bin ich froh, dass ich nie die Frau fürs Leben gefunden und geheiratet habe. So hysterisch wie die Weiber manchmal sind, wäre ich ja auch schon längst selbstgemachter Witwer.«

B nickte und kam neugierig zum Thema zurück: »Was müsste man denn mal, Ihrer Meinung nach?«

A: »Einfach mal ... durchgreifen. Durchgreifen müsste man mal.«

B horchte auf: »Wie denn? Hm? Wie denn?« B stupste A mit dem ausgestreckten Zeigefinger immer wieder gegen die Brust. »Sagen Sie mal was.«

A: »Jetzt hören Sie doch mal auf damit.«

B: »Wie müsste man denn durchgreifen? Hm?«

A: »Ja, ich weiß es doch auch nicht.«

B: »Lassen Sie doch einfach mal ein bisschen Ihre Phantasie spielen. Da fließen doch die Gedanken nur so.«

A schaute hinauf in den nachtschwarzen Himmel: »Gedanken, Gedanken ... Dann nehmen wir mal ein Beispiel. Wenn ich nur an diese Drecksjungenleute denke, zum Beispiel, dann wird mir schon ganz anders.«

B: »Na bitte, es geht doch.« B war zufrieden.

A: »Was geht? Nichts geht da mehr. Diese ewigen Studenten ... Das ist doch kein Leben, ist das nicht.«

B: »Die müssen sich doch erst finden, die jungen Leute.«

As Halsschlagader trat beunruhigend hervor: »Pah! Da sollen die mal zu mir kommen. Ich würde mich mit denen mal beschäftigen, da wären die ganz schnell wieder bei sich, da hätten die sich schnell gefunden. Die können uns doch nicht ein Leben lang auf der Tasche liegen. Sozialschmarotzer sind das. Und wer macht dafür seinen Buckel krumm? Ich. Und was machen die? Keine Uni, nein. Könnten ja mal studieren gehen. Aber zielgerichtet. Nicht dieses ewige Rumgehänge in den Seminaren. Stattdessen laute Musik bis in die Puppen und wilde Partys, Alkohol und Drogen. Und ich krieg nachts kein Auge zu. Aber das hat bald ein Ende. Denen würde ich es geben, wenn ich was zu sagen hätte.«

B wurde neugierig: »Was würden Sie denn machen?«

A: »Soll ich Ihnen das mal sagen? Soll ich Ihnen sagen, was ich machen würde? Ich hab mir nämlich schon meine Gedanken gemacht. Ich würde da mal vorbeischauen, wenn die eine ihrer Partys machen. Und dann würde ich denen Pillen in ihre Getränke rühren, dass die an einer Überdosis krepieren. Eingehen wie Ungeziefer würden die, allesamt.«

B: »Und wie würden Sie an diese Drogen kommen?«

A lachte auf: »Das lassen Sie mal schön meine Sorge sein.«

B: »Klingt interessant. Und was ist mit den anderen?«

A: »Mit den anderen? Nehmen wir diesen fetten Otto.«

B verzog ihr Gesicht: »Der ist mir auch sehr unsympathisch.«

A: »Unsympathisch? Ein Widerling. So eine braune Socke ist das. Mit seinem feisten Köter, diesem Kampfteil von einem Hund, der überall hinscheißt. Ist doch widerlich.«

B: »Und wie würden Sie bei dem vorgehen?«

A: »Ich würde mir so eine misshandelte und menschenverachtende Dreckstöle aus dem Zwinger holen. Schön abgerichtet und heiß auf Krawall. Und die würde ich ganz einfach dem fetten Otto an den Hals jagen. So schnell kann der gar nicht abhauen und laufen gehen, wie das Vieh dann hinter dem her sein wird. Totgehetzt und kaputtgebissen.«

A lachte dreckig auf und auch B fiel in sein Lachen mit ein. Die beiden fanden langsam Gefallen an ihren Überlegungen und steigerten sich begeistert in ihre Mordphantasien hinein.

B war enthusiastisch: »Es wird ja immer besser. Und die alte Siebenreich?«

A: »Mit ihrem immer stinkenden Müll?«

B: »Ja, genau.«

A: »Da würde ich warten, bis die wieder mal hier zum Container schlurft, dann schleiche ich mich von hinten an, und wenn die den Deckel öffnet, pack ich mir deren Füße, hebe sie an, schubse sie rein und erdrücke sie in ihrem eigenen Dreck, Gestank und Müll.«

B rieb sich die Hände: »Hoch, herrlich, das wird ja immer besser.«

A lachte auf: »Nicht wahr?«

B wies ihn zurecht: »Leise.«

A: »Entschuldigung.«

Die beiden ließen eine Weile vergehen und hörten in die Stille hinein.

B: »Und Laubengängers?«

A: »Ja, die gehen mir mit ihren selten dämlichen Katzenviechern sowieso auf den Zeiger.«

B: »Ist das nicht ekelerregend?«

A: »Und wie. Und wissen Sie, was ich mit denen mache?«

B, erwartungsvoll: »Nein.«

A: »Die packe ich in ihr stinkendes Katzenklo und dann gebe ich denen so lange ihren Katzenfraß zu fressen, den würge ich denen nur so rein, diesen ganzen Dosenscheiß, dass die dran ersticken.«

B lief ein wohliger Schauer über den Rücken: »Nein, wunderbar, das ist ja phänomenal. Und bei Weißners?«

A: »Wo er diesen blöden Taubenschlag hat, wo er immer seine Luftratten kreisen lässt, die alles vollkacken?«

B japste fast: »Ja, ja ...«

A: »Den Taubenbiestern würde ich eine Woche lang nichts zu fressen geben.«

B: »Und dann?«

A: »Dann würde ich Weißners packen und in ihren eigenen Taubenschlag sperren, dass diese Dreckstauben sie totpicken.«

Erneut lachten A und B herzhaft, wenn auch gedämpft, auf.

B: »Und diese junge Sportlehrerin aus dem Parterre?«

A: »Hah! Das ist doch ein Luder! Haben Sie die mal gesehen? Allein wie die läuft.«

B: »Ja, wie läuft sie denn?«

A: »Müssen Sie mal drauf achten, wenn die läuft, dann sehen Sie ja, wie sie läuft.«

B: »Und?«

A: »Die geht jeden Dienstag und Donnerstag zum Sport. Nach der Arbeit. Zum Work-out, wie das jetzt heißt. Was ein Schwachsinn. Und da würde ich sie mir mal im Fitnesskeller vorknöpfen.«

B, begierig: »Und wie?«

A: »Festgekettet auf dem Laufband. Und das auf allerhöchster Geschwindigkeit. Eine Woche lang nur rennen. Und dann würde ich die unterm Solarium einsperren. Dass sie richtig knusprig braun wird.«

Beide mussten nochmals herzhaft auflachen. Nach einer Weile hatten sie sich wieder beruhigt.

B, sich räuspernd: »Aber in Wirklichkeit, bedenken Sie das bitte ...«

A, mit nötigem Ernst: »Nein, nein, in Wirklichkeit geht das alles natürlich nicht.«

B: »Nein.«

A: »Im Leben kämen wir ja nicht auf die Idee, Menschen zu töten.«

B: »Umzubringen.«

A: »Aus dem Wege zu räumen.«

B: »Im Leben nicht.«

A: »Niemals. Und wenn, dann nicht so kreativ.« A machte eine Pause und hing seinen Gedanken nach; dann fügte er an: »Die Zeit hätte man ja gar nicht.«

Abermals mussten beide lachen.

B: »Ach, Sie sind mir ja einer.« Sie gluckste leicht. »Mit Ihnen treffe ich mich noch am liebsten am Müll.«

A nickte heftig: »Geht mir ganz genauso.«

B, nach einem Augenblick der Ruhe, etwas lauernd: »Und dieser Automechaniker zum Beispiel? Wie würden Sie's da machen?«

A: »Wissen Sie, der hat doch so eine Hebebühne in seiner Werkstatt. Und wenn man da druntergeht und das Auto dann so von oben ...«

B: »Hach, so von oben runter ...«

A: »Dass das dann nur noch einen Brei gibt ...«

Das ging dann noch eine ganze Weile so weiter.

Kapitel 9

Unangenehmes Begebnis im Goldenen Anker

Friedrichsberg war in seinem Ohrensessel eingeschlummert. Auf dem Beistelltischchen zu seiner Linken lag auf einem Teller noch ein halbes Käsebrot, und daneben stand ein Glas Rotwein. Auf seinem Bauch lagen ein aufgeklapptes Buch und seine Brille, die er wohlweislich abgenommen hatte, bevor er ins Reich der Träume hinübergeglitten war.

Dem Schnarchen nach zu urteilen, muss er tief und fest geschlafen haben, als ihn gegen kurz vor Mitternacht das Klingeln seines Telefons jäh aus dem Schlaf riss.

Als er sich orientiert hatte, hievte er seinen schweren Körper aus dem Sessel empor, taumelte etwas, fand aber rasch sein Gleichgewicht wieder und schwankte zum Couchtisch, wo sein Telefon lag.

Er nahm ab.

»Wer will was von mir?«, bellte er ins Telefon.

»Ich bin's«, hörte er Straatens Stimme am anderen Ende der Leitung.

»Sag mal, spinnst du?! Hast du mal auf die Uhr gesehen? Ich hab geschlafen!«

»Mag ja sein, aber ich brauche deine Hilfe!«

»Du hast sie ja nicht mehr alle! Glaubst du ernsthaft, ich verlasse jetzt noch das Haus? Außerdem ...« Er schaute aus dem Fenster, gegen das senkrecht fallender Regen peitschte. »Regnet's. Es ist ungemütlich draußen.«

»Ich sitze in meinem Auto und stehe vor dem *Goldenen Anker*. Weißt du, wo das ist?«

Friedrichsberg dachte angestrengt nach. »Der *Goldene Anker* ... Ist das nicht eine Kneipe in der Altstadt?«

»Genau die meine ich.«

»Warum trinkst du dann da nichts? Sondern sitzt in deinem Auto?«

»Ich habe Nobel verfolgt.«

»Was hast du?!«

»Und der ist hier drin. Seit fast einer Stunde.«

Friedrichsberg kratzte sich aus Verzweiflung über seinen Haarkranz.

»Du machst echt Sachen ... In fünfzehn Minuten bin ich da.«

* * *

Der *Goldene Anker* lag unweit der Schwanentorbrücke. Friedrichsberg hatte aufgelegt, sich in seine Übergangsjacke geworfen, die Wohnung verlassen und war in seinen Wagen gestiegen.

Die Strecke bis zum Hafen war nicht lang, er bog am Rathaus rechts ab, fuhr auf die Schwanentorbrücke zu und kurz vorher links ab. Er musste sich orientieren, was ihm bei diesem Unwetter draußen nicht leicht fiel. Kaum jemand war auf der Straße. Der *Goldene Anker* musste in einer der Stichstraßen liegen. Also bog er gleich links ab und stellte seinen Wagen auf einem Parkplatz ab. Er nahm aus dem Kofferraum den großen Schirm und machte sich zu Fuß auf den Weg zur Kneipe.

Von Weitem sah er schon Straatens Auto, der betätigte kurz die Lichthupe und winkte ihm durch die Scheibe entgegen.

Der Dicke zog sein Tempo an, öffnete die Beifahrertüre und ließ sich in den Sitz fallen.

»Du hast sie echt nicht mehr alle beisammen. Lass dir das mal gesagt sein! Was treibst du denn hier, sag mal?!« Der Dicke war nass und stinkig.

»Recherchen.«

»Nachts bei strömendem Regen vor einer Altstadtpinte. Du siehst und hörst nichts und sitzt dir hier Hämorrhoiden. Dolle Recherchen, Respekt.«

Straaten verzog das Gesicht. »Du hast doch selber gesagt, dass mit dem Nobel was nicht stimmt. Und das sehe ich genauso. Und vor ungefähr einer Stunde will ich eigentlich zu Bett gehen, geh noch mal kurz auf den Balkon, weil wir die Wäsche rausgehängt hatten zum Trocknen und es zu regnen anfing, und was sehe ich da? Ich sehe, wie Erich Nobel seine Wohnung verlässt, durch das Treppenhaus, in den Hofgarten und durch den Zugang zwischen letztem Haus und Museum abhaut. Um diese Uhrzeit! Das ist doch nicht normal!«

»Was soll denn an kurz vor elf nicht normal sein? Da finde ich sieben Uhr am morgen viel anormaler.«

»Wo will der denn um diese Uhrzeit hin? Ich hab sofort an die Preibischs gedacht und diese komische Nummer, die da abgezogen worden ist. Also hab ich mir meine Jacke übergezogen und bin ihm gefolgt.«

Friedrichsberg schaute seinen Freund streng an.

»Natürlich ganz vorsichtig. Nobel steigt in sein Auto. Ich denke noch, so ein Mist, wo ist denn meins jetzt? Stand aber auf der gegenüberliegenden Seite. Ich setz mich rein und folge ihm bis hier vor die Türe. Der ist jetzt über eine Stunde da drin. Was macht der denn da?«

»Da ich nicht durch Wände gucken kann, weiß ich es nicht. Aber ich werde es herausfinden.«

»Und wie willst du das ...?« Straaten wurde unterbrochen, indem Friedrichsberg die Autotüre öffnete und seinen Fuß auf die Straße setzte.

»Du willst doch nicht ...«

Friedrichsberg stieg aus. »Wenn ich in einer halben Stunde nicht wieder raus sein sollte, dann rufst du bitte die Polizei. Danke.« Mit diesen Worten schlug er die Türe zu und ging die paar Schritte zur schräg gegenüberliegenden Kneipe. Das war ein brauner Backsteinbau mit halb heruntergelassenen Jalousien und milchigen Scheiben, durch die ein gelbliches Licht nach draußen schien. Friedrichsberg öffnete die schwere Holztüre und trat ein.

Die ganze Kneipe war holzverkleidet. Jedenfalls nahm das Friedrichsberg an, denn hier wurde geraucht. Und das von allen und schon seit vielen Jahrzehnten. Deshalb war hier alles rauchvernebelt, und die Sichtweite lag unter zwei Meter. An den Wänden hingen in unterschiedlichsten Rahmen Hafenmotive in Öl, auf den Fensterbänken standen die kläglichen Reste von Grünpflanzen und insgesamt saßen sechs Männer und Frauen an dunklen Holztischen auf grünbespannten Holzstühlen. Aus zwei Lautsprechern über dem Eingang dudelten Schlager, hinterm Tresen polierte eine großbusige, verlebte Siebzigjährige die Gläser, vor dem Tresen saßen auf Hockern drei Männer, einer davon war Erich Nobel.

Als die Türe aufging und Friedrichsberg eintrat, schauten alle zehn zu ihm rüber.

»'n Abend«, sagte der Dicke und schlug seine Jacke aus. »Bisschen nass draußen. Kriegt man hier noch was zu trinken?«

Die Großbusige nickte.

Der Rest löste seinen Blick vom Eindringling und beschäftigte sich wieder mit dem Vorangegangenen.

Friedrichsberg ging zielstrebig an eine Seite des Tresens, in genügender Entfernung zu Nobel, orderte ein Bier, die Großbusige nickte wieder, und schaute sich um.

Hier willst du keins auf die Fresse kriegen, dachte er bei sich. Hier waren zehn Menschen anwesend und damit insgesamt rund zweihundertfünfzig Jahre Knast. Da saßen Gestalten, die hätte jeder Geisterbahnbetreiber abgelehnt mit der Begründung, das sei zu übertrieben.

Die Großbusige stellte ihm ein astrein gezapftes Pils vor die Nase, sagte »Na, dann Prost!« und machte sich wieder ans Polieren.

Friedrichsberg nahm einen großen Schluck, stellte das Glas wieder auf den Bierfilz, machte ein leichtes Bäuerchen und wischte sich den Schaum aus dem Schnurrbart.

Neben Nobel hockte ein bärtiger Mann, die beiden saßen vor ihren Bieren, steckten die Köpfe zusammen und tuschelten irgendwas. Was, das konnte Friedrichsberg nicht verstehen. Anscheinend auch nicht die Großbusige, denn sie war absolut ins Polieren vertieft. Oder sie war schwerhörig. Oder sie wusste aus Berufserfahrung, dass es besser war, erst gar nicht hinzuhören.

»Was machs'n du hier? He, hörsse schlecht? Hab dich was gefracht.«

»Der meint Sie«, sagte die Großbusige zu Friedrichsberg.

»Bitte?«, sagte der.

Sie wies nur mit einem Nicken in eine Ecke der Pinte, wo ein fast zahnloser, alter Mann vor einer Flasche Schnaps saß.

Friedrichsberg drehte sich zu ihm um. »Kennen wir uns?«

»Nich dass ich wüsste. Bisse zum ersten Mal hier? Glaub schon, oder? Hab dich no nie hier geseh'n.«

»Das ist gut möglich. Wollte nur noch schnell ein Bierchen to go. Mehr auch nicht. Und Sie? Wohl Stammgast, was?«

Der Zahnlose lachte laut auf und zeigte dabei seinen dunklen Schlund. »Kannze laut sagen, Meister.« Ein paar Gäste schauten rüber zu ihm. »Wenns danach geht, gehört mir hier'n Teil vom Laden.«

Der bärtige Mann neben Nobel klopfte diesem auf die Schulter, stieg vom Hocker und verließ die Kneipe. Nobel trank langsam sein Bier aus.

Friedrichsberg kramte sein Portemonnaie hervor, legte einen Fünf-Euro-Schein auf den Tresen, sagte »Stimmt so« zur Wirtin und zum Zahnlosen: »Das haben Sie richtig gemacht. Die einzig vernünftige Kapitalanlage ist die in Immobilien. Schönen Abend noch.«

Und mit diesen Sätzen verließ er den *Goldenen Anker*.

»Und was war los?«, wollte Straaten sofort wissen, nachdem der Dicke sich wieder ins Auto neben ihn gesetzt hatte.

»Blödsinnige Aktion, das Ganze. Ja, das ist eine schäbige Kaschemme, ja, da sitzen dunkle Gestalten drin, ja, Nobel war da drin, ja, in eine Unterhaltung mit einem anderen Typen vertieft. Was die worüber gesprochen haben, ich kann's dir nicht sagen. Habe kein Wort verstanden.«

Straaten schaute ihn aus großen Augen abwartend an. »Ja, und jetzt?«

»Was und jetzt? Nichts und jetzt. Wir fahren nach Hause, du in deinem Auto, ich in meinem.«

»Und Nobel?«

»Der war dabei, sein Bier zu leeren. Wird also gleich rauskommen, sein Kumpel ist schon weg. Also, sieh zu, dass du nach Hause kommst, ich mach das jetzt auch.«

»Was war das denn für ein Kumpel?«

Friedrichsberg holte tief Luft. »Männlich, bärtig, vierzig. Sonst noch Fragen? Dann frag Nobel, der wird's besser wissen. Ich hab ihn ja gesehen und mir seine Visage gemerkt. Und wenn der noch mal bei euch irgendwie auftauchen sollte, dann werde ich es dich wissen lassen. Ich kann auch mal den Preibischs den Typen beschreiben. Vielleicht erkennen sie ihn ja wieder.«

»Das kann natürlich sein«, meinte Straaten.

»Also, ich verabschiede mich für heute. Schönen Abend noch und gute Nacht.« Friedrichsberg stieg aus Straatens Auto aus, spannte seinen großen Schirm auf und machte sich durch die Nacht auf zu seinem Wagen.

Mittlerweile war es zehn vor eins, kein Mensch mehr auf den Straßen, nur noch vereinzelte Fenster waren erhellt. Der Regen peitschte jetzt von allen Seiten; Friedrichsberg war trotz Schirm sippenass. Er näherte sich einer Toreinfahrt. Wie in einem Reflex spannte sich sein ganzer Körper an, so, als würde in dieser Einfahrt jemand auf ihn lauern.

Er erreicht die Einfahrt, aber da war niemand.

Eine schwarze Katze sprang aus einem Gebüsch und huschte knapp an ihm vorbei. Er erschrak. Das war nichts für seine Nerven.

Friedrichsberg bog gerade um eine Ecke, hinter der sein Wagen geparkt war, als ihn plötzlich jemand von hinten am Genick packte, ihn an die Häuserwand drückte, sich mit seinem Körper gegen ihn lehnte und Friedrichsbergs Gesicht mit dem Unterarm gegen die kalten, nassen Steine presste.

»Was willst du hier?«, zischte der Mann.

»Ich versteh Sie nicht«, versuchte Friedrichsberg an der Wand vorbei zu sagen.

»Was du hier willst, will ich wissen.«

»Ich will zu meinem Wagen.«

Der Druck wurde noch etwas stärker.

»Blöde Antworten brauch ich nicht. Also.«

»Ich hab hier ein Bier getrunken, gerade.«

»Du warst noch nie da.«

»Ja und?«

»Was wolltest du ausgerechnet hier?«

»Hab ich doch gesagt. Ein Bier trinken, das wollte ich.«

Noch einmal wurden Griff und Druck gegen die Wand stärker.

»Ich sag dir das nur einmal: Wenn du noch mal hier auftauchen solltest, dann hau ich dir alle Knochen kaputt! Hast du das verstanden?! Ich mach dich fertig, Fettsack! Also verpiss dich und lass dich nicht wieder hier blicken! Kapiert?«

Friedrichsberg nickte.

»Ich kann dich nicht verstehen.«

»Ja, ja, alles klar.«

»Also, Fettsack. Wir haben uns verstanden. Komm mir nicht wieder unter die Augen.« Und damit ließ er Friedrichsberg los und rannte davon.

Friedrichsberg verharrte noch eine Weile an der Wand und versuchte, seinen Puls wieder auf Normalmaß zu bringen. Irgendwann gelang ihm das auch. Seine Beine sackten ihm plötzlich weg, und er rutschte an der Häuserwand entlang Richtung Boden, wo er einen Augenblick lang sitzen blieb. Neben ihm lag sein kaputter Regenschirm.

Der Regen klatschte nur so auf ihn herab.

Er atmete noch ein paar Mal tief ein und wieder aus, dann rappelte er sich auf, ging zu seinem Auto rüber und dachte sich dabei nur: Zu Hause geh ich erst mal unter die Dusche. Und dann brauch ich einen Schnaps.

Er schloss seinen Wagen auf, setzte sich hinters Steuer und sagte halblaut zu sich selber: »Eins steht jedenfalls fest: Mein überflüssiges nächtliches Rendezvous hatte eindeutig einen holländischen Akzent. Nun denn, Schwein gehabt, Dicker.«

Dann fuhr er vorsichtig nach Hause, wo er sich sinnlos betrank.

Kapitel 10

Zukunftsgestaltungen

Sie können so weitermachen ...«

»Ach.«

»Aber so geht das nicht weiter.«

»Wie bitte?«

»Ich hatte Sie doch gewarnt.«

»Ja, aber ...«

»Wenn Sie so weitermachen, werden Sie sterben.«

»Hm ... Jedenfalls früher oder später. Eigentlich hatte ich das ja sowieso vor.« Friedrichsberg lehnte sich auf dem Stuhl zurück, was diesem ein verächtliches Knacken entlockte; daraufhin rutschte der Dicke zur Sitzgelegenheitsentlastung wieder etwas nach vorne. Zu dem ihm gegenüber Sitzenden sagte er dann: »Jetzt mal unter uns, aber da sage ich Ihnen bestimmt nichts Neues: Es ist doch nichts von ewiger Dauer.«

»Ja, aber wenn Sie so weitermachen, dann kann ich für nichts mehr garantieren.«

»Wie soll ich denn weitermachen?«

Sein Gegenüber schüttelte langsam resignierend den Kopf und blätterte dabei in den vor ihm liegenden Unterlagen zur Causa Alfons Friedrichsberg.

Derweil schaute sich der Dicke im Behandlungszimmer seines Hausarztes um; jetzt wusste er, warum Doktor Steubermann auf dem Termin bestanden hatte: Der hatte hier ordentlich renoviert und sich sogar ein paar Neuanschaffungen – Schreibtisch, Stühle, Regale und Computer – zugelegt. Muss alles ziemlich ins Geld gegangen sein.

Der Arzt schaute wieder auf und seinem Patienten Friedrichsberg streng in die Augen: »Also, das wird Sie noch irgendwann umhauen, das Ganze. So wie Sie leben. Denken Sie um, denken Sie in Bewegung, Joggen. Joggen Sie mal.«

»Ja, aber wohin denn?« Friedrichsberg guckte unschuldig.

»Joggen Sie, da werden Sie schon noch sehen, wie es Ihnen danach geht.«

»Ja, ja, da werd ich reif für das Beatmungszelt sein.« Friedrichsberg verschränkte ablehnend die Arme vor der Brust. »Und außerdem: Gucken Sie mich doch an! Wie soll ich denn diese Masse in Bewegung setzen? Also vielmehr ans Laufen kriegen? Und dann wieder stoppen?! Viel zu stressig, das Ganze. Nee, nee, lassen wir das mal.«

»Durch das Joggen erreichen Sie Ihre Grenzen.«

Friedrichsberg winkte ab. »Das sind bei mir drei Schritte. Da zieh ich doch keine kurze Buxe für an.«

»Dann versuchen Sie es mit Spaziergängen. Fangen Sie mal so an. Und dann arbeiten Sie weiter an sich und an Ihrem Bewegungsverständnis und Bewegungsfluss. Es muss fließen. Es muss im Fluss sein. Es ist doch das Wie. Es geht doch immer um das Wie.«

»Wie: wie?«

Der Doktor ordnete die Papiere vor sich auf dem Schreibtisch zu einem Haufen. »Was haben Sie beispielsweise gestern Abend gegessen?«

Wieder lehnte Friedrichsberg sich auf dem Stuhl zurück; es folgte das Knacken. Mit den Augen die Decke absuchend sinnierte er: »Gestern Abend? Warten Sie mal ... Lassen Sie mich mal überlegen ... Das war ein knackiger, frischer Salat mit einem Hauch von Dressing und leicht angebratenen Putenbruststreifen, dazu ein klares Wasser ohne Kohlensäure.«

»Ist das Ihr Ernst?«, fragte Doktor Steubermann positiv überrascht.

Friedrichsberg beugte sich streitlustig vor und visierte streng den Arzt: »Sehe ich etwa aus wie knackiger Salat, Putenbruststreifen und Wasser ohne Kohlensäure?! Ach, hören Sie doch auf, Herr Doktor. Es gab einen Schweinsbraten mit Knödeln und Sauerkraut. Als Verteiler zwei Aquavit und als Flankierung drei Biere.«

»Das könnte Ihr letzter Schweinsbraten gewesen sein.«

»Dafür war er dann aber auch besonders schmackhaft!« Der Dicke schmatzte seiner kulinarischen Erinnerung nach. »Es hat sich gelohnt!«

»Haben Sie schon mal darüber nachgedacht, Ihre Ernährung umzustellen?«

»Selbstverständlich«, sagte Friedrichsberg nicht ohne Stolz. »Aber wissen Sie, ob ich jetzt im Wohnzimmer oder in der Küche esse, das macht den Kohl ja auch nicht fett.«

»Ich meine grundsätzlich.«

»Also fürs Cordon bleu möchte ich nicht umziehen.«

»Ihnen ist nicht mehr zu helfen.«

»Ich muss Ihnen leider sagen, da sind Sie nicht der Erste, der das feststellt.«

»Wissen Sie was, wir checken Sie jetzt mal so richtig durch. Und anfangen werden wir mit einem Belastungs-EKG.«

Friedrichsberg schüttelte den Kopf: »Guter Mann, Ihre Praxis ist in der zweiten Etage! Messen Sie meinen Puls, wenn ich zur Tür reinkomme. Mehr kann da nicht passieren.«

»Ich könnte Ihnen natürlich auch sagen: Machen Sie doch einfach so weiter, Herr Friedrichsberg. Aber das ist doch nicht in meinem Sinne. Ihnen steht doch ernährungsmäßig das Wasser bis zum Hals.«

»Na, dann werde ich mal kräftig schlucken«, spottete Friedrichsberg.

»Wissen Sie, Herr ... Herr ... Äh, na ja, wissen Sie, Sie müssen an Ihre Zukunft denken, immer an Ihre Zukunft denken. Nach vorne denken, Herr ... äh ...«

»Ja, ja, ja, ja, ja«, winkte er langsam genervt ab.

»Und dafür müssen Sie jetzt was tun. Damit Sie für Ihre Zukunft vorgesorgt haben.«

»Ach so.«

»Ich könnte das ja jetzt auch so laufen lassen bei Ihnen.«

»Aha.«

»Und sagen: Wissen Sie was: Genießen Sie einfach.«

»Hm.«

»Aber das ist ja auch nicht im Sinne des Erfinders.«

»Nein, nein, das ist es nicht.«

Plötzlich schaute ihn Dr. Steubermann streng an: »Sagen Sie mal, was haben Sie da überhaupt im Gesicht?«

»Das?« Friedrichsberg tastete seine Wange ab. »Das ist ein Pflaster. Bin gestern Abend an einer Wand entlanggeschrammt.«

»Und?«, wollte der Arzt investigativ wissen.

»Die Wand steht noch. Ich aber auch.«

»Ich sag meiner Assistentin gleich Bescheid, dass sie das noch mal mit Jod behandelt, und dann kriegen Sie ein neues Pflaster.«

»Ich danke Ihnen.«

»Und ich sage Ihnen nochmals: Fangen Sie jetzt an zu überdenken.«

Friedrichsberg spitzte die Lippen: »Auch noch mit Anfang siebzig?«

»Es ist nie zu spät, etwas zu verändern. Positiv zu verändern. Damit Sie für Ihre Zukunft vorgesorgt haben.«

Friedrichsberg dachte nach und nickte dann ganz langsam. »Sie werden recht haben, Herr Doktor. Wahrscheinlich sogar vollkommen recht.« Ganz kurz und flüchtig kam ein Gedanke angeflogen und war schon wieder weg; aber er blieb dem Dicken im Schädel. Da hatte er noch mal drüber nachzudenken.

Bei einem leckeren Bierchen.

Kapitel 11

Variationen eines Rasiermessers

Die Nassrasur ist im Grunde genommen die gründlichste Variante der männlichen Gesichtshaarentfernung. Prozentual gesehen greifen mehr Männer auf die Nass-, als auf die Trockenrasur zurück. Manche Männer pflegen selbstverständlich auch den Gebrauch von Trockenrasierern, da sie der Auffassung sind, durch die schnellere und unkompliziertere Handhabung ein frühzeitigeres Ergebnis erreichen zu können. Das mag zwar durchaus so sein, ist aber in der Gründlichkeit der Nassrasur bei Weitem unterlegen. Das massagehafte Auftragen des Schaumes, um die Gesichtsoberfläche aufzuweichen und das Barthaar so geschmeidiger zu machen, der schwunghafte und elegante Streif mit der Rasierklinge, all das führt zu einer allmorgendlichen Pflege- und Hygienewohltat, die so mancher Mann schon des Öfteren in seinem mitunter langen und barthaarreichen Leben verflucht haben mag. Man kann selbstverständlich auch von diesen beiden Methoden abweichen und einen traditionellen Barbier ins Vertrauen ziehen, der mit Hilfe von Schaum und Rasiermesser eine noch feinere Rasur hinbekommt. So sagt er jedenfalls. Da sollte aber freilich ein Meister seines Faches am Werke sein, damit der Schnitt auch sitzt.

So wie beim Ehepaar Preibisch beispielsweise. Das muss auch ein Meister gewesen sein, denn da saß der Rasiermesserschnitt auch. Aber leider nicht zum Vorteil der Preibischs.

Denn dieser Schnitt war tödlich, da ungefähr vier Zentimeter unterhalb der Kinnpartie durchgeführt. Und horizontal. Und das alles in Kombination mit so einer Verve, so einer Nachhaltigkeit, und dann auch noch von rechts nach links, dass beiden Preibischs nichts anderes mehr übrig blieb, als kurz entrückt zu blicken, Blut zu sprudeln und dann tot zusammenzusinken. Erst er, dann sie. Jedoch war sie so überrascht und geschockt, dass sie überhaupt nicht angemessen reagieren konnte. Sie konnte weder helfend einschreiten noch die Flucht ergreifen. Sie schaute nur, schrie noch nicht einmal und bot so ein wunderbar wehrloses Opfer für den Rasiermessermörder.

Aber langsam und der Reihe nach.

Wie diese athletische Figur mit der schwarzen Gesichtsmaske auf dem Kopf reingekommen war, das lässt sich nur mutmaßen. Entweder mit einem Ersatzschlüssel oder mit einem Dietrich; müßig, sich darüber Gedanken zu machen, denn einen Tag zuvor hatte sich dieses ominöse Pärchen ja auch ohne Probleme wie auch immer Zutritt verschafft. Ob der Maskenathlet der männliche Teil des Pärchens war? Gehen wir mal davon aus.

Jedenfalls schauten die Preibischs, gemütlich nebeneinander in ihrer Couchlandschaft sitzend, irgendeine Volksmusiksendung im Fernsehgerät. Über den Knien eine Wolldecke, vor sich auf dem Couchtisch eine Schale gesalzene Erdnüsse und eine Schale Kartoffelchips, auf Korkuntersetzern zwei Gläser Bier. Hätte eigentlich einem gemütlichen Fernsehabend nichts mehr im Wege gestanden – wäre da nicht ihr Mörder gewesen.

Der war plötzlich hinter den beiden aufgetaucht, hatte »Guten Abend!« gesagt, dann Hildemar Preibisch in die Haare gepackt, den Kopf zurückgezogen und schwungvoll das Rasiermesser mit der anderen Hand über dessen Kehle gezogen. Preibisch war wehrlos, sprang zwar auf und schlug mit den Armen wild um sich, konnte seinem Schicksal allerdings nicht mehr entkommen. Der Maskenathlet zog Preibisch in die Mitte des Raumes, wo dieser zusammenbrach und unter heftigen Zuckungen seine letzten Atmer tat.

Sieglinde Preibisch blieb ihrerseits fassungslos und unter Schock stehend auf der Couch sitzen, betrachtete das ganze Treiben, was in Bruchteilen verschwindend geringer Sekunden vorüber war, und hielt ihren Mund weit offen.

Als der Mörder sein erstes Opfer hatte fallen lassen, ging er zu der Preibisch rüber, packte sie an der Gurgel, zog sie von der Couch hoch, führte sie ebenfalls in die Mitte des Raumes, drehte sie um, hielt sie an der Stirn zurück, drückte sie an sich und fuhr ihr ebenfalls mit dem Rasiermesser über die Kehle: Blutsprudel, Riesensauerei, Zusammenbruch, Exitus.

Der Mörder schaute sich kurz um, guckte auch durchs Fenster, ob irgendjemand von draußen hätte Zeuge des Ganzen werden können, betrachtete noch mal die grausam zugerichteten Leichen vor sich auf dem Boden und verließ die Wohnung.

Zurück blieben die beiden toten Preibischs; als Untermalung lief volkstümliche Schunkelmusik.

Ein grausamer Tod.

Und das alles vor Eiche rustikal im wie stets aufgeräumten Wohnzimmer. Allein geputzt werden hätte jetzt schon können. Denn dieses üppige Blutvergießen hatte seine Spuren auf besagter Schrankwand, aber auch auf der Couchlandschaft und den vier Wänden hinterlassen. Gar nicht erst zu reden vom Teppich, auf dem das tote Ehepaar in verkrampfter Haltung endete.

Alles in allem ein höchst unappetitlicher Anblick.

Kapitel 12

Zwei Herren vor zwei Leichen und eine mysteriöse Schallplatte

Friedrichsberg hatte es nicht schnell genug geschafft, der Anrufer hatte aufgelegt, als er endlich sein Telefon unter dem Zeitungsstapel vom Vormittag gefunden hatte. Aber er hatte Glück gehabt: Der Anrufer schien hartnäckig zu sein und versuchte es gleich wieder.

Friedrichsberg nahm ab: »Ja, Friedrichsberg hier. Was ist denn? Ich höre!«

»Du musst sofort vorbeikommen«, brüllte ihn Jupp Straaten beinahe an.

»Mein Arzt hat mir Ruhe verordnet«, sagte Friedrichsberg ganz ruhig. »Heute Morgen schon wieder. Ich könnte beispielsweise auf eine Balkonliegepartie vorbeischauen. Mehr aber auch nicht.«

»Fasel nicht und setz dich in Bewegung«, drängte ihn sein Gesprächspartner.

»Warum denn schon wieder?« Er konnte sich ein gehässiges Grinsen nicht verkneifen. »Baumelt jetzt einer deiner Nachbarn tot vom Giebel des Wäschespeichers?«

»So ungefähr. Preibischs wurde die Kehle durchgeschnitten.«

»Oh. Dann würde ich mal sagen, ich komme in drei Stunden mal vorbei.«

»Wieso denn erst so spät?!«, fragte Straaten verständnislos.

»Jetzt wird es doch von Polizei nur so wimmeln, da kommen wir doch gar nicht erst rein. Und also werden wir da nichts sehen.«

»Da ist noch niemand. Ich hab sie gerade erst entdeckt.«

»Ich bin sofort da.«

* * *

Die beiden hatten sich Müllsäcke über die Füße und gelbe Spülhandschuhe über die Hände gezogen, waren vorsichtig durch die ganze Wohnung gelaufen und standen jetzt im Wohnzimmer der toten Preibischs.

Straaten war erstaunt gewesen über Friedrichsbergs Verletzung im Gesicht und die dazugehörige erklärende Geschichte. Dass ihm Nobel nicht ganz koscher gewesen war, war das eine; dass er mit jemandem bekannt war, der seinem Freund gegenüber handgreiflich wurde, etwas ganz anderes. Und auch wenn Friedrichsberg die Meinung vertrat, die ganze nächtliche Geschichte nicht auf sich sitzen zu lassen (Zitat Friedrichsberg: »Wenn dieser seltsame Nobel noch mal nachts um die Häuser zieht und du kriegst das mit, dann ruf mich an.«): Straaten (Zitat: »Ich wusste es doch, das ist ein Verbrecher!«) war empört.

Jetzt standen sie vor zwei Toten.

Die beiden schauten sich entsetzt um.

»Bis auf die Toten und das ganze Blut hier ist die Wohnung genau so wie zu dem Zeitpunkt, als wir sie das letzte Mal gesehen haben«, stellte Straaten sachlich fest. »Gut, dass Sieglinde Preibisch nichts mehr von sich als Toter mitbekommt.«

»Wie auch?« Friedrichsberg hatte sein Gesicht bei dem Anblick der ganzen Szenerie angewidert verzogen. »Ist ja eine von denen.«

»Eben. Na ja, hat wenigstens ihr Mann mal Ruhe.«

»Bringt ihm nur nichts, er ist der andere.«

»Auch wahr. Manchmal hat man vom Tod aber auch rein gar nichts.«

Das Ganze war schon eine überaus bizarre Szenerie: die Ordentlichkeit der Wohnung im Zusammenspiel mit dem Chaos der tödlichen Vernichtung des Ehepaares; dazu die beiden Leichname. Und Alfons Friedrichsberg und Jupp Straaten mittendrin.

Friedrichsberg wollte sich auf die Toten zubewegen, aber Straaten hielt ihn am Arm zurück. »Wir müssen uns vorsichtig bewegen.«

»Warum?«, fragte der Dicke, ohne sich umzusehen; er betrachtete weiter die toten Preibischs vor sich.

»Wegen der Spusi.«

»Was?«

»Spurensicherung. Oder KTU. Kriminaltechnische Untersuchung.«

»Ja, ja. Oder wegen der WWID.«

»Was ist denn die WWID?«

»Die: Was Weiß Ich Denn.«

Friedrichsberg drehte sich zu seinem Freund um und ruckte mit dem Kopf nach vorne.

»Nicht, dass die hier irgendwas von uns finden.«

»Werden sie aber.«

»Wieso?«

Friedrichsberg grummelte vor sich hin; dann: »Na, weil wir gestern schon mal hier waren. Also ich gestern zum ersten Mal und du bestimmt schon einige Male zuvor. Spuren gibt's hier genug. Da können wir auch die blöden Müllsäcke loswerden, ist eh schon wurscht.«

»Nein, die lassen wir an«, sagte Straaten mit Nachdruck. »Nicht, dass wir hier ins Blut und dann durch die ganze Bude latschen.«

»Ist ja schon gut, ich hab verstanden. Wir lassen's, wie's ist.« Friedrichsberg ging an seinem Freund vorbei Richtung Wohnungstüre zurück. Er betrachtete sie eine Weile, dann fragte er ins Wohnzimmer zurück: »Wie bist du hier überhaupt reingekommen? Kartentrick? Kreditkarte durch den Türschlitz gezogen?«

»Nein«, schüttelte Straaten den Kopf, »ich hab einen Zweitschlüssel von der Wohnung.«

»Verstehe«, Friedrichsberg kam in das Wohnzimmer und zu Straaten zurück.

»Was meinst du, wie ist der Täter reingekommen?«

»Wahrscheinlich durch die Tür. Kann man mittlerweile eh nicht mehr sehen. Es ist ja schon mal an dem Schloss rumgefummelt worden von diesen Fremdwohnern. Vielleicht waren die es ja auch. Sind gestern hier rein, haben mal die Lage sondiert, und einen Tag später kehren die zurück und schneiden den beiden hier die Kehlen durch.«

»Ja, aber warum haben sie die Preibischs denn dann nicht gleich beim ersten Mal abgemurkst?«

»Was weiß ich. Musst du die anderen fragen und nicht mich. Gehen wir einfach mal davon aus, dass sie sich was dabei gedacht haben.« Friedrichsberg beugte sich zu Hildemar Preibisch hinunter und besah sich die klaffende Halswunde. »Eine andere Möglichkeit ist natürlich, die beiden kannten ihren Mörder und haben ihm geöffnet.« Mühsam richtete er sich wieder auf, schwankte kurz im Stehen, beugte sich zur toten Sieglinde hinab und warf einen Blick auf ihre Wunde.

»Meine Zeiten, das wär ja furchtbar. Und komm da mal weg, ich kann das gar nicht mit ansehen.«

»Wieso? Glaubst du, die hier könnten auf einmal wieder wach werden und hinter uns her sein? Du hast zu viele schlechte Filme gesehen.«

»Nee, mir wird langsam aber sicher einfach übel ...«

»Memme«, sagte Friedrichsberg und richtete sich wieder auf. »Und wieso wäre das furchtbar, wenn die ihrem Mörder oder ihren Mördern die Türe geöffnet haben? Passiert doch jeden Tag tausendfach auf der ganzen Welt.«

»Dass Menschen ihren Mördern die Türen öffnen?«, fragte Straaten entsetzt.

Friedrichsberg winkte ab. »Es klingelt bei dir an der Wohnungstüre, du gehst an die Hausgegensprechanlage, es ruft jemand, dass er von der Post sei, du drückst auf, kurz drauf klopft es an der Türe, du öffnest und schon hast du ein Einschussloch in der Stirn. Und noch bevor du das alles kapierst, liegst du tot in der Diele – und der angebliche Postfritze ist über alle Berge.«

Friedrichsberg atmete laut aus und lehnte sich zur körperlichen Entspannung gegen den Türrahmen des Wohnzimmers.

»Andererseits: Nehmen wir doch nur mal an«, machte er nach einer kurzen Pause weiter, »da steht eine heiße Flamme bei dir vor der Tür, du denkst dir schon: Mensch, der Abend ist gerettet, und dann holt sie aber die Rasierklinge raus und fährt dir einmal durchs Gesicht. Kann ich mir aber eine angenehmere Abendgestaltung vorstellen.«

»Du hast ja Phantasien.«

»Immerhin hab ich noch welche. Anders gesagt: Für die reicht's grad noch.« Friedrichsberg lachte kurz auf. »Obwohl ich langsam in ein Alter komme, wo es schon an der Vorstellung einer heißen Flamme hapert.«

»Och, nö«, Straaten dachte nach, »das geht immer noch. Also du bist der Meinung, das könnten die Leute gewesen sein, die bei den Preibischs in der Wohnung gehockt haben.«

»Sagen wir mal so: Ich halte es nicht für ausgeschlossen. Möglich ist aber auch alles andere.«

Straaten lehnte sich neben den Dicken an den Rahmen der Türe. »Glaubst du denn, jetzt mal wieder ein ganz anderes Thema, glaubst du denn an einen Zusammenhang zwischen dem Mord an Kaiser und dem Doppelmord hier an den Preibischs?«

Langsam und bedächtig begann Friedrichsberg zu nicken. »Hab ich auch schon drüber nachgedacht.«

»Und? Schon zu einem Ergebnis gekommen?«

Er zuckte mit den Schultern. »Weiß nicht. Kann sein.« Er nahm mit der linken Hand seine Brille von der Nase und fuhr sich über seinen Schnurrbart. »Schauen wir doch mal bitte ganz objektiv auf die beiden Morde. Oder versuchen wir es zumindest. Preibischs hier, Kaiser da. Der eine Dozent an der Uni, die anderen ... Ja, was war der Preibisch noch mal?«

»Leidender unter der Zuchtrute seiner Frau«, sagte Straaten spitz.

»Ich meine beruflich.«

»Och, das kann einen schon ausfüllen ...«

»Ist ja gut«, sagte Friedrichsberg müde.

»Grünflächen bei der Stadt«, gab Straaten doch noch zur Erklärung.

»Stimmt, hast du kurz von berichtet. Und sie? Was war sie? Wahrscheinlich Hausfrau und treu sorgende Gattin.«

»Ein Sittengemälde in Öl.«

»Bitte nur an tragende Wände hängen.«

Die beiden schauten auf die zwei Leichen vor ihnen hinab und schwiegen.

»Ja, und nun?«, wollte Straaten nach ausgiebiger Betrachtung wissen. »Wo ist da der Zusammenhang?«

Friedrichsberg stöhnte auf. »Ich sehe ihn nicht auf Anhieb. Bis auf die Tatsache, dass sie Nachbarn waren. Mehr Zusammenhang gibt's nicht.«

»Und die Tötungsvorgehensweisen sind ja auch nicht deckungsgleich.«

»Überhaupt nicht«, gab Friedrichsberg mit Nachdruck zu. »Hier Ertränkung, dort Ermetzelung. Beides schauderhaft. Aber nicht ähnlich. Den typisch amerikanischen Thriller-Serienkiller hätten wir hiermit nicht. Der sieht anders aus.«

»Du willst sagen: Der mordet anders, weil immer gleich«, korrigierte ihn sein Freund.

»Oder zumindest ähnlich. Aber stellen wir uns doch mal die Frage, die auf der Hand liegt: Wer könnte hier so mir nichts dir nichts reinkommen? Ich meine, ohne dass man groß einbricht und ohne dass die hier Wohnenden einen einlassen.« Er schaute Straaten mit einem breiten Grinsen an. »Das schafft eigentlich nur der Vermieter. Der müsste einen Schlüssel haben. Und der Vermieter ist Erich Nobel.«

»Aber warum sollte der hier rein und Preibischs ermorden?« Straaten schaute mittlerweile verhältnismäßig missmutig aus der Wäsche. »Sag mal, könnten wir die nächsten Fragen vielleicht draußen klären? Ich möchte nicht länger mit den Toten hier einen Raum teilen, das wird mir immer unangenehmer.«

»Warte noch mal einen Moment, mein lieber Freund«, hob Friedrichsberg beruhigend die Hände. »Ich denke grad noch nach ... Warum? Warum die Preibischs? Und warum Kaiser? Hat er doch die ganze Gartenanlage gepflegt für'n Appel und 'n Ei. Ich verstehe das alles noch nicht.«

Straaten dachte einen Moment nach. »Mordmotive sehe ich im Augenblick auch nicht.«

Friedrichsberg winkte ab, löste sich von seiner verhältnismäßig bequemen Position, verließ das Wohnzimmer und ging in Richtung Küche. »Schieben wir unsere Überlegungen mal für einen Augenblick beiseite und schauen wir uns hier mal um ... Jedenfalls solange wir das noch können.« Und nach hinten zu Straaten: »Warum hast du eigentlich nicht sofort die Polizei gerufen?«

»Weil ich mir dachte«, gab er zur Antwort und folgte dabei Friedrichsberg, »dass du genau das gerne machen würdest, was wir zwei jetzt hier tun: ungestört gucken.«

»Soso, und warum bist du überhaupt hier rein?« Friedrichsberg stand jetzt in der Küchentür und ließ aufmerksam seinen Blick schweifen; über Küchentisch, Stühle, Anrichte, Schränke, Ablagen ...

»Heute Morgen dachte ich an die beiden Preibischs. Und hab hier angerufen. Ist aber keiner rangegangen. Und ich hab noch so gedacht: Vielleicht sind die einkaufen oder im Keller oder so. Eine Stunde später hab ich wieder angerufen. Immer noch nichts. Und das kam mir merkwürdig vor und dann bin ich hier rüber. Ich hab geklingelt, ich hab geklopft, aber nichts. Dann bin ich mal in den Keller runter, da war auch niemand. Also wieder hoch, hab ich einfach aufgeschlossen. Und dann lagen sie da.«

»Hmhmhm ... Und dann hast du mich angerufen.«

»So ist es.«

»Du hast aber nichts hier angefasst.«

Heftig schüttelte Straaten den Kopf: »Bist du bekloppt?!«

»Noch nicht.« Friedrichsberg hatte genug gesehen – vielmehr nicht gesehen – und ging Richtung Schlafzimmer. Dabei kam er an einer Kommode im Flur vorbei, auf der Briefe, Zettel, Schlüssel, Werbebroschüren und ähnlicher Krimskrams lagen. Er suchte mit schnellem Blick alles ab und betrat dann das Schlafzimmer.

Straaten war ihm gefolgt. »Wonach suchen wir denn, wenn ich mal fragen darf?«

»Nach allem Möglichen und nichts Genauem«, bekam er zur Antwort. »Vielleicht finden wir ja irgendwas, wonach der Mörder gesucht hat.«

Straaten zog die Stirn kraus. »Ja, aber wenn er es gefunden hat, dann ist es doch nicht mehr da.«

»Vollkommen korrekt. Aber vielleicht können wir, wenn wir sehen, wo nach etwas gesucht wurde und dort möglicherweise auch genau das, wonach gesucht wurde, gefunden worden ist, Schlüssel daraus ziehen.«

»Ich habe kein Wort verstanden«, gab Straaten zurück.

»Das hab ich mir gedacht. Guck dich um, eventuell siehst du etwas, das da nicht hingehört. Einfach mal aufmerksam gucken, bitte. Es kann ja auch sein, dass wir etwas entdecken, das auf die Leute schließt, die die Preibischs gespielt haben.«

»Meinst du, die haben hier ihre Personalausweise nebst polizeilichem Führungszeugnis liegen lassen?«

Friedrichsberg schaute Straaten, der direkt neben ihm stand, mit strengem Blick an: »Ja, das nun nicht grade. Aber vielleicht sonst was. Einfach mal schauen. Lass den Blick streifen, vielleicht fällt dir was auf.«

»Na, dann streif ich mal ...«

Aber im absolut ordentlichen Schlafzimmer fanden sie überhaupt nichts.

»Willst du denn nirgendwo reinsehen?«, wollte Straaten wissen. »Du hast ja nicht den Röntgenblick, dass du durch zue Türen gucken kannst, oder?«

»Das nicht«, sagte der Dicke, drehte sich um und steuerte zielstrebig das Badezimmer an, »aber ich fasse hier auch nichts an. Will doch nichts hinterlassen.«

Straaten ging ihm nach und sagte: »Ich würde jetzt gerne hier raus.«

»Ja, ja, eben noch das Bad.«

Beide schauten sich, nebeneinanderstehend, um. Sie sahen nichts Auffälliges. Ein stinknormales Bad, ausnehmend sauber. Badewanne, Dusche, Toilette, Schränkchen über dem Waschbecken, Zahnbürsten, Seifen, Pasta. Basta.

Die beiden gingen zurück ins Wohnzimmer und stellten sich ein letztes Mal vor die Toten.

»Was so ein Toter in so einem geordneten Haushalt für eine Unordnung schafft ... Es ist unglaublich! Und das Blut ... Du kriegst die Tür nicht zu. Aber, auch nach dem kleinen Rundgang gerade, alles wie gehabt. Na ja, außer den toten Preibischs, würd ich mal sagen.«

Friedrichsberg nickte. »Da müssen die Bullen mal etwas gründlicher nachsehen ... Kann ja nicht sein, dass sich hier nichts finden lässt, über das man stolpern könnte.« Er schaute sich um. »Alles penibel aufgeräumt. Eine Ordnung wie aus dem Bilderbuch.«

»Hier liegt ja auch absolut nichts rum ...«, bestätigte Straaten.

»Gut, hier diese Fernsehzeitschrift«, Friedrichsberg wies auf den Couchtisch und die Illustrierte, die obenauf lag. »Die sind überrascht worden vom Mörder. Da räumst du ja vorher nichts weg. Deswegen stehen hier auch noch die Gläser rum ... Und die Flasche Bier ...« Doch plötzlich fiel es ihm auf, es stach ihm sozusagen in die Augen, es sprang ihn an. Vorhin hatte er es zwar auch gesehen, aber jetzt erst war es ihm aufgefallen. »Ha! Guck mal, was hier drüben liegt.«

»Was liegt denn da?«

»Eine Schallplatte ...«

»Was?«

»Wie bitte, alter Freund«, korrigierte ihn Friedrichsberg und tippte ihm mit dem Zeigefinger der Rechten an die Brust. »So viel Zeit dürfte noch erübrigt werden. Wollen doch mal den Anstand walten lassen. Grad mit zwei Verblichenen im Nacken.«

»Was meinst du?«

»Den Anstand ... walten lassen ... im Hinblick auf den Tod ... Anstand ...«

Straaten verneinte kopfschüttelnd. »Davor.«

»Das mit der Zeit?«

»Nein, nein. Was war mit der Schallplatte?«

»Hier liegt eine rum.« Friedrichsberg ließ von seinem Gegenüber ab und zeigte auf eine Schallplatte, die auf der Ablage der Schrankwand neben einer venezianischen Dekogondel lag.

»Ich seh die Schallplatte. Na und?«

Friedrichsberg grinste Straaten an und beugte sich zu ihm hin; die beiden Männer standen jetzt da, Nasenspitze an Nasenspitze. »Aber die Preibischs hören doch keine Musik. Also haben nicht gehört. Das haben sie so gesagt. Und ich muss ihnen recht geben, denn: Womit auch? Hier steht nichts.« Friedrichsberg machte mit seinen Händen eine ausladende Bewegung durchs Wohnzimmer. »Und es steht auch nichts dergleichen in den anderen Zimmern.«

Straaten stutzte: »Du hast recht. Die haben keine Stereoanlage. Von einem Plattenspieler gar nicht erst zu reden.« Und zur Schallplatte rüberschielend: »Was ist es denn?«

Der Dicke schmatzte laut: »Bach. *Brandenburgische.*«

***

Nach diesem Fund hatten die beiden schleunigst die Preibisch'sche Wohnung verlassen, im Schlepptau unberechtigterweise besagte Schallplatte, Straaten hatte die Wohnungstüre noch abgeschlossen und mit seinem Mobiltelefon die Polizei benachrichtigt.

Er und Friedrichsberg wollten aber nicht vor der Türe warten, sondern hatten es vorgezogen, sich zunächst einmal in Straatens Wohnung zurückzuziehen.

Vor der Türe hatte Willi Dahl auf sie gewartet, moniert, dass er sie schon einige Male auf den diversen Telefonen zu erreichen versucht habe, was die beiden allerdings nicht weiter kommentierten. Sie setzten sich in Straatens Wohnung auf den Balkon, tranken frisch aufgebrühten Filterkaffee, genossen die Sommerluft und erzählten dem erstaunten Dahl, welche Entdeckungen sie gerade eben gemacht hatten.

»Eigentlich hätte ich jetzt ja lieber einen Schnaps«, musste Friedrichsberg trocken feststellen.

Straaten erhob sich, ging zurück in die Wohnung und kam kurz drauf mit einer Flasche Kräuterschnaps und zwei Gläsern wieder raus.

Friedrichsberg kippte die ersten beiden Kurzen nacheinander kommentarlos hinunter.

Dann mischte sich Dahl ein: »Aber ihr könnt doch nicht einfach so ein Beweismittel mitgehen lassen.«

»Nee, nee, nee«, wehrte sich Straaten, »ich war das auch nicht. Ich wollte die nicht anrühren. Das war unser Dicker hier.«

Friedrichsberg kassierte daraufhin einen ungemütlichen Blick von Dahl.

Abwehrend hob Friedrichsberg die Hände: »Wie du schon sagst: Es ist mitgegangen. Und das höchst freiwillig. Es hätte sich ja auch sträuben können.«

»Die werden uns alle verhaften«, empörte sich Dahl weiter. »Und dann sind wir dran und kommen ins Gefängnis. Bei Wasser und Brot.« Aufgeregt schaute er zwischen den beiden hin und her.

Friedrichsberg genehmigte sich noch einen.

Und Straaten sagte: »Was du für romantische Vorstellungen von Gefängnissen hast ...«

»Vielleicht kriegen wir ja auch eine Gemeinschaftszelle«, gab Friedrichsberg als Einwand.

»Na, das hat mir ja noch gefehlt«, entrüstete sich Dahl.

Straaten nahm einen Schluck Kaffee. »Aber zurück zur Platte: Warum hast du die denn mitgenommen, Alfons?«

»Weil ich dabei ein Bachgefühl habe.«

»Was willst du haben?«

Friedrichsberg grinste. »Ein Bachgefühl.«

»Aha. Und was soll das sein?«

»Vielleicht ist das eine Mischpoke.« Friedrichsberg rieb seine Hände aneinander. »Also, die Bachs. Johann Sebastian und Hedwig.«

Straaten schüttelte den Kopf. »Tut mir leid, ich versteh es nicht.«

Friedrichsberg zog die Augen zu schmalen Schlitzen zusammen und spitzte die Lippen: »Könnte man bei der Platte eventuell auf das Fräulein Bach schließen? Ist sie die Täterin und hinterlässt als mörderischen Hinweis Platten ihres Ahnen?«

»Das alte, zarte Pflänzchen …! Ich glaub, du spinnst wohl!« Straaten war empört.

»Ich traue letztlich jedem alles zu!«, grunzte Friedrichsberg als Antwort. »Aber zurück zum Bach- oder besser Bauchgefühl …«

»Das sagt mir was: Bauchgefühl … Muss bei dir dann aber groß sein.«

»Bei mir hat irgendwas reagiert und dann hat's im Kopf gerattert.« Er nahm die Schallplatte, die er auf dem kleinen Holztischchen auf dem Balkon platziert hatte, auf und schaute sie sich an: das weiß gehaltene Cover zierte eine Tuschezeichnung des Potsdamer Schlosses Sanssouci mit dazugehörigen Gärten, alles in den prachtvollen Farben des Sommers. Über der Zeichnung der Name des Komponisten und der Titel des Werkes, alles in geschwungener Schrift. »Da können die sich noch so Prachtbauten hinsetzen, wenn die sich unterm Stoff nur pudern, dann ist das doch ekelhaft. Schlösschen hin, Schlösschen her.«

»Danke für die Einlassung. Was hat denn nun gerattert bei dir?«

Friedrichsberg räusperte sich: »Die Schallplatte mit Bach. Warum soll die da in der Wohnung liegen? Einfach so? Preibischs brauchen sie nicht, weil sie die nicht abspielen können. Und wenn sie die hätten verschenken wollen, dann hätten sie die, ordentlich wie sie sind, bestimmt schon in Geschenkpapier geschlagen und an Ort und Stelle verstaut. Bei denen liegt doch nicht einfach so was rum.«

»Hm ... Du hast recht.«

»Siehst du. Und dann ratterte es noch weiter, und es kam bei mir die Frage auf: Was hörte Kaiser?«

Straaten dachte nach. »Ich muss dir recht geben, klassische Musik. Und am liebsten ... Bach. Stimmt. Das kann doch kein Zufall sein.«

»Wieso nicht?«, mischte sich Dahl ein. »Es gibt doch genug Zufälle, warum nicht auch hier?«

»Könnte schon einer sein«, grübelte Friedrichsberg. »Wenn die Toten über ein Abspielgerät verfügt hätten. Aber so?! Nee.« Er besah sich noch mal die Platte in seinen Händen und drehte sie um. »Warte mal, was steht denn hinten drauf?« Er schob seine Brille zurecht.

»Was? Wo?«, fragte Dahl.

»Hmhmhmhmhm ... Da hat einer was draufgeschrieben ... Kann's kaum entziffern ... Ist das eine Sauklaue ...«, machte der Dicke. »Hier steht: *Vergnügliche letzte Mußestunden wünscht Ihnen Herr Pistorius*. Was soll das denn?« Verdutzt schaute er auf. Und dann Straaten an und danach Dahl. »Pistorius ... Das ist doch auch einer aus der Nachbarschaft.«

»Das stimmt. Aber der ist so durch, dass ich ihm nicht zutraue, den Stift zu schwingen.«

Der Gastgeber erhob sich als Erstes. »Lass uns jetzt erst mal rüber in die Wohnung von dem Kaiser, ob der auch so eine Platte mit Widmung hat.«

»Wieso sollte er?« Friedrichsberg zog einen Flunsch.

»Als Toter ...«

Jetzt spitzte der Dicke die Lippen: »Hast recht. Gut gedacht.«

Dahl sprang von seinem Stuhl auf. »Nein, Freunde. Bei einem Toten in die Wohnung ... Wenn ihr das könnt, bitte sehr. Ich mach das nicht. Ich bin da jetzt mal außen vor. Bin zu Hause. Wenn was ist ...«

»... bist du der Letzte, bei dem wir uns melden«, vervollständigte Friedrichsberg den Satz und griff zur Flasche.

»So soll's sein«, sagte Dahl.

»Das ist echt ein Dingen ...« Straaten stützte sich auf der Balkonbrüstung ab und schaute in den Garten hinunter. »Kriegen die Toten jetzt schon Musik geschickt. Das ist doch unglaublich. Na, dann lass uns mal rübergehen.«

»Augenblick noch, bitte. Ein Schnäpschen als Wegzehrung.«

»Von mir aus. Aber lass uns beeilen, bevor sich die Polizei bei mir meldet.«

»Nix da«, grummelte der Dicke und goss sein Glas voll. »So viel Zeit muss sein.«

* * *

Sie hatten die Schallplatte schnell gefunden: weißes Cover, die Tuschezeichnung des Potsdamer Schlosses Sanssouci mit dazugehörigen Gärten, die Farben des Sommers und der Komponist mit Titel in geschwungener Schrift.

Sie hatten sich mit dem alten Kreditkartentrick Zutritt zu der Wohnung verschafft; einen Schlüssel hatte Straaten diesmal nicht.

Sie hatten sich umgesehen und im Arbeitszimmer des Professors fanden sie endlich, wonach sie gesucht hatten.

»Das ging ja schnell«, stellte Straaten fest. »Na ja, ist ja auch die einzige Schallplatte unter all den CDs.«

Sie hatten wieder die gelben Spülhandschuhe angezogen. Friedrichsberg hielt schnaubend die Platte in seinen Händen und begutachtete sie. »Dasselbe Konzert, dieselbe Aufnahme, alles dasselbe.«

»Und hinten drauf?«

Friedrichsberg drehte das Ganze. »Da steht mit Filzstift in Sauklaue geschrieben: *Vergnügliche letzte Mußestunden wünscht Ihnen Herr Pistorius.* Die Grüße haben wir jetzt zum zweiten Mal heute lesen dürfen. Ist eine Frage gestattet?« Sein Freund nickte. »Schön, dann folgt hier die Frage: Was sagst du zu Pistorius? Gibt's da überhaupt was zu zu sagen?«

»Also der ... der hat sie nicht mehr alle.«

»Das war mir klar«, grinste Friedrichsberg. »Wenn er sie noch alle gehabt hätte, würde er hier auch aus dem Rahmen fallen. Wollen wir mal eins feststellen: Um deine Nachbarn bist du nicht zu beneiden. Aber wer ist das schon?!«

* * *

Die beiden verließen die Wohnung mit dem Plan, Herrn Pistorius einen Besuch abzustatten. Vor dem

Haus liefen sie Franz Kolpmann in die Arme, der den Eindruck erweckte, als hätte man ihn bei etwas ertappt.

»Ach, Herr Kolpmann«, begrüßte ihn Straaten aufs Freundlichste. »Na, wie ist es denn?«

Aber Kolpmann zuckte zurück und wehrte nur ab: »Fragen Sie nicht. Fragen Sie nicht, Herr Straaten.«

»Wieso? Was ist los?«

»Nur Stress, nur Stress.« Kolpmann schaute verkniffen zwischen Straaten und Friedrichsberg hin und her und atmete dabei laut aus und ein.

»Womit haben Sie denn Stress, Herr Kolpmann? Müssen wir uns ernsthaft Sorgen machen?«

»Nein, nein, so schlimm ist es auch wieder nicht. Aber schauen Sie sich doch mal bitte um: Herr Kaiser ist umgebracht worden ...« Kolpmann schien verzweifelt. »Ja, ist man denn mittlerweile zu Hause seines eigenen Lebens nicht mehr sicher? Muss man um sein Leben fürchten? Und das in seinen eigenen vier Wänden?!«

Straaten tat verständnisvoll. »Da sagen Sie was, Herr Kolpmann, da sagen Sie was.«

Friedrichsberg stand neben den beiden und tat das Ganze etwas ab: »Wenn man aber bedenkt, dass die meisten Unfälle daheim passieren, dann darf man sich eh über nichts mehr wundern. Dann ist es doch nur konsequent, wenn man sich in seinen eigenen vier Wänden nicht mehr sicher ist.«

Kolpmann sah sein Gegenüber scharf an. »Sie haben gut reden, Herr ...«

»Friedrichsberg.«

»Ja, Sie haben gut reden, Sie wohnen hier ja auch nicht.«

»Nee«, lachte der Dicke auf. »Und wenn, dann wäre ich wahrscheinlich auch mittlerweile tot.«

Vier Häuser weiter ertönte mit einem Male ein ziemlich lauter Ruf. »Juhuuuuu, die Herren!«

»Das klingt auffallend nach Hedwig Bach«, Straaten drehte sich um und murmelte zu Friedrichsberg rüber: »Ach Gott, die Tellmann-Bach-Schwestern. Na, die haben mir ja jetzt auch noch gefehlt.«

Und da kamen sie auch schon, die große Dürre und die kleine Dicke, die eine mit leeren Einkaufsnetzen bewaffnet, die andere den Hackenporsche hinter sich herziehend.

»Na, die Herren«, flötete Hedwig Bach, als die beiden Damen endlich ihr Ziel erreicht hatten, Straaten und Friedrichsberg an, »wie sieht's aus?«

»Wie soll was aussehen?«, grummelte der Dicke.

»Haben Sie schon den Mörder?«

»Wieso?«, fragte Franz Kolpmann verblüfft.

»Na, die beiden suchen doch ununterbrochen«, klärte Hilde Tellmann ihren Nachbarn auf. »Und wahrscheinlich sind sie dem Mörder schon dicht auf den Fersen. Huch, ist das aufregend.« Sie schüttelte sich erschaudernd und grinste dabei übers ganze Gesicht.

»Wir sind nichts und niemandem. Vor allen Dingen nicht auf den Fersen«, stellte Straaten ruhig klar.

Erst jetzt war bei Kolpmann der Groschen gefallen: »Was machen Sie?« Verdutzt schaute er Friedrichsberg an. »Sie spielen Detektiv?«

»Nein, nein, nein«, erklärte dieser. »Ich unterstütze lediglich meinen alten Freund und Ihren Nachbarn Straaten in dem verständlichen Vorhaben, weiterhin seine

Wohn- und Umfeldkultur lebenswert zu halten. Was sich unter den Gesichtspunkten des momentanen Ausrottungsgebarens als durchaus umständlich erweist.«

»Versteh ich nicht.«

Friedrichsberg schmatzte laut auf. »Hier sind drei Menschen gewaltsam und unnatürlich ums Leben gekommen. Oder – wie der Volksmund, der so vieles sagt, es nennt – um die Ecke gebracht worden.«

»Wie: drei? Wer denn?!« Die alte Bach wirkte überrascht.

»Zu dem ollen Kaiser haben sich jetzt auch noch die beiden Preibischs gesellt.«

Den Tellmann-Bach-Schwestern fiel unisono die Kinnlade runter.

Kolpmann fand als Erstes seine Worte wieder: »Wie ... Was ... Seit wann ... Also woher wissen Sie ... Wie?!«

»Heute Morgen. Tot in der Wohnung. Der übliche Rest wird von der Polizei nachgereicht.«

Die drei konnten es noch nicht fassen.

»Ja, und Sie?«, hakte Kolpmann nach. »Spielen Sie jetzt Detektiv oder spielen Sie nicht?«

Hilde Tellmann rieb sich die Hände: »Ja, sie spielen Detektiv. Und mit drei Leichen lohnt es sich ja auch. Ist das nicht abenteuerlich?! Und aufregend?!« Schlagartig senkte sie ihre Stimme und wurde leiser. »Mir wird ganz anders, wenn ich nur dran denke, dass hier ein Mörder sein Unwesen treibt.«

»Ja, mir auch«, stimmte Hedwig Bach zu. »Und jetzt auch noch bei den armen Preibischs. Wie ist das denn passiert, Herr Straaten?«

»Denen haben sie die Keh...«

»Weiß man noch nicht«, unterbrach ihn Friedrichsberg. »Ich nehme an, da wird uns bald die Polizei Näheres zu berichten.«

»Verstehe«, nickte die alte Bach. »Und ich muss mich fragen, warum dieser Mörder bei manchen zugeschlagen hat und andere Knallköppe hier hat er bis jetzt verschont.«

»Aber Hedwig!«, maßregelte ihre Schwester sie. »Das kannst du doch so nicht sagen!«

»Wieso?«, wollte Friedrichsberg wissen. »Lassen Sie Ihre Schwester doch ruhig mal reden.«

»Nur zu, nur zu und keine Scheu«, pflichtete Straaten bei.

So ganz recht schien es Hedwig Bach aber nicht zu sein; ein wenig wand sie sich. Dann gab sie sich einen Ruck: »Hach, was soll ich dazu noch sagen?! Schauen Sie sich doch mal um. Warum trifft es nicht beispielsweise die ... na ja, die ... ja, die jungen Leute von dort drüben? Die hören immer diese furchtbare Hip-Hop-Musik. Immer diese Hip-Hop-Musik. Weiß gar nicht, was das heißt. Und immer viel zu laut. Bis nach 23 Uhr. Und an die Mittagsruhe halten die sich auch nicht.«

»Aber das sind doch nette junge Leute«, gab ihre Schwester als Einwand. »Die gehen zum Beispiel immer für die alte Frau Siebenreich einkaufen.«

Angestrengt wandte sich Franz Kolpmann ab. »Ach, gehen Sie mir doch weg mit der Siebenreich.«

»Die Siebenreich«, machte Hedwig Bach weiter, »vergisst im Sommer immer hier im Garten ihre Wäsche auf der Wäschespinne. Und wir haben keinen Platz mehr zum Aufhängen.«

»Und bei der stinkt immer der Müll«, fügte Kolpmann an.

»Aber nicht so wie bei Laubengängers«, sagte jetzt Frau Tellmann.

»Na, das kann man ja wohl auch schwer übertreffen. Was stinkt deren Müll! Und alles nur wegen der blöden Katzen. Die ganze Streu mit der Katzenpisse dran schmeißen die in den Müll. Und die leeren Futterdosen. Das ist doch ekelhaft. Wenn da im Sommer die Sonne den ganzen Tag lang auf die Tonnen knallt ... Na, dann aber gute Nacht.«

»Da haben sich ja auch immer die Preibischs drüber aufgeregt«, stellte Frau Bach fest. »Und jetzt sind die tot.«

»Aber man bringt doch nicht wen um«, steuerte Friedrichsberg einen Kommentar bei, »nur weil der sich darüber aufregt, dass anderer Leuts Müll riecht.«

»Sind schon Menschen für viel weniger getötet worden«, sagte Frau Bach trocken.

Kolpmann gab sich einen Ruck: »Ach, gehen Sie mir bloß weg mit diesen Preibischs. Was sind die ... Ich meine, was waren die pingelig! Entsetzlich. Er ging ja noch, aber sie ... eine Zumutung.«

»Ich fand die Preibischs sehr sympathisch eigentlich«, sagte Frau Tellmann.

»Ja, ja, eigentlich. Eigentlich findest du ja auch die jungen Leute nett«, kommentierte ihre Schwester.

»Die grüßen immer so freundlich.«

»Na, wenn's nur das ist ...«

»Und die helfen der Frau Siebenreich so nett.«

»Weil die dafür Kohle kriegen, Schwesterherz.

Mensch, was bist du naiv. Für lau rühren die doch nicht mal den kleinen Finger.«

»Nette junge Leute sind das, Hedwig.«

Hedwig winkte ab: »Ja, ja, ja. Wir müssen jetzt auch weiter, ich hab gleich ja auch noch mein Yoga, schönen Tag noch, die Herren.«

Die beiden schoben hackenporscheziehend und quietschend ab.

»Ebenfalls«, rief Straaten ihnen winkend nach.

Kolpmann beugte sich zu seinem Nachbarn Straaten rüber und flüsterte ihm zu: »Und dieser Nobel ist auch so ein seltsamer Fall. Der ist doch nicht ganz sauber, der Mann. Wenn Sie mich fragen, Herr Straaten, ganz unter uns, aber den könnte dieser Mörder auch mal besuchen.« Er lachte heiser auf. »Wenn Sie verstehen, was ich meine. Seine Eltern waren ja noch sehr nett, die waren von altem Schrot und Korn, die gehörten auch hier hin, aber ihr Sohn jetzt ... Also nein ... Der hat doch nichts hier verloren. Wie der auch den ein oder anderen seiner Mieter angegangen ist ... Und mich ja auch. Also nein. Das ist doch keine Art, die Mieter so aus den Häusern zu ekeln ... Da fühlt man sich doch nicht mehr wohl. Ich meine«, er wurde noch etwas leiser, »ein paar seltsame Vögel wohnen hier schon. Auf die könnte ich ganz gut verzichten, ehrlich gesagt. Also da würde ich dem Mörder noch den Weg erklären, jetzt mal so gesagt.« Er lachte kurz auf, wurde dann schlagartig ernst. »Aber was machen Sie eigentlich hier vor dem Haus? Möchten Sie zu mir?« Er riss die Augen weit auf. »Verdächtigen Sie etwa mich, dass ich hier meine Nachbarn um die Ecke bringe?«

»Vielleicht«, Friedrichsberg grinste diabolisch. »Möglich wäre es doch.«

»Dann ist das hier so eine Art Verhör?!«

»Nee. Eher so eine Art Geständnis. Grad nach der Ansprache, die Sie gehalten haben.«

Kolpmann lachte wieder laut auf: »Ich sag Ihnen eins: Gründe und Motive hätte ich genug. Aber leider war ich's nicht. Weder bei Preibischs noch bei Kaiser.«

Kolpmann nickte und ging an den Häusern vorbei und verließ durch den schmalen Eingang am Heimatmuseum den Hofgarten.

Die beiden Freunde schauten sich an.

»Manm, Mann, Mann ...«, sagte Straaten. »Was für eine Gesellschaft. Hätte nicht gedacht, dass ich so eine Nachbarschaft habe. Ist ja gruselig.«

»Führen sich alle auf, als wären sie einem Theaterstück entsprungen. Letzter Akt, vierte Szene, Schlussbild.«

»Mit so was will man doch nicht zusammenleben, oder?«

»Ich will dich ja nicht über Gebühr belasten, aber du tust es«, über Friedrichsbergs Gesicht zog sich ein feistes Grinsen.

»Herrjeh, ich bin ein Nachbar. Mehr aber auch nicht. Mit denen das Sofa teilen käm für mich nicht infrage.«

»Ich würde dir auch davon abraten. Nachher liegst du erdrosselt auf der Chaiselongue. Oder beißt ins Spritzgebäck und bekommst plötzlich keine Luft mehr. Oder oder oder ... Wer solche Nachbarn hat, der braucht keine potentiellen Mörder mehr. Der hat schon genug. Ist ja ein Albtraum, so was. Und jeder hat auf seine kleine Weise genug gute Gründe, irgendeinen aus seinem Umfeld aus dem Wege zu räumen. Motive wie Sand am Meer. Jeder fühlt sich von jedem irgendwie belästigt. Der eine hört zu laut Musik, der andere stinkt, ein dritter kackt, ein vierter ist berechnend, ein fünfter ekelig, wieder ein anderer einfach nur nervig.«

Straaten hatte einen Kloß im Hals und musste kräftig schlucken. »So hab ich das auch noch nicht gesehen. Was meinst du, sind wir vielleicht grad mit den Mördern konfrontiert worden?«

Friedrichsberg schüttelte den Kopf: »Nee, ich denke nicht. Aber mit Nachbarn. Und das ist schon schlimm genug. Und auch Kolpmann: Der schwätzt nur blöd daher. Solche Leute sind nicht ungefährlich, aber in der Regel morden sie nicht. Die tun nur so.«

»Schade.« Straaten schaute auf die Haustüre, vor der sie standen und hinter der unter anderem die Wohnung von Herrn Pistorius lag; dann schaute er wieder zu Friedrichsberg: »Na ja, wie schön, dass wir gut miteinander auskommen.«

»Vollkommen richtig. Wir wohnen ja auch nicht zusammen. So. Jetzt beide lachend ab.«

* * *

Friedrichsberg und Straaten standen kurze Zeit später im Wohnzimmer der Dachwohnung und schauten auf Herrn Pistorius runter.

Ein Türstopper, der über die Klinken auf beiden Seiten gespannt war, hielt Tag und Nacht die Tür zur Wohnung für die Pflegedienste offen, sodass die beiden ohne zu klingeln eintreten konnten.

Und was sie hinter der Tür erwartete, war das reinste Chaos: bei Herrn Pistorius musste es sich um einen Messie handeln, denn jeder Quadratzentimeter seiner Wohnung war mit Zeug ausgefüllt: alte Haushaltsgeräte, Zeitschriften, Zeitungen, Magazine, Bücher, Zettel, Kassenbons, Schallplatten, CDs, Kartons, Kisten, Stühle, Kommoden, Schränke, volle Müllsäcke, Beutel, Taschen, Tüten, alles ein schier undurchdringbarer Haufen Zeug.

Und in diesem ganzen Zeug saß mittendrin Herr Pistorius. Im Wohnzimmer, mitten auf einem kleinen Sofa, links von ihm ein Stapel Zeitungen, rechts von ihm ein Stapel Bücher; man konnte fast sagen: Pistorius wurde von seinem eigenen Müll eingerahmt und glotzte dabei stur in das laufende Fernsehgerät.

Pistorius selbst war geschätzte achtzig Jahre alt, fast bis auf die Knochen abgemagert, hatte dafür aber einen wirr zu Berge stehenden, schlohweißen Haarwust auf dem Kopf, saß da in einer grauen Cordhose, die ihm viel zu weit schien, und die von zwei Hosenträgern provisorisch gehalten wurde, einem roten Holzfällerhemd und braunen Filzpantoffeln. Er reagierte überhaupt nicht auf seine beiden Besucher, behielt den Blick unbeirrt auf dem Fernsehgerät und brabbelte dabei die ganze Zeit ein unzusammenhängendes, unverständliches Zeug vor sich her.

»Der kriegt nichts mit, oder?« Straaten schaute seinen Freund an, der direkt neben ihm stand. »Der hat noch nicht mal begriffen, dass er Besuch hat.«

»Sieht jedenfalls so aus«, musste auch Friedrichsberg feststellen.

Straaten beugte sich zu dem alten Mann hinunter und erhob seine Stimme: »Herr Pistorius? Hallo, Herr Pistorius! Können Sie uns hören?! Hören Sie uns?!« Und zum Dicken: »Der hört nichts.« Wieder zu Pistorius: »Herr Pistorius?! Sehen Sie uns denn wenigstens?!« Dabei fuchtelte Straaten dem Sitzenden winkend vor den Augen rum.

»Lass gut sein, Jupp«, lenkte Friedrichsberg ein, »das ist vergebene Liebesmüh. Der kriegt doch nichts mehr mit.«

»Meinst du?«

»Ja, schau dir den doch mal an. Da geht doch nichts mehr drin vor.«

Straaten wiegte den Kopf hin und her. »Ich bin mir da immer nicht so sicher. Die kriegen manchmal mehr mit, als einem lieb ist.«

»Aber sieh dich doch mal um in dieser Bruchbude.« Friedrichsberg machte eine ausladende Handbewegung, und beide ließen ihre Blick schweifen. »Hier steht doch nichts mehr aufeinander. Als wär eine Bombe eingeschlagen. Berge von Büchern, Zeitschriften, Tüten, Säcken, Müll ... Die Wohnung hat doch seit der Unterzeichnung des Westfälischen Friedens keinen Eimer Wasser mehr gesehen. Und die Fenster sind so schmutzig, du kannst Leben außerhalb dieser Wohnung doch nur erahnen. Deutlich sehen kannst du es auf jeden Fall nicht. Auch nicht, was wir für eine Tageszeit haben. Und auch wie das hier riecht ... Pfui, Teufel.«

Straaten schüttelte den Kopf. »Aber ... Also ich versteh das nicht. Echt nicht. Pistorius hat doch diese Bach-Platten an Kaiser und die Preibischs verschenkt.«

»Pah!«, prustete der Dicke. »Wie will der das denn gemacht haben? So debil und malad, wie der auf seinem Sofa sitzt, kann der noch nicht mal einen Griffel korrekt halten. Geschweige denn, diese Schallplatten bei irgendwem deponieren. Nee! Dem traue ich gar nichts zu.«

»Ja und wie sind die von Pistorius unterschriebenen Platten zu Professor Kaiser und den beiden Preibischs gekommen?«

»Das, mein Freund«, sagte Friedrichsberg genüsslich, »ist eines der Rätsel, das von uns gelöst werden möchte. Und auf die Aufklärung bin ich jetzt schon gespannt.«

»Und wenn das bei Pistorius doch alles nur Show ist?«

»Dann spielt der die verdammt gut.«

Die beiden schauten sich noch einen kurzen Moment Herrn Pistorius an, dann verließen sie die Bruchbude.

Als sie draußen waren und wieder Ruhe in der Dachwohnung eingekehrt war, hätte es einem so vorkommen können, als wäre ein leichtes Lächeln über Herrn Pistorius' Mund gehuscht.

Kapitel 13

Weiterführende Unterhaltungen

Der kleine, hagere Kerl mit dem schütteren, dunkelgrauen Haar, das er zu einem leichten Scheitel gekämmt hatte, saß am Küchentisch und hatte sich seinen hellen Trenchcoat über die Knie gelegt.

»Wir haben ermitteln können in den letzten Tagen. Dazu habe ich mich auch umsehen können. Sowohl bei Kaiser als auch bei Preibischs. Was soll ich sagen? Es wimmelt von Verdächtigen.« Hauptkommissar Heidenreich griff sich an seine lange, spitze Nase.

Friedrichsberg nickte und Straaten fragte den Polizeibeamten: »Darf ich Ihnen etwas zu trinken anbieten?«

»Wasser wäre nicht schlecht.«

Straaten stand auf, holte eine Flasche Mineralwasser und drei Gläser und schenkte ein.

»Die Tatsache der Wimmelung ist ja das eine Ding, aber haben Sie darüber hinaus noch etwas anderes in Erfahrung bringen können?«

Heidenreich nahm einen Schluck Wasser und schüttelte den Kopf. »Unter uns: Wir werden den ein oder anderen zu einem Gespräch aufs Revier bitten. Ob wir dabei an Informationen kommen werden, kann ich nicht sagen. Ob irgendwer irgendetwas Verdächtiges gesehen hat, das weiß ich ebenso wenig. Wir müssen es auf einen Versuch ankommen lassen.« Er trank noch einen Schluck. »Ist Ihnen denn etwas seltsam vorgekommen?«

Friedrichsberg lehnte sich auf dem Küchenstuhl zurück und streckte seinen dicken Bauch von sich. »Kann ich Ihnen so gar nicht sagen, Herr Kommissar. Ich wohne hier ja gar nicht. Ich weiß nicht, was hier normal ist und was nicht. Was ich aber weiß, ist, dass das alles hier für mich nicht normal ist.«

»Aha. Und wie meinen Sie das?«

Er verschränkte die Arme hinter dem Kopf und stöhnte auf. »Wenn Sie Ihre Gespräche mit den Anwohnern hier führen, dann werden Sie über den ein oder anderen hübschen Klops stolpern.«

»Was soll das heißen?«

»Es gibt hier nicht grad viele, die viel von ihren Nachbarn halten. Jedenfalls ergaben das meine Lauschaktionen in den letzten Tagen.«

»Na, dann zu Ihnen, als Kenner und Bewohner der Ecke. Was sagen Sie denn zu Ihren Nachbarn.«

Straaten räusperte sich: »Es gibt einige, mit denen man gerne spricht, bei anderen macht man einen Bogen drum. Ich kann Ihnen gerne mal eine Liste zusammenstellen …«

»Welcher Ihrer Nachbarn ist denn der Verhaltensauffälligste?«

»Ui, wenn's danach geht, wird die Liste aber lang«, lachte Friedrichsberg auf.

Straaten überlegte. »Dieser Otto. Das ist der mit dem Hund. Seltsamer Kerl. Und bei Kolpmann bin ich mir auch nicht so sicher, was in dem vorgeht.«

Heidenreich schaute in einen kleinen Notizblock, den er aus der Innentasche seines Cordsakkos gezogen hatte. »Die Namen habe ich auch schon notiert, da steht ein Gespräch ins Haus. Aber etwas Konkretes haben Sie nicht?«

»Was meinen Sie mit dem Konkreten?«, wollte Friedrichsberg wissen.

»Nun, gab es bei den Unterhaltungen in den letzten Tagen oder bei Satzfetzen, Unterhaltungsfetzen, irgendwann etwas, das Sie aufhorchen ließ? Sind Beleidigungen, Untaten, Frechheiten passiert?«

Straaten schüttelte den Kopf. »Nun gut, das Übliche vielleicht. Gewäsch und Tratsch im Vorübergehen, nichts Besonderes.«

Friedrichsberg setzte sich wieder gerade hin und wandte sich an Heidenreich: »Sprechen Sie mal mit diesem Kolpmann. Und mit Otto. Und wenn Sie mich fragen: Ganz koscher ist dieser Herr Nobel hier auch nicht. Den würde ich auch mal zum intensiven Gespräch bitten und gehörig auf den Zahn fühlen.«

»Und wieso?«

»Der hat frisch geerbt. Von seinen jüngst verstorbenen Eltern. Häuser in dieser hübschen Anlage. Und wenn Sie mich fragen, versucht der gerade, seine alten Mieter hier rauszuekeln. Bei den Preibischs waren wir sogar mehr oder weniger Zeuge.«

»Und auf Herrn Pistorius würde ich auch einen Blick werfen.«

»Sonst noch was?«

Straaten schüttelte den Kopf. »Das war der einzige wirklich auffällige Vorgang in den letzten Monaten. Auch wenn es merkwürdig war, wie dieser Nobel mit den Mietern hier umgesprungen ist.«

»Ein Ekelpaket also?« Heidenreich schaute zwischen den beiden hin und her.

»Nett ausgedrückt, ja«, gab Friedrichsberg ihm recht.

Heidenreich kritzelte etwas in seinen Notizblock. »Gut, die drei Namen habe ich schon. Sonst noch wer?«

Friedrichsberg nahm einen Schluck Wasser, rülpste leicht und grinste den Kommissar an. »Soll ich jetzt hier Ihre Arbeit machen? Und mich als Denunziant präsentieren? Bisschen viel verlangt, oder?«

»Sie würden uns helfen.«

Mit seiner linken Faust schlug Friedrichsberg knallend auf den Küchentisch. »Ich kann es aber nicht. Mehr kenne ich hier auch noch nicht. Aber schnappen Sie sich mal die Tellmann-Bach-Schwestern. Hab das Gefühl, die haben es faustdick hinter den Ohren. Und der Rest … Tja, keine Ahnung.« Er machte eine Pause und schaute grimmig aus dem Fenster; dann hellte sich seine Miene plötzlich auf, und er strahlte Straaten und Heidenreich an: »Wisst ihr was? Ich hab eine Idee: Wir machen eine Grillparty.«

Straaten zuckte zusammen. »Was willst du machen?«

»Eine Grillparty.«

»Schön, dass du wieder mal ans Essen denkst. Dein gesunder Appetit spricht wirklich für dich. Und selbst wenn die Welt untergeht: Du kaust noch dazu.«

»Blödsinn«, Friedrichsberg winkte ab. »Wir machen eine Grillparty nach dem Prinzip der alten englischen Krimi-Lady. Da hat der Belgier doch auch immer alle Verdächtigen um sich versammelt und allen auf den Zahn gefühlt und am Ende stand der Täter bedröppelt rum und wurde festgenommen.«

Friedrichsberg japste vor Freude; Straaten und Heidenreich schauten sich ungläubig an.

»Jetzt glotzt nicht so. Die Idee ist doch prima! Ich kenne die auch noch nicht alle. Und so lernen wir die auf einen Schlag kennen. Und Sie, Herr Heidenreich, kommen dazu. Können ja Baguette beisteuern. Oder Kartoffelsalat. Na, was sagt ihr?« Immer noch begeistert schaute er die beiden an.

Heidenreich fand als Erster seine Worte wieder. »Ist was dran, das muss ich sagen. Es ist unverdächtig, eine nette Idee, das heiße Sommerwetter gibt's her … Warum eigentlich nicht.«

»Siehst du«, Friedrichsberg haute Straaten begeistert auf den Rücken.

»Und wann wollen Sie den Grillabend machen?«, fragte Heidenreich.

»Morgen. Könnt ihr da?«

Die beiden nickten.

»Sehr schön. Dann schreibe ich gleich Zettel und verteile sie in den Häusern.« Friedrichsberg erhob sich und stellte sich ans Fenster. »Aber jetzt mal zu Ihnen, Herr Hauptkommissar. Sie haben wirklich nichts Nennenswertes herausgefunden?«

Heidenreich klappte seinen Notizblock zu und stöhnte auf. »Wir haben die Tatorte untersucht. Also sowohl den Gartenteich und die umliegende Grünfläche, als auch die Wohnung vom toten Kaiser. Und jetzt schauen wir uns gerade in der Wohnung der beiden Preibischs um.«

»Und?«

»Es sieht nicht gut aus.«

»Dolle Antwort«, gab Friedrichsberg von sich. »Geht's noch vager?«

Die Situation schien dem Polizisten sichtlich unangenehm zu sein, er wand sich, dann gab er sich einen Ruck. »Ihnen kann ich es ja sagen, dafür kennen wir uns ja schon etwas. Wir haben nichts.«

»Was soll das heißen?«

»Nichts heißt nichts.«

»Nichts, das ist nicht viel. Das ist sogar wenig bis gar nichts.«

»Sie sagen es.«

Friedrichsberg strich sich über seinen Schnurrbart. »Und im Detail?«

Friedrichsberg schaute Heidenreich an und trommelte dazu mit seinen Wurstfingern einen Rhythmus gegen die Fensterscheibe. »Kommen Sie, sagen Sie mal was. Grad jetzt, wo wir schon ein Grillfest für Sie veranstalten.«

Heidenreich lächelte. »Zu viel der Ehre, aber trotzdem vielen Dank.«

»Also?« Der Trommelrhythmus wurde etwas lauter.

»Zunächst zu den Wohnungen: An den Türen keinerlei Einbruchsspuren. Das heißt bei Kaiser, der ja irgendwie in den Garten gekommen sein muss: Entweder haben sich Opfer und Täter im Garten oder sonst wo außerhalb der Wohnung getroffen, oder Kaiser kannte seinen Mörder und hat ihn reingelassen. Ebenso bei Preibischs: Die liegen tot in ihrer Wohnung und nichts deutet daraufhin, dass sich ihr Mörder – oder ihre Mörder – gewaltsam Zugang zu der Wohnung verschafft haben.«

»Möglichkeit eins: Nachschlüssel. Möglichkeit zwei, etwas wahrscheinlicher: Preibischs kannten den oder die Mörder. Zurück zu Kaiser: In der Wohnung fanden sich keinerlei Spuren, da ließ nichts auf einen Gast schließen, der kurz vor Kaisers Tod bei ihm gewesen ist. Wir haben bisher keine Ahnung, wo sich Opfer und Täter trafen. Aber auch im Garten, also am Tatort: Da finden sich so viele Spuren, weil jeden Tag so viele Menschen, die hier leben, durch diese Grünanlage gehen ... Das ist müßig, hier nach etwas zu suchen und dann auch noch finden zu wollen. Auf eine Sache sind wir gestoßen, die ließ uns aufmerken: Wir fanden flache Trittspuren, die von der Größe her so aussahen, als hätte sich jemand flache Holzplatten unter die Füße geschnallt, um individuelle Fußabdrücke zu vermeiden. Diese sogenannten Trittspuren fanden wir überall um den Tatort herum. Aber sie führten zu nichts. Das heißt: Im Verlauf des Geländes hörten diese Spuren auf und vermischten sich wieder mit den anderen Fußabdrücken. Also das Ganze führt zu nichts. Und auch am Toten selber, also in diesem ersten Fall: keine Spuren, der Mörder ist absolut professionell vorgegangen. Fast so, als wäre er von der Polizei und hätte in einem Ganzkörpersicherheitsanzug gesteckt. Höchst professionell. Bei Preibischs dasselbe: Das war eine schnelle, radikale Tat. Der Mörder wusste, was er und vor allen Dingen wie er es machen wollte. Der ist da rein und hat ihnen die Kehlen durchgeschnitten. Und schon war er wieder draußen. Und auch bei dieser Tat muss er den Sicherheitsanzug getragen haben: Wir haben bis jetzt keine Spuren entdecken können. Aber auch für sich selber muss er den Anzug getragen haben. So, wie das Blut gespritzt haben muss …«

Friedrichsberg verzog keine Miene; sein Gegenüber konnte ja nicht ahnen, dass er und auch Straaten das ganze Spektakel bereits gesehen hatten. Insgeheim waren aber sowohl Friedrichsberg als auch Straaten froh, dass Heidenreich und seine Kollegen keine Spuren gefunden hatten; das hieß ja nur, dass sie vorsichtig genug gewesen waren und nichts hinterlassen hatten.

»Und das war's eigentlich«, beendete Heidenreich seinen Bericht.

»Und uneigentlich?«, hakte Friedrichsberg nach.

»Auch.«

Friedrichsberg hätte von den Schallplatten erzählen können; aber er verzichtete erst mal wohlweislich darauf.

Heidenreich stöhnte auf, schlug sich mit den flachen Händen auf die Oberschenkel und erhob sich. »Mit Ihren Informationen zu Nobel, Kolpmann, Otto und Pistorius haben Sie mir schon etwas weitergeholfen. Wir haken da mal nach.«

Friedrichsberg hob mahnend seinen Zeigefinger. »Und denken Sie an das Grillfest morgen Abend.«

Heidenreich nickte. »Wann?«

»Ich würde sagen um 18 Uhr.« Er schaute Heidenreich und Straaten an; die nickten nur. »Dann mache ich jetzt gleich mal die Einladungen fertig und verteile sie großzügig.«

»Und ich verabschiede mich«, Heidenreich reichte den beiden die Hand. »Bis morgen Abend dann.« Und verließ Straatens Wohnung.

Als der Polizist raus war, kehrte Straaten zu Friedrichsberg in die Küche zurück. Innerlich zählte Straaten 21, 22, 23… dann atmete er laut aus. »Und ich dachte schon, der hat was gefunden.«

Friedrichsberg nahm wieder auf seinem Küchenstuhl Platz. »Was soll der denn gefunden haben?«

»Na, Spuren von uns in der Wohnung von den Preibischs. Und warum hast du nichts von den Schallplatten erwähnt, die wir haben mitgehen lassen?«

»Man darf doch nicht sein ganzes Pulver sofort verschießen«, grinste Friedrichsberg breit. »Bisschen arbeiten sollen die Bullen doch auch noch, oder?«

Straaten kommentierte das nicht weiter. »Und was hast du jetzt vor?«

Friedrichsberg kramte sein Stofftaschentuch hervor und putzte sich geräuschvoll die Nase. »Nun, ich lasse mir jetzt erst mal von dir einen Schnaps geben. Und dann reichst du mir Papier, und ich mache die Einladungen fertig.«

»Gut.« Straaten holte zwei Schnapspinnchen aus dem Schrank und eine Flasche und schenkte gut ein. »Und sonst noch was?«

»Nö. Also fast nichts. Du verteilst die Einladungen, ich gehe nach Hause, mache mir etwas zu essen und ruhe mich aus. Hab noch was vor, später am Abend.«

Straaten lachte auf. »Aha, geht's in deinem hohen Alter noch auf einen Schwof? Das kann aber heikel werden, bei deiner Gesundheit. Denk dran, du hast Rücken.«

Friedrichsberg winkte ab und kippte seinen Schnaps runter, einen sehr guten Marillengeist. »Heikel ist gut. Es wird nicht nur heikel, sondern überaus kritisch bis gefährlich.«

»Ja, sag mal, was hast du denn vor?« Sein alter Freund Jupp Straaten klang ernsthaft besorgt.

»Nun, ich will heute Nacht in die Altstadt und in der schäbigen Kaschemme noch mal nach dem Holländer Ausschau halten und ihn mir dann zur Brust nehmen. Da habe ich noch eine Rechnung offen. Aber du musst dir keine Sorgen machen: Ich werde meinen Revolver mitnehmen.«

Was es nicht gerade besser machte.

Kapitel 14

Heimzahlung im Goldenen Anker

Alfons Friedrichsberg saß frierend in seinem alten Auto, das direkt gegenüber dem *Goldenen Anker* stand, der Regen klatschte gegen seinen Wagen und lief die Scheiben hinunter. Es war weit nach Mitternacht. Straaten hatte ihn angerufen und gesagt, dass sich Nobel wieder auf den Weg gemacht habe. Friedrichsberg hatte sich umgehend seine Jacke übergeworfen, noch schnell eine kleine Vorkehrung getroffen und war mit Bleifuß auf dem Gaspedal zu der Kneipe in der Altstadt gebrettert. Er war sich nicht sicher, ob das Nobels Ziel sein sollte; aber er mutmaßte es.

Kurz nachdem er sein Auto geparkt hatte, kam auch schon Nobel um die Ecke gefahren, stellte seinen Wagen ab und betrat die Kneipe.

Folgen wollte ihm Friedrichsberg nicht. Er hatte noch eine offene Rechnung zu begleichen; und das nicht mit

Erich Nobel, sondern mit diesem bärtigen Typen mit dem holländischen Akzent. Und er hoffte, das heute Nacht erledigen zu können. Er hoffte weiter, dass dieser Bärtige auch anwesend sein würde. Er wollte warten, bis Nobel wieder rauskam, dann würde er reingehen und sich den Typen vorknöpfen.

Und er sollte recht behalten: Nobel traf sich im *Goldenen Anker* mit dem Bärtigen, der Friedrichsberg bedroht hatte. Sie saßen beide wieder am Tresen, hatten die Köpfe zusammengesteckt und tuschelten miteinander; vor sich jeweils ein Bier.

»Und?«, fragte Nobel den Bärtigen. »Haben Sie sich etwas einfallen lassen?«

»Waren Sie bis jetzt schon mal unzufrieden?«

»Das nicht ...«

»Sie haben es mit einem Profi zu tun.«

»In welche Richtung ist Ihre nächste Aktion denn gegangen?«

»Na gut.« Der Bärtige setzte sich aufrecht hin. »Ich sag nur so viel: Hunde, wollt ihr ewig leben?«

»Versteh ich nicht.«

»Dann lassen Sie sich überraschen. Morgen werden Sie sicher davon erfahren.«

Nobel nahm sein Bierglas, leerte es, legte einen Fünf-Euro-Schein auf den Tresen, klopfte dazu dreimal auf, rutschte vom Barhocker, nickte seinem Tresennachbarn zu und verließ die Kneipe wieder.

»Das war aber ein kurzes Vergnügen«, stellte Friedrichsberg fest, als Nobel aus dem *Goldenen Anker* kam. Er ging zu seinem Wagen, schloss auf, setzte sich hinters Steuer und fuhr davon.

Friedrichsberg wartete einen kurzen Augenblick, stieg dann aus seinem Auto und nahm Kurs auf die Kneipe.

Er öffnete die Türe und betrat das Lokal; es war genauso trostlos wie beim letzten Besuch, und wenn er sich nicht täuschte, saßen auch dieselben Gesichter auf denselben Plätzen.

Schönes bleibt, dachte der Dicke und steuerte den Tresen an.

Kurz bevor er den Bärtigen erreicht hatte, schaute der auf und sah Friedrichsberg einschüchternd an. Bevor er etwas sagen konnte, ergriff Friedrichsberg die Initiative: »Auf ein Wort«, dabei nickte er mit dem Kopf in Richtung Toiletten.

Der Bärtige rutschte von seinem Barhocker, Friedrichsberg ließ ihm den Vortritt und folgte ihm auf dem Fuße. Er öffnete die Türe zum Gang, von dem aus sowohl die Herren- als auch die Damentoiletten abgingen, wie auch eine Türe, auf der *Privat* stand. Im Gang standen ein Zigarettenautomat, ein Kartenständer, und diverse, uralte Plakate hingen an den Wänden. Der Boden war schmierig und an einigen Stellen auch klebrig; eine Mischung aus Dreck und verschüttetem Bier.

Die Türe zum Gang fiel zu und sofort packte Friedrichsberg den Bärtigen im Nacken, drückte ihn an die Wand, stemmte sich mit seinem gesamten Gewicht gegen ihn, was dem überraschten Bärtigen nur ein lautes Aufstöhnen entlockte, zog seinen Revolver aus der Hosentasche und hielt ihn dem Bärtigen an die Schläfe: »So, jetzt sind die Karten neu gemischt, Freundchen.«

»Wie, was ...«

»Halt den Mund. Eine Schramme hab ich noch bei dir gut.« Er erhöhte den Druck des Revolverlaufes am Kopf des Bärtigen.

»Was willst du von mir?«, fauchte der.

»Informationen. Wer bist du und was hast du vor?«

»Leck mich am Arsch!«

»Wie oft ich schon darum gebeten worden bin und ich hab's nie eingelöst. Und auch dich muss ich enttäuschen. Also, mach's Maul auf und rede.«

»Ich denk ja gar nicht dran.«

»Pass mal auf, mein Freund. Wenn du nicht tust, worum ich dich höflichst gebeten habe, dann werde ich dir von hinten ins Knie schießen. Das wird wehtun. Und du wirst ab sofort wie ein Krüppel rumhumpeln. Willst du das?«

»Traust du dich eh nicht.«

Friedrichsberg ließ den Arm mit dem Revolver sinken und drückte die Waffe an das Bein des Bärtigen. »Ich würd's nicht drauf ankommen lassen.«

»Hier sind zu viele Zeugen.«

»Wo? Nebenan in der Pinte? Die Hundertprozent von nebenan haben so einen sitzen, dass sie die Tür zu diesem Gang hier gar nicht treffen, wenn sie durchwollen. Fünfundachtzig Prozent davon sind so blau, dass ihnen vollkommen wurscht ist, was hier passiert, Hauptsache, sie können in Ruhe ihr Bier und ihren Schnaps saufen. Und den restlichen fünfzehn Prozent ist eh alles scheißegal. Aber von den hundert Prozent im Raum nebenan wollen mindestens siebzig nichts mit den Bullen zu schaffen haben. Also ist meine Hemmschwelle, meine Auskünfte aus dir herauszuschießen, äußerst gering. Wie gesagt: Ich an deiner Stelle würd's nicht drauf ankommen lassen.«

»Du laberst doch nur.«

»Letzte Chance ...«

»Du kannst mich mal.«

»In Ordnung, selber Schuld.«

Und damit krümmte Friedrichsberg den Zeigefinger seiner rechten Hand, betätigte somit den Abzug, sodass eine Kugel durch den Lauf gefeuert wurde und den Bärtigen in die Kniescheibe traf. Der schrie sofort auf, was Friedrichsberg, indem er ihm von hinten seine Hand vor den Mund drückte, im Keim erstickte.

»Hast du wohl nicht mit gerechnet, was?«

»Du bist doch krank, du Arschloch.«

Friedrichsberg schüttelte den Kopf. »Jetzt nicht mehr. Ich hatte bis vor vier Wochen noch so eine eitrige Mandelentzündung, aber das ist Geschichte. Und? Wollen wir's noch mal miteinander versuchen?«

Dem Bärtigen trat der Schweiß ins Gesicht und er krümmte sich vor Schmerzen zusammen.

»Also, was willst du?«

Nichts.

»Ich frage dich noch mal: Was willst du? Was hast du vor?«

Es kam keine Antwort.

»Soll deine andere Kniescheibe auch noch dran glauben? Wie du gemerkt hast: Ich habe da kein Problem mit. Meine Schmerzen sind es nicht.«

»Ich ... Ich soll ein ... ein bisschen Angst machen.«

»Was heißt das: Angst machen? Wem denn? Warst du das mit den Preibischs?«

Der Bärtige nickte nur.

Friedrichsberg drückte ihm seinen Unterarm noch etwas fester von hinten in den Nacken. Der Bärtige stöhnte auf.

»Du hast die beiden umgebracht?«

Der Bärtige schüttelte heftig den Kopf.

»Was hast du mit denen gemacht?!« Friedrichsberg erhöhte den Druck.

»Die Sache mit der Wohnung.«

»Du hast so getan, als wärest du sie?«

Er nickte.

»Und was weiter?«

»Die Sache mit Kolpmann.«

Friedrichsberg überlegte; da war doch noch gar nichts vorgefallen. »Was für eine Sache mit Kolpmann?!«

»Die Sache mit den Tieren. Aus den Heimen.«

Friedrichsberg verstand nur Bahnhof; allerdings wollte er auf etwas anderes hinaus.

Der bärtige Holländer stöhnte auf.

»Jetzt reiß dich mal zusammen, ja?!«, knurrte ihn der Dicke an. »Also, bist du irgendeinem auf die Pelle gerückt?«

»Was meinst du?«, zischte der Bärtige.

»Hast du wem Schmerzen zugefügt? Hast du wen zusammengeschlagen? Umgebracht?«

Der Bärtige schüttelte den Kopf. »Nein! Nein, habe ich nicht. Außer das mit der Schramme bei dir.«

»Und das soll ich dir glauben?«

»Glaub's mir oder lass es bleiben. Ich bringe keinen um.«

»Von einer Bedrohung zu einem Affektmord aus Versehen ist es nur ein winzig kleiner Schritt.«

»Ich habe keinen umgebracht!«, schrie er.

»Ja, ja, ist ja gut. Und wer schickt dich?«

Keine Antwort.

»Von wem hast du die Aufträge erhalten?«

Nichts.

»Wer steckt hinter diesen Aktionen? Ich kann's mir zwar denken, aber ich möchte es lieber aus deinem Munde hören.«

Friedrichsberg drückte ein weiteres Mal zu, der Bärtige stöhnte auf, gab aber nichts von sich.

Friedrichsberg spannte den Hahn seines Revolvers.

»Wenn du eine Aufmunterung zum Plaudern benötigst, kein Problem. Ich gehe über deine zweite Kniescheibe erst hinunter zu den Füßen und dann mach ich bei den Schultern weiter ...«

Es brauchte zwar einen Moment der inneren Einkehr, dann kam aber ganz deutlich: »Nobel.«

»Was?«

»Es ist Nobel.«

»Dachte ich mir doch.«

Er ließ den Bärtigen los, der umgehend auf den Boden sackte und schweißüberströmt dort sitzen blieb.

Die Türe zum Kneipenraum wurde geöffnet und die großbusige Wirtin schaute durch den Türspalt.

»Ist alles in Ordnung bei euch?«

Friedrichsberg ließ den Revolver hinter seinem Rücken verschwinden und lächelte die Wirtin an. »Alles prima bei uns. Mein Freund hier hat nur einen kleinen Schwächeanfall. Nichts Dolles. Einfach sitzen lassen, der erholt sich wieder. Und jetzt Türe zu. Und zwar von außen.«

Die Wirtin zog sich zurück und ließ die Türe zufallen.

»Und jetzt noch ein Wort zu dir: Solltest du dich mir noch einmal nähern, Freundchen, dann halte ich mich nicht mehr mit so Lappalien wie Kniescheiben auf. Dann setz ich gleich höher an, das kannst du mir glauben. Geh mir einfach aus der Sonne. Sonst wird's ungesund für dich. Das nur als kleiner Tipp von mir. Habe die Ehre.« Mit diesen Worten nickte Friedrichsberg dem Bärtigen zu, tippte sich an die Stirn, verließ die Kneipe und ließ den Bärtigen jammernd auf dem Gang zu den Toiletten zurück.

Kapitel 15

Kurzweil am lebenden Objekt; Thema heute: Katzen und Hunde

Die Parallelität der Ereignisse: Das nun Folgende schien die Aktion zu sein, deren knappe Nachbesprechung Erich Nobel und der bärtige Holländer im *Goldenen Anker* getätigt hatten.

Franz Kolpmann, von nahestehenden Freunden seit Jahrzehnten nur Fränzchen genannt, Fränzchen Kolpmann also kam an diesem Tag spät nach Hause. Er hatte am Nachmittag eine kleine Spazierrunde gedreht, war dann einem alten Schulkumpel in die Arme gelaufen – und die beiden waren in einer Kneipe versackt.

Angeheitert und guten Mutes war er dann nach Hause gegangen.

Abends war eine Regenfront aufgezogen, womit nicht zu rechnen gewesen war, auch in den Vorhersagen hatte niemand etwas davon gesagt. Und da Kolpmann des Rennens, selbst des Eilens nicht mehr mächtig war, also nur gemäßigten Schrittes nach Hause kommen konnte, und dazu noch keinen Regenschirm dabei hatte, schließlich war es Hochsommer, war er klatschnass geworden und hatte nicht selten auf seinem Fußmarsch sowohl den Wettergott also auch den einen oder anderen Wetterfrosch verflucht.

Solcherart durchnässt kramte er seinen Schlüsselbund aus der Tasche, öffnete erst die Haustüre, nahm die paar Stufen zum Hochparterre und schloss dann seine Wohnungstüre auf.

Er konnte nicht sagen – auch nicht im Nachhinein – was ihn beunruhigt hatte. Fest steht nur: Er war beunruhigt. Und das genau zu dem Zeitpunkt, als er seine eigenen vier Wände betrat; was das Ganze nur noch beunruhigender machte.

Irgendetwas stimmte nicht.

Er stand in der Diele, und es war ihm, als wäre jemand in seiner Wohnung gewesen.

Die Tür war unbeschädigt. Er schaute sich in seiner Diele um. Es fehlte nichts auf den ersten Blick. Auch auf den zweiten nicht. Direkt an der Wohnungstüre stand ein kleines Schränkchen, in dem in der obersten Schublade sein Autoschlüssel lag. Er schaute nach: Der Schlüssel war da.

Er hielt inne und wartete ab. So, als müsste etwas passieren, von dem er selber nicht wusste, was es war.

Es war sehr ruhig in seiner Wohnung, aber es war eine merkwürdige Stille.

Eine Stille, aus der heraus man hört, dass da noch etwas kommen würde. Dass die Stille nur eine trügerische war, fast so wie die Ruhe vor dem Sturm. Eine Stille, die einem quasi eine Harmonie vorgaukelte. Eine Stille, die schon in die Idylle lappte, so, als säße man bei Kaiserwetter im Tretboot auf dem Wolfgangsee, links Grün, rechts Grün, über einem Blau, unter einem Blau, die Sonne scheint, es ist vollkommen harmonisch. Und plötzlich denkt man sich noch so: Halt, da kann ja eigentlich etwas nicht stimmen, das ist hier alles grade viel zu schön. Und wo man sich das noch so denkt, schießt plötzlich der weiße Hai aus den Tiefen des Wolfgangsees und verschlingt Schiffer und Kahn.

So eine Stille herrschte momentan auch in der Wohnung von Franz Kolpmann.

Er stand starr im Flur, bewegte sich nicht. Nichts bewegte sich.

Und dann hörte er es. Es war ganz leise und kaum zu vernehmen.

Da miaute etwas.

Aber was sollte da miauen? Hier hatte nichts zu miauen, schließlich hatte er keine Haustiere.

Er ging dem Miauen nach. Das musste aus der Küche kommen. Oder doch eher aus dem Schlafzimmer? Nein. Eindeutig, es musste die Küche sein.

Er ging ganz langsam und vorsichtig, fast so, als könnte er vom Stubentiger angefallen und tödlich verletzt werden.

Er stand vor der Küchentüre, das Miauen wurde hier deutlicher vernehmbar, er öffnete langsam die Türe – und da saß sie. Vielmehr stand sie. Die Katze. In einer großen Frischhaltebox eingeklemmt mitten auf dem Küchentisch. Wie ein Vogel in der Falle. Mit dem Hinterteil in die Box gedrückt, Vorderpfoten und Kopf aus der Boxöffnung rausschauend. Nur bedingt artgerecht.

Kolpmann erschrak. »Aber ... Aber ich ... ich hab doch gar keine Katze«, stotterte er. »Wer ... Wer macht denn so was? Das ist doch ... das ist doch Blödsinn. Vor allen Dingen: Wie kommt die in meine Küche? Vielmehr in meine Wohnung?« Er dachte krampfhaft nach. »Und was will der mir mit einer Katze in der Frischhaltebox sagen?!«

Ihm brach der Schweiß aus, und die ersten Perlen liefen die Stirn hinab. Wie vom Blitz gerührt stand er in seiner Küche und brachte das Bild vor sich mit der Realität nicht zusammen.

»Wieso ist hier eine Katze auf dem Tisch? Was macht die hier? Wie ... Wie bring ich die hier weg?«

Kolpmann verstand die Welt nicht mehr. Was für ein kruder Scherz. Eine Art Scherz, mit der Kolpmann verständlicherweise absolut nichts anfangen konnte.

Er schüttelte verständnislos den Kopf und ging ins Schlafzimmer, um sich der nassen Sachen zu entledigen.

Die Katze mach ich später, dachte er sich.

Dachte er aber auch nur. Weil: Dazu sollte er so schnell nicht mehr kommen. Er betrat sein Schlafzimmer, schaltete das Licht an und da sah er es: Noch eine Katze. Leider konnte sie nicht mehr miauen, denn diese Katze war weit weniger lebendig als das Frischhalteboxexemplar in der Küche.

Diese Katze hier baumelte in der Mitte von oben bis unten aufgeschlitzt am Schwanz aufgehängt von der Decke runter und blutete auf das Kolpmann'sche Bett aus.

Kolpmann erschrak und er schrie auf. »Das ... Das ist ... Ja, das ist ... Das ist ja ... Mir wird schlecht.«

Er wäre auch gerne direkt, einem spontanen Entleerungsdrang gehorchen wollend, aufs Klo gerannt, kam aber nicht dazu, besser gesagt: nicht sofort bis zum Badezimmer durch, denn plötzlich sprang die Wohnungstüre auf und schätzungsweise vierzehn Hunde rannten kläffend, sabbernd und zähnefletschend in die Kolpmann'sche Wohnung, über die Diele, an dem entsetzten Kolpmann vorbei in die Küche, ins Bad, ins Wohnzimmer, ins Schlafzimmer.

»Ach du Scheiße!«, entfuhr es Kolpmann, und er fasste sich an die Brust.

Und dieser Schreck, der saß erst mal in den Knochen. Und kam da so schnell nicht wieder raus. Darüber vergisst man glatt das Kotzen. Wie man sich denken kann.

Kapitel 16

Relativierung der unzufälligen Unfallzufälle

Friedrichsberg hatte lange geschlafen, was in seinem Fall hieß: bis kurz nach zehn.

Den Holländer hatte er einfach auf dem Gang liegen lassen und den *Goldenen Anker* durch den Schankraum verlassen. Zu Hause hatte er sich dann zwei Flaschen aufgemacht: eine Flasche Pils und die Flasche Birnenbrand. Nach der dritten Flasche Bier und dem vierten Gläschen Schnaps hatte er seine Nerven weitestgehend beruhigt. Und die Tatsache, dass bisher niemand an seiner Wohnungstür geklingelt hatte, zeigte ihm zweierlei: erstens, dass der Holländer ihm nicht gefolgt war – wie auch mit demolierter Kniescheibe? – und zweitens, dass niemand die Bullen gerufen hatten. Oder vielleicht hatten sie das auch, die Kneipeninsassen, aber keine ausreichenden Hinweise seine Person betreffend. Alt und dick und Schnurrbart und sonst wenig Haare … das traf auf eine hübsche Prozentzahl der deutschen Bevölkerung zu; männlich wie weiblich.

Als Alfons Friedrichsberg gegen halb drei in der Nacht ins Bett fiel, war er beruhigt und zufrieden. Er saß in keiner Zelle zwecks Untersuchungshaft, er hatte keine Anzeige am Leib und er war nicht von holländischen Schlägern zum Tanz aufgefordert worden.

Nur meiden sollte er die Altstadt rund um den *Goldenen Anker* in nächster Zeit trotzdem. Und preiswerten Kaffee in Venlo kaufen würde er die kommenden Wochen auch nicht unbedingt. Und er hatte einen Namen zugeflüstert bekommen: Nobel. War ihm sowieso klar gewesen, aber er wollte Gewissheit haben; und die hatte er jetzt.

Er fiel in einen unruhigen Schlaf, aus dem er gegen sieben Uhr morgens albtraumnass erwachte, drehte sich dann aber mehrmals auf die Seite, wälzte sich hin und her und stand dann um kurz nach neun auf.

Er stieg in seine Filzlatschen, zog seinen blaugestreiften Bademantel über und schlurfte ins Bad. Nach einer kurzen Morgentoilette legte er in der Küche einen Filter in die Kaffeemaschine, häufte mehrere Löffel Kaffeepulver hinein, füllte Wasser auf und drückte den Knopf. Gelassen prötterte die Maschine vor sich hin und füllte die Wohnung mit herrlichem Kaffeeduft an. Dann schob Friedrichsberg zwei Scheiben Buttertoast in den Toaster, stellte eine Pfanne auf den Herd, goss einen Schuss Öl hinein und schlug drei Eier rein, die er salzte und pfefferte.

Der Toaster spuckte die Scheiben aus, Friedrichsberg bestrich sie ordentlich mit Butter. Darauf legte er gekochten Schinken, darauf mehrere Scheiben frischen

Gouda und als krönenden Abschluss beförderte er die drei Spiegeleier auf den Haufen.

In der Zwischenzeit war der Kaffee durchgelaufen, Friedrichsberg hatte Milch warm gemacht, goss eine schöne Mischung in eine Tasse und löffelte Zucker dazu.

Er holte vor seiner Wohnungstüre die Tageszeitung weg, setzte sich an den Küchentisch, zog die Nase geräuschvoll und ergebnisreich hoch, schluckte runter und ließ es sich schmecken.

Und als er den Eiertoasthaufen gegessen, den Kaffee getrunken und die Zeitung (auf der Seite *Lokales* stand eine kleine Randnotiz, in der von dem grausamen Mord an einem älteren Ehepaar berichtet wurde) gelesen hatte, sagte er halblaut zu sich selbst: »So. Und jetzt nehme ich mir diesen seltsamen Nobel endlich vor.«

Er zog sich um, setzte sich in seinem Arbeitszimmer an den Schreibtisch und fuhr seinen Laptop hoch. Parallel dazu rief er seinen Freund Jupp Straaten an.

»Ja, Gott sei Dank, ich dachte schon, es wär dir was passiert.«

»Dann hättest du nichts von mir gehört.

»Ich hab ja nichts von dir gehört.«

»Aber jetzt hörst du ja was.«

»Richtig. Was hast du denn bis jetzt gemacht?«

»Ich habe geschlafen und gefrühstückt.«

»Der Herr lässt es sich gut gehen. Das freut mich.«

»Wie schön, dass ich dir noch eine Freude bereiten kann.«

»Spar dir deine blöden Kommentare und sag mir lieber, was gestern Nacht passiert ist.« Straaten schien ernsthaft besorgt zu sein.

»Nichts. Beziehungsweise, besser: mir nichts. Dem Holländer schon. Der hat mir nämlich einen Namen gesteckt, also den Namen des Mannes, der hinter dem Ganzen steckt: Erich Nobel. Hat ihn eine seiner Kniescheiben gekostet.«

»Was?« Straaten war entsetzt. »Nobel steckt hinter den Morden?«

»Nobel steckt hinter den Aktionen, die der Holländer durchgeführt hat. Das hat er jedenfalls zugegeben.«

»Nobel ist ein Mörder ...«

»Nein, ist er nicht, also scheint er laut Holländer nicht zu sein«, korrigierte Friedrichsberg ihn. »Aber er ist der Auftraggeber, jetzt hör doch mal zu.«

»Aber Nobel ist ein böser Bube.«

»Ja, das sieht ganz so aus. Der Holländer bestreitet zwar, dass er Morde im Auftrag von Nobel begangen hat, aber weiß man's ...?! Also ich jedenfalls würde nicht so mir nichts dir nichts zugeben, jemanden aus dem Leben gehauen zu haben.«

»Sind das jetzt doch nicht unsere Mörder?« Straaten war verwirrt.

»Ich weiß nicht, was dieses Gespann ist. Ob der Holländer nur ein Kleinkrimineller ist, den du für etwas Geld dazu bringst, so einen Scheiß zu veranstalten, oder ob das ein Profikiller ist ... Ich habe keine Ahnung. Gegen die Killerthese spricht: Der Typ gestern hätte mich doch in der Nacht in der Kneipe mühelos überwältigen und übern Haufen schießen können, wenn er gewollt hätte. Der lässt sich von einem durchschossenen Knie vielleicht irritieren, aber doch nicht aufhalten. Nee, nee, so ein harter Knochen ist das nicht.«

»Das heißt also: Killer nein, Mörder vielleicht, Krimineller in jedem Fall.«

»So ist es. Und Nobel wird die Taten nicht begangen haben, aber er hat sie in Auftrag gegeben.«

Man konnte Straaten am anderen Ende der Leitung förmlich nachdenken hören. »Ach, du je … Und jetzt? Hast du die Polizei verständigt? Hat die den Holländer festgenommen? Oder Nobel?«

»Nö. Also weder noch.«

»Ja, aber da müssen wir doch was tun! Wir können doch nicht tatenlos zusehen.«

»Tatenlos war und bin ich auch nicht. Aber ich mache hübsch eins nach dem anderen. Ich möchte mich zunächst einmal reichhaltig über Nobel informieren. Und dazu werde ich im Internet recherchieren, aber auch dich das ein oder andere fragen. Kannst du nachher mal vorbeischauen?«

Straaten überlegte. »Ja. Ja, das kann ich machen. Meine Frau kocht grad etwas, dann trinken wir Kaffee und dann würde ich zu dir kommen. Also ungefähr in anderthalb Stunden.«

»Sehr schön. Ich warte auf dich.« Dann ironisch: »Und lass dich bloß nicht hetzen.« Friedrichsberg beendete die Verbindung und trank einen Schluck Kaffee.

* * *

Friedrichsberg hatte bis zum Eintreffen seines Freundes im Internet recherchiert und nach Erich Nobel gesucht. Er war auch fündig geworden; aber das, was er gefunden hatte, war so spärlich, dass es ihn auch nicht viel weiterbrachte.

Fest stand: Erich Nobel leitete seit sieben Jahren eine Werbeagentur in München. Anfangs hatten sie auch einige dicke Fische an Land gezogen, aber nach und nach waren die Aufträge zurückgegangen – und mittlerweile sah das alles wohl nicht unbedingt rosig aus.

Zwar waren die Kommentare auf der Agentur-Homepage voll des Lobes, suchte man allerdings abseits dieser Seite, mehrten sich die Negativmeldungen. Es war immer wieder von beruflichen Pleiten, Misserfolgen und Schadensersatzprozessen die Rede. Nobel schien also berufliche und finanzielle Probleme zu haben, oder – um es mit anderen Worten zu sagen: In München war ganz schön die Kacke am dampfen.

Sonst etwas Wissenswertes über die Person Erich Nobel: negativ. Über irgendwelche Kontakte oder Freundschaften: ebenfalls negativ. Man hätte wahrscheinlich über diese ganzen weiteren Internetportale oder Kommunikationsformen andere Informationen einholen können, aber Friedrichsberg kannte sich damit nicht so gut aus und er war auch in einem Alter, er wollte es gar nicht mehr. Vielleicht würde man auf diesem Wege mehr Information bekommen; ob die einen allerdings weiterbringen würden, das war mehr als anzuzweifeln.

Deswegen beließ es Friedrichsberg dabei und erhoffte sich ausreichend Informationen von seinem alten Freund Straaten.

»Wie sind denn die Eltern von diesem Nobel ums Leben gekommen?«

Friedrichsberg und Straaten saßen auf dem großen Balkon von Friedrichsberg, zwischen sich ein kleines Tischchen, auf dem in einem Aschenbecher eine dicke Zigarre vor sich hinqualmte und zwei Gläser mit kaltem Weißwein standen.

Straaten blinzelte durch die verdreckten Gläser seiner Brille, nahm sie ab und putzte sie mit einem Papiertaschentuch. »Unfälle. In beiden Fällen.«

»Schöner Zufall, so ein Unfall.«

»Wie meinst du das?« Straaten polierte das zweite Brillenglas.

»Was waren das denn für Unfälle?«

»Nun, die alte Frau Nobel ist aus dem Fenster gefallen, und er ist beim Schrauben am Auto vom eigenen Wagen erdrückt worden.«

Friedrichsberg runzelte die Stirn. »Wie habe ich das zu verstehen?«

»Was gibt's denn da nicht zu verstehen? Versteh ich nicht. Frau Nobel putzt die Fenster ...«

»Wie alt war die noch gleich?«

»Frau Nobel war Mitte 70.«

»Ach was. Und in dem Alter putzt man noch selber die Fenster?«

»Ja, was bleibt dir denn übrig, wenn du mal ab und zu rausgucken und was sehen willst?

»Auch wieder wahr.«

»Seltsam ist bei der Sache, dass die beiden eine Putzfrau hatten.«

»Hm ...« Friedrichsberg kratzte sich den weißen Haarkranz.

»Die ist einmal in der Woche gekommen und hat sich

um die ganze Wohnung gekümmert. Mit Treppenhaus und zweimal im Monat hat die auch die Fenster gemacht.«

»War die vielleicht zu dem Zeitpunkt im Urlaub?«

»Nicht, dass ich wüsste. Die ist da gewesen.«

»Und hat die Bude geputzt.«

»Was denn sonst?«

»Aber nicht die Fenster.«

»Sonst hätte es doch nicht die alte Nobel machen und dabei rausfallen müssen.«

»Hast du recht. Welcher Stock?«

»Siebter.«

Friedrichsberg spitzte die Lippen: »Momentchen mal: Du hast gesagt, dass das Nachbarn von dir gewesen sind. Und der junge Nobel momentan die Wohnung der beiden bewohnt. Aber wie will dann seine Mutter aus dem siebten Stock gestürzt sein, wenn es hier keine Häuser mit sieben Stockwerken gibt?«

»Die haben doch mehrere Immobilien gehabt, und die hatten am Kaiserberg im Dachgeschoss noch eine Maisonette, als eine Art Atelier. Sie hat ja so nebenbei mit ein paar Freundinnen gepinselt.«

»Ja, aber dann hat das doch mit der Putzfrau hier nichts zu tun, oder irre ich mich da.«

»Du irrst.« Straaten trank einen Schluck Wein. »Denn einmal in der Woche war die hier und alle zwei Wochen in der sogenannten Atelierwohnung.«

»Das müssen ja ziemlich reinliche Leute gewesen sein.«

»Du sagst es.«

»Und wenn du aus dem siebten Stockwerk plumpst, da kann dich kein Medizinmann mehr zusammenflicken.«

»Ausgeschlossen. Die Frau war sofort tot. Hatte die Leiter etwas zu nah ans Fenster gestellt, sagte die Polizei.«

»Und sonst noch was?«

Straaten beugte sich zu seinem dicken Freund rüber, wie um ihm geheimniskrämerisch etwas zu verraten: »Frau Nobel hatte Höhenangst.«

»Und dann putzt sie ihre Fenster?!« Ungläubig riss Friedrichsberg die Augen auf. »Das schließt sich doch dann eher aus, oder? Bei sieben Stockwerken.«

»Das denke ich auch.«

»Warum hat sie dann überhaupt eine Wohnung im Dachgeschoss?«

»Wegen des guten Lichtes. Zum Malen und Zeichnen. Die Bedingung aber war: Es müssen alle Fenster stets geschlossen bleiben.«

»Verstehe.« Friedrichsberg trank in großen Schlucken. »Und er?«

»Was er?«

»Wie ist der alte Nobel ums Leben gekommen?«

»Das war hier direkt vor unserer Nase. Er hat seinen Wagen durch die Waschstraße gefahren, ist nach Hause, parkt vor der Garage, poliert, will die Reifen noch wechseln. Und er hat wohl die Handbremse nicht genug angezogen, der Wagen rollt zurück, er drunter, aus.«

»Und das will keiner mitbekommen haben?« Wieder runzelte Friedrichsberg die Stirne; ein Meisenmännchen flog das Vogelhäuschen an, das Friedrichsberg neben der Balkontür an der Häuserwand befestigt hatte.

»Erstaunlicherweise nicht.«

Er wartete einen Moment ab und schob die Zigarre von einem Mundwinkel in den anderen. »Kommt da noch eine Pointe? Wie bei seiner Frau? So nach dem Motto: Der konnte gar nicht Auto fahren oder so was?«

»Leider nein.«

»Schade.«

»Höchstens, dass er sein Auto sehr geliebt hat. Das war ein Autonarr. Und er ist sehr sorgfältig mit seinem Auto umgegangen.«

»So sorgfältig, dass es eigentlich erstaunlich ist, dass er so unachtsam mit der Handbremse umgegangen ist. Stimmt's?«

»Du sagst es.«

Friedrichsberg nickte. »Das sag ich. Und was sagt die Kripo?

»Unfälle. In beiden Fällen.«

»Und das zufällig innerhalb welcher Zeitspanne?«

»Vier Wochen.«

Friedrichsberg grinste über beide Wangen. »Und da wollen die mir ernsthaft weismachen, dass das mit rechten Dingen zugegangen ist? Die verarschen uns doch, wo wir dabeistehen.«

»Was meinst du?«

»Wie standen die beiden denn zueinander?«

»Die waren über fünfzig Jahre miteinander verheiratet, soviel ich weiß. Und haben sich geliebt.«

»Wer ist als Erster verunfallt?«

»Sie. Dann er.«

»Und sie haben sich geliebt.«

»Es hatte jedenfalls den Anschein.«

»Also können wir ausschließen, dass erst er sie von der Leiter geschubst und dann Selbstmord begangen hat?«

»Das können wir. Zum Zeitpunkt ihres Sturzes hat er mit zwei Freunden eine Partie Golf gespielt.«

»Hübsches Alibi.« Friedrichsberg kaute nachdenklich – dabei aber mit Genuss – auf seinem Stumpen herum. »Und sie kann auch nicht die Bremse seines Wagens gelöst haben, denn zu dem Zeitpunkt war sie ja schon ungefähr drei Wochen tot.«

»So ist es.«

»Und die beiden waren beliebt in der Nachbarschaft?«

»Sehr nette, angenehme Zeitgenossen, immer für ein Pläuschchen zu haben, tolle Vermieter.«

»Wurde etwas aus der Wohnung entwendet? Also Raubmord?«

»Nicht, dass ich wüsste. Es waren Unfälle, und die Akten wurden geschlossen.«

»Weil auch kein Motiv ersichtlich war.«

»Genau.«

Friedrichsberg leerte sein Weinglas, stellte es ab, ging in die Küche, holte die Weißweinflasche aus dem Kühlschrank und füllte nach.

Straaten nahm einen Schluck und zeigte auf den Rest in seinem Glas. »Mir bitte auch noch.«

Friedrichsberg nickte nur und schüttete. Dann winkte er ab und setzte sich mit dem Kommentar: »Den Rest der Flasche hauen wir so schnell weg, dafür stell ich das nicht noch mal kalt.«

Dann nahm er einen Schluck, schmatzte nach und steckte sich die Zigarre in den Mund, lehnte sich genüsslich im Liegestuhl zurück und paffte dann einige Rauchringe in den Himmel.

»Nimmst du dir jetzt deine Mußestunden oder ist noch mit irgendetwas deinerseits zu rechnen? Sonst geh ich nämlich nach Hause. Lege keinen Wert darauf, stundenlang einem vor sich hinstinkenden Orakel beim Meditieren zuzusehen.«

»Ach, halt doch den Rand«, grummelte Friedrichsberg missmutig an seinem Stumpen vorbei. »Lass mich nachdenken.«

So ging das eine Weile weiter. Friedrichsberg schloss dazu noch die Augen, und hätte er nicht ab und an vor sich hingegrunzt und Rauchwolken ausgestoßen, Straaten hätte gedacht, er wäre bereits weggeschlummert.

Doch plötzlich kam ein Kommentar: »Das war er.«

»Wie?« Straaten hatte nicht mehr mit einer Wortmeldung gerechnet.

»Ich hab gesagt: Das war er.«

»Du meinst, das war Nobel?«

Schlagartig richtete sich Friedrichsberg auf. »Ich hab doch schnell meine Mutter aus dem Fenster geschubst …! Und wenn der Alte unterm Wagen liegt und schraubt und ich löse die Handbremse ... Dann hat der aber verdammt schlechte Karten.«

»Das würdest du tun?«

»Nee. Hab ja keine Alten mehr.«

»Aber du traust es Nobel zu?«

»Nach alldem ... Ja. Vor allem: Als Sohn fällt er ja gar nicht weiter auf, sollte er sich am Tatort aufhalten. Und im Hinblick auf diesen ominösen und dubiösen Holländer: auch ja. Das war ein netter Auftakt für alle kommenden Aktionen. Der musste erst mal seine Alten aus dem Weg räumen, um an die Immobilien zu kommen und die alten Mieter dann da rauszuekeln und dann die große Kohle zu machen. Ist doch ein guter Plan, weiß gar nicht, was du hast.«

»Was für ein schäbiger Charakter.«

»Wenigstens hat er einen.«

»Aber deswegen bringt der seine Eltern um?! Wegen des Erbes?«

Friedrichsberg klatschte in die Hände. »Warum denn nicht? Weißt du denn, was die für ein Verhältnis hatten?«

»Das weiß ich nicht.«

»Siehst du.«

»Und dann kommt der, um die umzubringen, extra aus München?«

»Das sind gute sechs Stunden. Und er wird mit dem Auto gefahren sein, damit man es ihm nicht nachweisen kann. Also von wegen Flugtickets und so weiter. Das macht er schön am Wochenende und braucht sich noch nicht mal frei dafür nehmen.«

»Warte mal eben«, unterbrach ihn Straaten.

»Was denn?«

»Ich muss mal eben ... überlegen ... Das stimmt, du hast recht: Sie ist an einem Sonntag umgekommen, ihr Mann an einem Samstag.«

»Siehst du.« Friedrichsberg lachte auf. »Spricht ja noch mehr für Mord.«

»Was denn?«

»Sich an einem Samstag um das Auto zu kümmern, das ist ein Klassiker, da will ich auch gar nicht dran rütteln. Aber wer putzt denn sonntags die Fenster, außer der Papst hat sich zum Kaffee angemeldet.«

Straaten nickte zustimmend.

»Dieser Nobel setzt sich in sein Auto, düst hier hoch, bringt seine Eltern um und düst danach sofort wieder runter. Abends trifft er sich mit Freunden, beispielsweise, geht mit denen aus und tut so, als wäre nichts gewesen.«

»Viel Aufwand für einen Mord.«

Friedrichsberg winkte ab. »Da sind in der Geschichte noch ganz andere Dinge auf sich genommen worden. Und die Frau hast du schnell aus dem Fenster geworfen, selbst, wenn du es ein wenig inszenieren musst. Ich denke, der wirkliche Aufwand war die Sache mit dem Wagen und seinem Vater darunter.«

»Wieso?«

»Wenn da einer regungslos unter seinem Wagen liegt, gehe ich mal davon aus, dass vorbeischlendernde Passanten mal nachhaken, ob sie eventuell behilflich sein könnten. Und wenn du dann keine Antwort mehr kriegst oder vielleicht höchstens noch ein Röcheln, weißt du doch, was du zu tun hast. Aber wenn neben dem Wagen, unter dem jemand liegt, noch ein zweiter Mensch steht und da rumhantiert oder wischt, schraubt, poliert ... Da hegst du keinen Verdacht.«

»Du willst also sagen ...«

»Ich will sagen, dass Erich Nobel seinen Vater unter den Wagen hat klettern lassen, dann hat er die Handbremse gelöst, ließ den Wagen zurückrollen und den Alten überfahren und dann hat er so lange gewartet, bis sein Vater endlich tot war. Ich würde mich, wenn ich der Mörder wäre, sogar noch mit meiner Leiche unterhalten und das Radio dazu laufen lassen, also eine richtiggehende Gemütlichkeit demonstrieren, nur damit nicht auffällt, dass da einer gerade vor sich hinstirbt oder – um es umgangssprachlich auszudrücken: tot am werden ist.«

»Das ist ekelhaft.« Straaten verschränkte demonstrativ die Arme vor der Brust.

»Und effektiv. Aber dieser Mord war definitiv zeitintensiver.«

»Kann man ihm das denn irgendwie nachweisen?«

Friedrichsberg zog eine Schnute. »Die Bullen müssen doch nur die Videos der Tankstellen kontrollieren und überprüfen. Irgendwo werden sie Erich Nobel entdecken. Und das sowohl am Tattag oder Unfalltag der Mutter als auch des Vaters. Und die Zeiträume müssten ja auch stimmen. Ist ein bisschen mühsam, aber es wird sich lohnen: die Bullen hätten ihren Doppelmörder. Das ist meine Meinung.«

Angeekelt verzog Straaten sein Gesicht. »Ein einfacher Mörder. Sympathisch ist er mir nicht gewesen, aber das hätte ich auch nicht von ihm gedacht.«

»Siehst du mal. Und er ist nicht nur Vater- und Muttermörder, sondern auch noch Auftraggeber von Missetaten. Und selbst wenn der holländische Missetäter es nicht zugegeben haben will: Die Morde an Kaiser und Preibischs will ich mal nicht ausschließen.«

Versonnen nickte Straaten vor sich hin. »Aber ... Also ...« In ihm schien es gewaltig zu arbeiten. »Ich meine ... Jetzt mal unter uns, aber sag mal: Wenn der Nobel jetzt unser Mörder ist ... Was ist denn dann mit den Schallplatten?«

»Was?« Friedrichsberg hatte verstanden, schien sogar begriffen zu haben, aber nicht wahrhaben zu wollen.

Deshalb wiederholte sein Freund auch: »Ich hab gemeint, wenn der Nobel jetzt unser Mörder ist ... Was ist denn dann mit den Schallplatten? Fällt dann Pistorius als Mörder weg?«

Friedrichsberg ließ automatisch die Lefzen hängen. »Scheiße. Den hab ich ganz vergessen.«

»Ist er deiner Meinung nach immer noch ein möglicher Mörder?«

Er schüttelte langsam seinen dicken Schädel. »Trau ich ihm nicht zu.« Er hielt kurz inne. »Aber er hat die Platten verteilt. Jedenfalls stand sein Name drauf.«

»Er schien sie mit seiner eigenen Hand beschrieben und unterschrieben zu haben.«

Friedrichsberg zog ein paarmal an seiner Zigarre und hüllte seinen Kopf in blauen Tabaksqualm. »Ja, aber warum sollte er das tun? Nur um sie dann in den Wohnungen der Toten zu hinterlassen?« Heftig schüttelte er den Kopf. »Das ist doch idiotisch. Niemand bringt sich selber in Gefahr. Und unser bekloppter Einsiedler schon mal gleich gar nicht. Der kriegt noch nicht mal selbstständig den Kartoffelbrei geschluckt, aber Nachbarn abmurksen und Platten verteilen, das kann er? Im Leben nicht.«

»Oder er tut so.«

»Bis das bewiesen ist, haben wir unseren maladen Eremiten vor der Nase, der abgehalftert vor sich hinvegetiert.«

Straaten schlug sich mit der flachen Hand auf den Oberschenkel. »Ja, was denn jetzt? Also vielmehr: Wer denn jetzt? Also wer ist es denn jetzt, der Mörder?«

»Ich sag's dir: Entweder der eine oder der andere. Wir könnten es auf dem Grillfest herausfinden.« Friedrichsberg rieb seine Hände gegeneinander. »Ich freu mich da immer mehr drauf. Jedenfalls verspricht es, interessant zu werden.«

»Und nicht ungefährlich.«

»Das ist Grillen nie. Grad, wenn man als Bratwurstfreund die Tofuwurst erwischt.«

»Hast du denn schon eine Tendenz?«

»Selbstverständlich. Bauchfleisch und Steaks. Und sie sollen mich bloß mit diesem gegrillten Gemüse verschonen!«

»Nein, ich meine, wer von den beiden der Mörder sein könnte?«

»Klar. Nobel. Oder Pistorius. Einer von beiden. Bis jetzt.«

»Was soll das denn jetzt?«

Friedrichsberg nahm einen Schluck vom Wein. »Weißt du was?«

»Nee.«

»Ich weiß es nicht.«

Friedrichsberg schmatzte dem Wein und seiner Zigarre nach. »Ich werde mich nachher mal bei Heidenreich melden. Der soll dem Nobel mal schön auf die Finger hauen.«

»Ja, aber ...«

Friedrichsberg tippte sich mit dem Zeigefinger an die Stirn. »Ich mach mir doch an so einer Figur nicht die Finger schmutzig. Das sollen gefälligst andere machen. Die kriegen da auch Geld für.«

»Du hast ja recht.«

»Hab ich auch«, musste Friedrichsberg mit Nachdruck feststellen.

»Aber lass dir nicht zu viel Zeit«, wandte Straaten noch ein.

»Mach ich auch nicht. Eher ganz im Gegenteil. Denn: Wer weiß, welche Morde uns noch erwarten …«

Kapitel 17

Das Grillfest

Für 18 Uhr hatte man das Grillfest veranschlagt. Die Sonne stand noch schräg am Himmel, ganz leicht grüßte der Abend, die Hitze steckte in den Häusern, langsam kehrte überall Ruhe ein, Feierabendgefühl, irgendwo übte ein Kind bei offenem Fenster nervtötend Klavier (der ein oder andere dachte krampfhaft über die Möglichkeiten nach, diesem jungen, untalentierten Energiebündel den Hals umzudrehen), die Vögel zwitscherten, Mauersegler schossen durch die Lüfte.

Friedrichsberg hatte auf die Zettel, die er noch am Vortag verteilt hatte, geschrieben, dass jeder etwas mitbringen solle, vor allen Dingen das, was er selber gerne essen würde. Straaten und er selbst hatten zusammen mit Dahl den Grill aufgestellt und Bierbänke und Biertische aufgebaut. Sie hatten die Tische mit weißem Papier eingeschlagen und rotweiße Papierservietten verteilt: Es sah einladend und gemütlich aus.

Die drei waren seit 16 Uhr gut beschäftigt. Die Kohle glühte seit halb sechs vor sich hin, in greifbarer Nähe stand ein Kasten mit kaltem Pils, Friedrichsberg (durch eine Kochschürze mit der Aufschrift *Futtern wie bei Muttern* geschmückt), Straaten und Dahl hatten sich kurz auf eine der Bänke gesetzt, als schon die Ersten eintrudelten. Es war das Ehepaar Laubengänger, beide in Beige.

Sie hatten aufteilbare Funktionshosen an, karierte Hemden und darüber beigefarbene Westen, Frau Laubengänger unterschied sich von ihrem Mann nur durch ein saftiges Oberlippenbärtchen.

Friedrichsberg warf einen raschen, kritischen Blick hinüber. »Was haben die denn vor? Eine Wüstenexpedition? Vor allen Dingen würden die beiden vor Sand gar nicht ins Auge fallen. Als würden sich alte Leute absprechen: Rudellaufen in Beige ... Igitt!«

»Sei still«, zischte ihm Dahl zu. »Das gibt doch nur wieder Ärger, wenn du in Störlaune bist.«

»Ach, und ich dachte schon, wir wären die Letzten«, rief Frau Laubengänger schrill über den Hof. Sie hatte einen Korb unterm Arm mit Fleisch, Baguettestangen und einem bunten Salat; er trug die Verantwortung.

Friedrichsberg, Straaten und Dahl erhoben sich, man reichte einander die Hände.

»Wir kennen uns noch nicht, mein Name ist Friedrichsberg«, sagte der Dicke.

»Angenehm«, entgegnete Herr Laubengänger.

»Na, das wird sich noch zeigen.«

»Ich bin Willi Dahl«, sagte Dahl freundlich und schob seine Brille ungeschickt zurecht.

Von Weitem konnte man schon jetzt ein leichtes, aber durchdringendes Quietschen vernehmen: die beiden Tellmann-Bach-Schwestern schienen im Anmarsch zu sein.

»Sagen Sie mal, Herr Straaten, wo ist denn Ihre Frau?«, wollte Frau Laubengänger spitz wissen; sie spekulierte wohl auf einen häuslichen Zwist.

»Ach, eine alte Schulfreundin ist für ein paar Tage in der Stadt, und die kann nur heute Abend. Mit der trifft sich meine Frau jetzt. Aber sie will später noch dazustoßen.«

»Juhuuuuu, wir sind auch schon da, halten Sie uns ein Plätzchen frei!« Hedwig Bach hatte ihre Schwester im Schlepptau und den alten Hackenporsche, der schwer beladen schien. »Wir haben lecker Würste bei!« Die alte Dame freute sich sichtbar.

»Und ein Schnäpsken. Für zum Trinken für nach dem Grillen«, ergänzte Frau Tellmann.

»Na, da kann man doch was mit anfangen«, freute sich Friedrichsberg.

Die vier nahmen Platz und richteten sich an den Biertischen ein.

Hedwig Bach kramte in ihrer Tasche. »Ich hab auch einen lecker Kartoffelsalat gemacht.«

»Auf Majobasis?«, wollte Friedrichsberg wissen.

»Ja, sicher«, freute sie sich.

»Für den möchte ich mich schon mal anmelden. Und jetzt: Her mit dem Fleisch. Wer zuerst kommt, mahlt zuerst.«

Frau Laubengänger trat neben Friedrichsberg an den Grill, derweil Herr Laubengänger sein erstes Bier öffnete.

»Sonst noch einer?«, fragte er in die Runde.

»Ich hatte vorhin schon eins«, sagte Dahl, »ich glaub, das reicht mir für heute. Muss ja auch noch fahren.«

»Du bist mit dem Fahrrad da«, stellte Straaten fest.

»Ja, eben«, sagte Dahl.

Der Rest stieß an und trank.

Friedrichsberg legte das gesammelte Fleisch auf den Rost, als die Sportlehrerin Sophie van Grecht mit federndem Schritt aus ihrem Haus trat und quer über den Innenhof zur Grillgruppe kam.

»Schönen guten Abend zusammen«, sagte sie in die Runde. Sie trug enge Stoffhosen und ein schwarzes Poloshirt, die Haare zu einem Pferdeschwanz zusammengebunden.

»Der Grill ist heiß«, fügte Friedrichsberg an. »Also, wenn Sie schon was drauflegen wollen ...«

Sophie van Grecht schreckte innerlich zurück. »Ach, nein danke. Ich habe mir einen Tomatensalat gemacht, den esse ich jetzt. Nach 18 Uhr verzichte ich gerne auf Kohlehydrate.«

Friedrichsberg nickte verständnisvoll. »Ja, das kann ich verstehen. Lassen Sie besser die Finger davon, sonst könnten Sie noch platzen.« Er lächelte. »Ich bitte Sie, eine kleine Wurst, die wird Ihnen schmecken.«

»Kann sein, aber danke nein.«

»Bierchen?«, fragte Laubengänger.

»Danke, nein, ich habe mir stilles Wasser mitgebracht.«

Friedrichsberg widmete sich wieder dem Grill und verdrehte die Augen. Dabei sah er, wie die beiden ewigen Studenten in Jute geschlagen angetorft kamen, so als könnte man ihnen im Laufen die Schuhe neu besohlen.

»Hi«, sagte Holger.

»Ist 'ne geile Aktion, irgendwie«, sagte Iris.

»Setzt euch«, sagte Frau Tellmann.

»Nee, danke, wir wollen lieber auf dem Boden sitzen, back to nature. Haben auch extra 'ne Decke mitgebracht.«

»Habt ihr was für den Grill?«, begrüßte sie auch Friedrichsberg.

»Ja, wir haben Tofubratwürste. Und einen Couscous-Kirchererbsen-Salat. Wer gerne was abhaben will ...«

»Nee, danke, ich will ja nicht ersticken«, hob Friedrichsberg abwehrend beide Hände.

Friedrichsberg beugte sich zu Straaten rüber und murmelte ihm zu: »Wollen die im Ernst, dass ich denen die Tofuscheiße auf den Rost knalle? Da kriegst du doch das kalte Kotzen.«

»Jetzt reiß dich zusammen und mach einfach«, bekam er zur Antwort. »So, und jetzt wird's spannend«, raunte Straaten seinem Freund am Grill zu.

»Wieso?«

»Jetzt kommt das personifizierte Zuchthaus.«

Friedrichsberg schaute auf – und da sah er ihn. So breit wie hoch, ein Vierkant auf zwei Beinstummeln, Dreiviertelhose in Tarnfarben, Muskelshirt in Weiß: Otto.

Und in dem Moment hörte er auch dessen Kampfhund, denn den hatte Otto wie so oft auf dem Balkon ausgesperrt, und von dort aus kläffte er in den Innenhof.

»Halt dein blödes Maul«, giftete der Vierkant zu seinem Hund hoch und in die Runde: »Tach!«

Die Sportlehrerin nickte nur knapp und unterhielt sich weiter mit den Tellmann-Bach-Schwestern, Laubengängers grüßten, ebenso Jupp Straaten.

»Was auf den Grill soll, bitte zu mir«, begrüßte Friedrichsberg den Neuankömmling. »Ich grill alles.«

»Auch kaputte Tauben? Oder sind Weißners noch nicht da?«, lachte Otto dreckig auf.

»Taube wollte ich zum Dessert servieren. Als Erstes würde ich tote Töle drauflegen. Na, Interesse?«, funkelte Friedrichsberg ihn an.

»Wer sind denn Sie?«

»Der Griller vom Dienst, wie gesagt. Und, wer sind Sie?«

»Ich heiß Otto.«

»... und seh auch so aus«, komplettierte Friedrichsberg und fügte schnell an: »Freut mich. Also: Nur her mit dem Fleisch.«

Otto konnte gar nicht so schnell verstehen, wie er zu reagieren hatte, deswegen sagte er nur: »Jou, geht klar. Ich hab au noch Bier mit.«

Otto klatschte dicke Nackensteaks auf den Rost. »Wohnen Sie au hier?«

Friedrichsberg zog die Augenbrauen hoch. »Nein, nein, mich kann man mieten. Wo immer gegrillt werden soll, ein Anruf genügt, und ich wende die Würste.«

Otto stutzte. »'n Berufsgriller?! Geiler Job.«

»Was ist er? Berufskiller?!« Herr Laubengänger hatte es mit den Ohren.

In dem Moment hörten sie ein Geräusch aus der Mülltonnenecke, die Gruppe schaute hinüber, und sie sahen die alte Frau Siebenreich.

Frau Siebenreich kam in ihren Filzpantoffeln müde über den Rasen geschlurft.

Fahl und weiß, fast durchsichtig, schaute Frau Siebenreich in die Runde. »Ich hab gar nichts bei«, sagte sie müde. »Wenn Sie vielleicht etwas für mich ... Ich meine, so viel esse ich ja auch nicht mehr. Ich esse ja wie ein Spätzchen.« Sie kicherte wie ein junges, verschüchtertes Mädchen.

»Kannst gerne was von meinem Nackensteak abhaben. Wenn du das noch kauen kannst!« Otto lachte dreckig.

»Noch so ein blöder Kommentar, und Sie können Ihr Fleisch auch nur noch lutschen«, brummte Friedrichsberg ihn an. »Und jetzt trink Bier. Kannst du wenigstens nicht mehr so ein dummes Zeug von dir geben.«

Wieder schaute Otto verdutzt aus der Wäsche.

Eine Haustüre fiel ins Schloss, alle schauten in Richtung des Geräuschs, und sie sahen einen niedergeschlagenen Franz Kolpmann kraftlos auf sie zuschleichen.

»Mein Gott, was ist denn dem passiert?«, fragte Frau Tellmann als Erste in die Runde.

»Der sieht ja schrecklich aus«, stellte auch ihre Schwester umgehend fest.

»Wohl zu viel gesoffen die letzte Nacht«, gab sich die Sportlehrerin nüchtern.

Und in der Tat: Franz Kolpmann sah furchterregend aus. So als hätte er die ganze Nacht kein Auge zugekriegt und sich bis jetzt nicht von den Strapazen des letzten Abends erholen können.

Jupp Straaten ging auf seinen Nachbarn zu: »Sagen Sie mal, Herr Kolpmann, was ist denn mit Ihnen passiert?«

Aus matten Augen schaute Kolpmann sein Gegenüber und auch Alfons Friedrichsberg an. »Das ... Herr ... äh ... Straaten ... also Herr Friedrichsberg, das ... also so was ist mir ja noch nie, also noch nie passiert.«

»Was denn?«, wollte Straaten von seinem Nachbarn wissen.

Der schüttelte nur wirr den Kopf und jammerte wortlos weiter. »Das glaubt mir sowieso kein Mensch.«

»Sie sehen ja absolut fertig aus.« Straaten rückte etwas beiseite. »Jetzt nehmen Sie doch erst mal Platz.«

Kolpmann setzte sich und erzählte von seinem Katzenerlebnis.

Friedrichsberg und Straaten hörten zu und zeigten Unverständnis.

»Also ... Ich meine ... Dass mir da eine tote Katze von der Decke hängt ... Und aufs Bett tropft ... Und die in der Küche... Und dann diese ganzen Viecher ... In meiner Wohnung ... Ich wusste ja gar nicht mehr, wie ich die überhaupt alle wieder rauskriegen soll.«

»Und?«, fragte ihn Friedrichsberg. »Ich meine, was haben Sie dann gemacht mit den ganzen Tieren?«

»Einfach die Türe auf.«

»Du ahnst es nicht.« Straaten trank einen Schluck Bier.

»Ich habe dann die Polizei gerufen. Die haben mir dann die restlichen Tiere weggefangen und einkassiert.«

»Weise Entscheidung. Was hat denn die Polizei dazu gesagt, zu diesem Bubenstück?«

»Die sagten, ich solle mich nicht aufregen, sie würden in dem Fall ja eh ermitteln.«

Friedrichsberg kratzte sich am Hinterkopf. »Sagen Sie mal, war denn in letzter Zeit irgendetwas so, wie es vorher noch nie war?«

Kolpmann schüttelte den Kopf.

Friedrichsberg insistierte. »Überlegen Sie mal. Irgendetwas. Und sei es auch noch so abwegig.«

»Nein. Was denn auch? Obwohl ... Halt. Da war was. Und zwar Blumentöpfe.«

»Wie: Blumentöpfe?!«

»Das fing ... warten Sie mal ... Das fing vor genau fünf Wochen an. Ich kam abends nach Hause, und da stand ein Blumentopf mit einer Geranie bei mir auf dem Balkon. Ich wohne zwar Parterre, aber trotzdem, das war nicht mein Blumentopf. Jetzt frage ich Sie: Wie ist der Blumentopf bei mir auf den Balkon gekommen?! Also wer stellt mir den Blumentopf da hin? Und einmal stand ein Blumentopf ... bei mir ... bei mir im Wohnzimmer auf dem Tisch. Eine Primel.«

»Schöne Blumen«, befand Straaten.

»Ich konnte nächtelang nicht schlafen. Wer macht so was? Das macht der doch mit Absicht. Und jetzt die Sache mit den Tieren... Der will mich ... Der will mich verrückt machen.«

Friedrichsberg nickte. »Ist anzunehmen.«

Kolpmann versuchte ein Lächeln.

Otto nahm neben Kolpmann Platz und haute ihm freundschaftlich auf die Schulter, öffnete ein Bier, hielt es ihm hin. Kolpmann nickte nur und nahm einen Schluck.

Wie aus dem Nichts war von hinten der Automechaniker Frank Marzimke erschienen, hatte einen Teller mit Grillzeug in der einen Hand, ein Sixpack Bier in der anderen, strahlte in die Runde und sagte fröhlich: »Hallo zusammen. Habt ihr schon angefangen? Kam nicht eher aus der Werkstatt, aber ich denke, ich hab nichts verpasst, oder?«

»Ganz und gar nicht«, sagte Straaten und wies in Richtung Grill. »Laden Sie auf und setzen Sie sich zu uns. Mein Freund Alfons grillt heute Abend für uns.«

Marzimke reichte Friedrichsberg den Fleischteller und lächelte ihn an. »Und wenn Sie Hunger haben, bedienen Sie sich ruhig bei meinen Sachen, ich hab genug. Sie sollen ja nicht verhungern.«

»Bis ich verhungert bin, seit ihr alle schon lange tot«, grunzte Friedrichsberg und wischte sich mit der Kochschürze den Schweiß aus dem Gesicht und legte die Hand auf seinen mächtigen Bauch.

Und so wie Friedrichsberg da stand – in der linken Hand die Grillzange und ein Stück von der Schürze, in der rechten Hand seine Brille –, erschien plötzlich neben ihm Frau Anne Hagen.

Zunächst sah er sie nur unscharf, doch dann setzte er seine Brille auf. Und sein alter Freund hatte nicht zu viel versprochen: Bei Anne Hagen handelte es sich um eine äußerst attraktive Frau im besten Alter. Sie hatte eine weiße Hose an, eine hellblaue Bluse, einen modischen Kurzhaarschnitt und ein bezauberndes Lächeln.

»Sie sind aber neu hier«, strahlte sie Alfons Friedrichsberg an.

Er wischte seine Hand an der Schürze ab, reichte sie ihr zum Handkuss, deutete eine leichte Verbeugung an und sagte: »Nicht neu, sondern nur zur Aushilfe. Mein Name ist Alfons Friedrichsberg, und Sie müssen Frau Anne Hagen sein. Es ist mir ein Vergnügen.«

Frau Hagen schenkte ihm ein weiteres Lächeln, nickte und drehte sich in Richtung Nachbarschaft. »Guten Abend, alle zusammen«, sagte sie freundlich.

Man grüßte zurück.

Die war so freundlich, dass man sie schon glatt für eine Mörderin halten konnte.

In dem Augenblick tauchten Weißners auf: Intellektuelle in hellem Leinen.

»Dass der einen Taubenschlag hat ... So eine Fimmelfutt, wie das ist ...«, sagte Frau Bach zu Frau van Grecht.

Die strenge und dürre Frau Weißner trat an den Tisch und sagte: »Ach, und ich hab noch zu meinem Mann gesagt, nicht, dass wir die Ersten sind.« Sie lachte gekünstelt auf. »Sie haben schon angefangen?«

»Wir sind gleich schon fertig«, gab Friedrichsberg von sich.

»Nicht im Ernst«, tat Herr Weißner verwirrt, ein kleines Männlein, das sich hinter seinen großen Brillengläsern verstecken konnte. »Ich habe Champagner mitgebracht. Jemand ein Schlückchen?«

»Mit der Puffbrause kannze mich jagen«, drehte sich Otto angeekelt ab.

»Sie habe ich ja auch nicht gefragt. Aber Sie, Frau van Grecht? Frau Hagen? Die Damen?«

Frau Tellmann zog die Schultern hoch. »Och, so'n

winziges Schlückchen, um den Kreislauf in Schwung zu bringen ... Warum nicht?«

Ihre Schwester verdrehte nur stumm die Augen.

Friedrichsberg genoss seine Position am Grill. Er stand da und hatte zum ersten Mal einen Überblick über die ganze Nachbarschaft.

Ein wild zusammengewürfelter Haufen Menschen, die – in anderen Konstellationen – wahrscheinlich nie ein Wort miteinander wechseln würden, aber aufgrund ihrer Wohnungswahl dazu verdammt waren, auf engem Raum eine Gemeinschaft zu bilden und miteinander auszukommen.

Da spielten Alter und Herkunft, Ansehen und Ansichten keine Rolle, da war man einfach Mensch und Nachbar. Aber hier und jetzt, bei diesem inszenierten Grillfest, schienen sie alle gleich zu sein und sogar ein wenig Spaß miteinander zu haben. Und sie teilten dabei eine einzige, winzige Gemeinsamkeit: Sie waren Nachbarn.

Und alle waren gekommen; bis auf den wirren Herrn Pistorius, was keinen wirklich wunderte.

Friedrichsberg grillte nach und nach die Fleischberge weg, setzte sich dann zu der Nachbarschaft, neben seinen alten Freund Straaten, die Baguettescheiben mit Kräuterbutter kreisten, die Salate taten das ebenfalls, irgendwann wurde auch die Flasche Schnaps geöffnet und es wurde ein richtig schönes Fest; ein Fest – daran musste Friedrichsberg immer wieder denken – bei dem auch ein mehrfacher Mörder anwesend war.

»Hach, ist das schön«, gab Frau Laubengänger von sich.

»Das Einzige ist nur ...«, sagte Frau Hagen, »... nur Professor Kaiser fehlt.«

Für einen kurzen Moment kehrte Ruhe ein in die Runde.

»Ja, und die Preibischs«, fügte Frau Siebenreich als direkte Nachbarin der beiden Verstorbenen noch an.

»Nun, und die alte Blumenfeld«, sagte jetzt noch Herr Weißner.

Alle schauten sich an, dann ergriff Straaten seinen Pappbecher mit Bier und sagte: »Auf die Toten.«

Und alle erwiderten: »Auf die Toten.«

Sie stießen an.

Genau in dem Moment kam Erich Nobel mit offenen Armen aus seinem Haus und an die Biertische.

»Na, der gehört ja nun nicht hier hin«, murmelte Frau Bach Frau Hagen zu.

»Ich grüße Sie alle zusammen«, sagte Nobel freundlichst.

Straaten beförderte mit Schwung den Pappteller vor Friedrichsbergs Nase und beugte sich zu ihm runter: »Da ist er ja, ich fasse es nicht! Dieser Mörder, der rennt hier immer noch rum. Ich glaub es ja nicht.«

»Ruhig Blut«, raunte ihm Friedrichsberg zu, »wir können dem Schmierlapp nichts nachweisen. Und die Bullen auch nicht, sonst hätten sie den schon einkassiert. Dass der nicht ganz sauber ist, liegt auf der Hand. Aber ob der ein Mörder ist, das können wir nicht sagen.«

»Ja, aber ...«, mischte sich auch Dahl ein.

»Und jetzt seid still«, würgte Friedrichsberg die beiden ab.

Nobel hatte irgendetwas zu den vor ihm Sitzenden gesagt, was die beiden nicht verstanden hatten; aber schon hatte sich Nobel weggedreht und ging am Heimatmuseum vorbei Richtung Straße zu seinem Wagen.

»Das war aber ein kurzer Besuch«, stellte Friedrichsberg in die Runde.

»Er hat gesagt«, antwortete Frau Hagen ihm, »dass er noch mal weg müsste. Vielleicht kommt er später wieder.«

»Aber dann sind wir schon weg«, grinste Friedrichsberg.

»Wenn wir Glück haben«, pflichtete sie ihm bei und lächelte zurück.

Straaten schaute sich etwas nervös um, kramte dann sein Mobiltelefon hervor, schaute drauf, steckte es wieder weg, guckte sich um.

»Kannst du mir mal verraten, was du da treibst?«, wollte Friedrichsberg von ihm wissen.

»Ja, wollte nicht Hauptkommissar Heidenreich hier vorbeischauen? Grad jetzt, wo dieser Verbrecher Nobel abgerauscht ist, würde ich doch gerne mal wissen, wo dieser Kommissar bleibt.«

Friedrichsberg hob seine Hände und ließ sie wieder fallen. »Ich weiß es doch auch nicht.«

Straaten zog sein Mobiltelefon wieder hervor und Friedrichsberg schaute neben sich zu seinem Freund, der eine Nummer eintippte. »Was machst du da?«

Straaten hielt sich das Telefon ans Ohr. »Sei mal still. ... Ja, guten Abend, Herr Heidenreich ...« Straaten stand auf und ging Richtung Grill; Friedrichsberg tat es ihm gleich. »Ja, Straaten hier. Ich wollte ... Ja, genau, der. Ich wollte nur mal fragen, wo Sie denn bleiben ... Ach, Sie haben noch so viel zu tun ... Ja, ich dachte mir schon so was ... Ja, die Ermittlungen ... Ja, ja ... Ich verstehe. Ja, Herr Nobel ist auch schon wieder weg ... Ja. ... Und dann wollte ich fragen, ob Sie schon ... Sie haben noch nichts Neues, nein. Aha. Ja, und in Sachen Nobel ...? Hm? Ah ja. Ja. ... Ja, das ist ... Ja. Aha. Na ja, da kann man ja nichts ... Aber wir haben doch ... Ich verstehe. Ja, ich verstehe. Ja. Ja, hab ich verstanden ... Ich verstehe. ... Ja, auf Wiederhören, Herr Hauptkommissar. Ja. Ja, tschüss.« Er beendete die Verbindung. »Also, das verstehe ich nicht.«

»Was denn?«

»Da sagt mir doch dieser Kommissar, dass er nichts gegen Nobel in der Hand hat. Dabei ist doch ganz offensichtlich, dass der Dreck am Stecken hat. Aber ihm fehlen die Beweise, sagt der Kommissar.«

»Hm ... Uns auch.«

Friedrichsberg tätschelte seinem Freund aufbauend auf die Schulter und positionierte sich dann prominent vor seinem Grill, warf sich in die Brust und räusperte sich: »Darf ich einmal kurz um Ihre geschätzte Aufmerksamkeit bitten?!« Es dauerte zwar, aber es kehrte Stille ein. »Vielen Dank. Meine sehr verehrten Damen und Herren, wie Sie vielleicht wissen, gehe ich den seltsamen Meucheleien in diesen hübschen Häusern, in dieser schönen Anlage hier nach. Und was soll ich Ihnen sagen: Ich hab's enträtselt!«

Einige murmelten wild durcheinander, und auch Straaten schaute seinen Freund ungläubig an: »Was hast du?«

»Halt den Rand und hör zu«, zischte der ihm nur entgegen.

»Was macht der da?«, fragte leise Dahl seinen Freund Straaten. »Glaubst du wirklich, der weiß, wer der Mörder ist?«

Straaten schüttelte den Kopf. »Der blöfft doch nur.«

Friedrichsberg wandte sich jetzt wieder an die Nachbarschaft vor ihm: »Wir haben uns hier versammelt, damit ich Ihnen einen Mörder präsentieren kann. Denn einer von uns hier ist einer. Oder gibt es vielleicht sogar mehrere?«

»Wat soll dat heißen?«

»Das heißt, lieber Herr Otto, dass wir hier einen oder sogar mehrere Mörder haben. Aber lassen Sie mich mal ganz anders anfangen, ich frage in die Runde: Fühlen Sie sich wohl hier?«

Die strenge Frau Weißner schaute sich um, ließ ihren Blick über die Gartenanlage und die Grillfestgruppe streifen. »Wir haben es eigentlich recht schön hier.«

»Ganz schön ist gut«, sagte Herr Laubengänger. »Es ist wunderbar, fast wie im Paradies hier.«

Frau Bach räusperte sich: »Ich sag immer: Da sind wir lieber tot, als dass wir hier nicht mehr leben können. Kam mir nie in den Sinn, woanders zu leben.«

»Aber woanders kann auch schön sein«, gab jetzt auch Frau Laubengänger von sich.

»Ich bin auch viel gereist«, nickte Holger.

Und seine Iris sagte: »Aber zu Hause ist es immer noch am schönsten.«

Friedrichsberg nickte: »Und das alles trotz mehrerer Morde?! Das nenne ich beachtlich.«

»Ja, ist eben eine nette Nachbarschaft hier«, mischte sich Marzimke ein.

»Ja, toll. Diese Nachbarschaft ist sogar so nett, dass sie sich umbringt. Na, da hab ich aber lieber schlechte Nachbarschaft. Die redet vielleicht nicht miteinander, lässt sich aber auch in Ruhe.« Er wandte sich direkt an Frau Hagen, die ihm schräg gegenüber saß: »Und wie lange wohnen Sie hier schon, Frau Hagen?«

Sie strich sich eine Strähne aus dem Gesicht. »Etwas über zehn Jahre. Und wo wohnen Sie?«

»Nicht weit weg, im nächsten Stadtteil. Das Schöne an meiner Behausung ist: Wir bringen uns nicht gegenseitig um.«

»Du bist echt'n komischer Vogel«, raunte Otto Friedrichsberg an.

»Ist hier doch eine für Sie eher ungewohnte Umgebung, oder?« Friedrichsberg schaute den Vierkant scharf an.

»Wat meinze denn damit?«

»Ich dachte nur ... So harmonisch, friedlich ...«

»Pass mal auf«, unterbrach ihn Otto. »Hör mit den Denken auf, dat bringt nix. Sag ich mir jedenfalls immer. Nee, ich sag, am Wochenende hab ich immer Hallas. Da mach ich einen auf Türsteher. Und unter die Woche in Fitnessstudio. Kannze 'ne ordentliche Mark mit machen. Aber da brauch ich abends meine Ruhe. Und die hab ich hier.«

»Was Ihren Nachbarn aber nicht so gut gefällt, oder? Gibt doch genug Beschwerden.«

»Wer will sich denn beschwert haben?«, wollte Marzimke wissen.

Friedrichsberg blöffte: »Weißners zum Beispiel.« Weißners schauten, konnten aber gar nicht so schnell reagieren, wie Friedrichsberg schon weitermachte: »Und Preibischs. Und die sind jetzt tot. Waren Sie das?«

»Wat meinze?«

»Sie sollen eine zwielichtige Vergangenheit haben.«

»Wo hasse dat denn her?«

»Munkelt man.«

»Wat macht wer?«

»Sagt man sich«, korrigierte sich Friedrichsberg.

Einige der Nachbarn rutschten ungeduldig auf ihrer Sitzbank hin und her.

»Wat?«

»Dass Sie eine zwielichtige Vergangenheit haben.«

»Hat ich nie. Weiß gar nicht, wat dat sein soll. Im Knast hab ich gesessen, dat hab ich. Wenne dat mit Vergangenheit meinz, dann hat ich die.«

»Und weswegen?«, mischte sich Frau Laubengänger ein. Herr Laubengänger stieß ihr in die Seite.

Otto schaute seinen Nachbarn an. »Hab einem mal so die Fresse poliert, dat er ein paar Wochen nicht mehr aufgewacht is. Wat haben die sich aufgeregt. Anstatt dat se mal froh waren, dat se ihre Ruhe vor den hatten ...«

Friedrichsberg rümpfte die Nase.

»Aber ist doch noch längst nicht alles«, sagte Herr Weißner ruhig. »Sprechen Sie ihn doch mal auf seine Drogengeschichten an.«

»Jou. Die Drogen. Und nich nur hier von wegen Eigenbedarf. Ich hab dat Zeug vertickt, sonst verdienste ja au nix dabei. Aber so kommze zu wat.«

»Ja. Zu Knast«, spöttelte Frau van Grecht.

»Au. Und an Kohle.« Otto grinste die Sportlehrerin an; dann wieder zu Friedrichsberg: »Hasse sonst noch Fragen oder isset gez gut?«

»Haben Sie mal wen um die Ecke gebracht?«

Otto starrte ihn kurz an. »Samma, hasse ne Meise?! Ich bin doch nich bescheuert.«

»Oder jetzt von denen hier? Schauen Sie sich doch mal um ... Einfach mal so dem Herrn Weißner den Schädel einschlagen. Oder die Frau Bach über den Haufen schießen ... Und so weiter und so fort ...«

Alle schauten sich entsetzt an.

»Bist du bescheuert? Wat soll mir dat bringen außer Knast?«

»Könntest in eine andere Wohnung hier ziehen. Es würde ja was frei werden.«

»Ob ich hier wohn oder woanders, dat geht mir doch am Arsch vorbei. Bring doch keinen um, nur für dat ich umziehen kann, so wat Bescheuertet.«

»Und weil Sie auf jemanden hier einen Hals haben?«

»Ersma sind die hier alle voll in Ordnung. Un wenn mir einer auffe Eier geht, dann gibbet eins auffe Zwölf, dat waret dann aber au. Sonst nowat?«

»Keine Fragen mehr, euer Ehren.«

Friedrichsberg schaute jetzt das Ehepaar Weißner streng an. »Sie wohnen hier auch schon recht lange, oder?«

Nicken und Abwinken.

»Meine Frau ist hier geboren um die Ecke«, sagte Weißner kalt; ihm war dieses seltsame Spiel höchst unangenehm. »Konnte sich nicht von hier lösen. Wäre ja gerne in den Sechzigern mit ihr nach Frankreich, konnte aber nichts machen.«

»Na ja, dafür gibt's zum Trost wahrscheinlich ab und an mal ein Baguette, nehme ich an.«

»Und eine Flasche Rotwein.«

»Sehen Sie. Ist doch tröstlich. Und Sie sind beide Anwälte.«

Wieder Nicken. »Meine Frau Familienrecht und ich Strafrecht.«

»Da sieht man der Ungerechtigkeit aber auch ständig in die schäbige Fratze, oder?«

»Das können Sie laut sagen.«

Jetzt musste Friedrichsberg abwinken. »Das habe ich schon oft genug. Und noch öfter zu laut.«

»Man zweifelt. Am Menschen, am Recht und an der Gerechtigkeit. Aber uns sind da die Hände gebunden.«

»Und der Justitia noch dazu die Augen.«

»Doppelte Behinderung, sozusagen.«

Die beiden Männer lachten gezwungen.

»Aber trotz diverser Behinderungen sind Sie doch mit Sicherheit ein Mensch, der sich zu wehren weiß.« Friedrichsberg griff zu seiner Bierflasche und nahm einen großen Schluck.

»Mit Sicherheit. Aber schauen Sie mich an. Ich wehre mich«, hier tippte er sich gegen die Stirn, »mit dem Köpfchen.«

»Und verfügen über genügend Kontakte in die Szene, dass Sie Handlanger kennen, die Ihnen in der Ausführung der Taten zur Seite stehen.«

Weißner schaute ihn etwas diabolisch an. »Ja und nein. Kontakte habe ich, ich würde sie aber nicht nutzen.«

»Sagen Sie.«

»Sage ich.«

»Aber wer sagt mir denn, dass Sie Ihre Kontakte nicht nutzen?«

»Keiner.«

Friedrichsberg nickte langsam.

»Haben Sie Feinde hier?«

Manch einer auf der Bank schaute jetzt auffällig-unauffällig woandershin.

Weißner grinste breit. »Ich habe ein Hobby. Das sind meine Tauben. Und damit macht man sich nicht gerade Freunde.«

»Das glaube ich Ihnen sofort.«

»Aber die Hunde und Katzen hier sind auch nicht viel besser.« Weißner schaute zu Laubengängers und Otto rüber.

»Was soll das denn heißen?!«, empörte sich Frau Laubengänger.

»Sie könnten einen Streichelzoo aufmachen.«

»Da sagen Sie was.« Weißner hob sein Weinglas an und trank.

»Sie könnten zusammen mit Ihrer Frau die Morde begangen, die Taten zumindest in Auftrag gegeben haben.«

»Sind Sie von Sinnen?!«, kreischte die Weißner.

Friedrichsberg ging gar nicht darauf ein. »Weil Sie Zweifler am Recht sind. Und weil Sie hier in Ihrem Zuhause Ihre Ruhe haben wollen, die Ruhe, die Ihnen in der Ausübung Ihres Jobs fehlt, aber Ihnen Ihre Nachbarn auf den Geist gehen und Sie wegen Ihrer Tauben angefeindet werden.«

»Und aus diesem Grund erteilen meine Frau und ich Mordaufträge?!« Weißner fasste sich an den Kopf.

»Warum denn nicht? Juristen traue ich grundsätzlich alles zu.«

»Haben Sie Beweise?«, wollte Weißner von Friedrichsberg wissen.

»Alleine diese Frage ist mir schon Indiz genug«, grinste der Dicke und fühlte an seiner Kochschürze, ob er vorhin in der Schürzentasche eine seiner Zigarren verstaut hatte; und er hatte.

»Aber bitte, bitte ... Wenn Sie es nicht gewesen sein wollen, wer könnte denn Ihrer Meinung nach für die drei Morde verantwortlich sein, Herr Weißner?«

Weißner schaute sich zunächst um, besann sich dann aber doch eines Besseren. »Woher soll ich das wissen? Außerdem, auch wenn ich eine Vermutung hätte, ich bin doch kein Denunziant.«

Friedrichsberg streckte den Rücken durch und verschränkte die Arme vor der Brust. »Und Sie, Frau van Grecht? Was denken Sie?«

Die Sportlehrerin schaute in die Runde und senkte ihre Stimme. »Ich hab keine Ahnung. Sympathien hin oder her, aber dafür kennen wir uns alle schon zu lange, als dass ich irgendjemandem hier die Morde in die Schuhe schieben würde. Und selbst die, die hier verbrecherisches Potential an den Tag legen, die sind doch – unter uns – zu blöd für so was.«

Otto fühlte sich angesprochen und er schaute Frau van Grecht finster an: »Du fängst dir gleich eine, Mädchen ...«

»Da, was ich gesagt habe. Potential ist da, leider nur zu blöd.«

Friedrichsberg spitzte die Lippen. »Na ja, um jemandem ein Rasiermesser durch die Kehle zu ziehen, brauch ich keinen Universitätsabschluss.« Friedrichsberg grinste Sophie van Grecht und die beiden Weißners breit an, nickte und drehte sich jetzt zu den beiden Laubengängers.

»Und Sie haben Katzen.«

Frau Laubengänger strahlte. »Wir haben drei. Reine Katzen. Morle, Mimi und Fidelia.«

»Kann die über Rettung und Befreiung singen?«

»Wie?«

»Ich meine, woher haben Sie die? Aus Bonn?«

»Nein. Xanten.«

Schade, die Anspielung auf Beethoven hatte sie nicht verstanden. »Preibischs mochten Ihre Katzen ja gar nicht.«

»Wie?« Frau Laubengänger horchte auf.

»Nun, das ist ja kein Geheimnis, oder? Eigentlich mag doch niemand hier Ihre Katzen, weil die überall in die Beete und auf den Rasen scheißen und pinkeln«, tat Friedrichsberg naiv.

»Was? Sie alle mögen die nicht?« Frau Laubengänger schüttelte den Kopf. »Hast du das gehört?«, sie richtete sich an ihren Mann. »Keiner mag hier unsere Katzen.«

Herr Laubengänger horchte auf. »Ist mir neu.«

»Und die Toten eben auch nicht, weder Preibischs, noch Kaiser«, fügte Friedrichsberg an.

»Ja, weil der sich um den Garten gekümmert hat«, erklärte Frau Laubengänger. »Und unsere Katzen ab und zu ... Na ja, ich meine, in der Natur ... Katzen sind ja auch Natur ... Die lassen dann schon mal was da.«

Friedrichsberg spitzte die Lippen. »Wenn Sie so wollen, sind wir Menschen auch nur Natur, und trotzdem hock ich mich nicht hinter die Gartenzwerge und verrichte da mein Geschäft.«

»Das wäre ja auch auffälliger, als wenn es die Katzen machten«, konterte Frau Laubengänger.

»Es käm aber aufs selbe raus.«

»Jetzt sag doch auch mal was dazu.«

Aber Herr Laubengänger schwieg lieber; das war alteingesessene Eheerfahrung.

»Glauben Sie etwa, die hätten uns wegen unserer Katzen angegriffen und deswegen hätten wir uns an denen ... also ... gerächt?«

»Das ist doch lachhaft.«

Friedrichsberg schaute zwischen den Ehepartnern hin und her, wie beim Tennis. »Hören Sie mal genau hin: Ich lach nicht. Ich halte das sogar für möglich. Tolles Motiv: Katzendreck. Und Sie beide haben deswegen Ihre Nachbarn getötet.«

»Nein, nein, ganz ausgeschlossen«, sagte Frau Laubengänger mit Nachdruck; ihr Bluthochdruck machte sich bemerkbar: sie hatte einen feuerroten Kopf. »Da hätten es ja auch Weißners sein können mit ihren blöden Taubenviechern.«

»Das ist ja unerhört«, kreischte Frau Weißner. »Muss ich mich hier vom Volk denunzieren lassen? Ich zeige Sie an! Wegen übler Nachrede.«

Und Frau Laubengänger setzt noch einen drauf: »Und durchgeführt hat das dieser schlimme Otto. Sie stecken alle drei unter einer Decke.«

»Sie meint es gar nicht so«, versuchte Laubengänger die Wogen zu glätten.

»Und ob ich das so meine!«, giftete seine Frau weiter.

»Du bis' doch bescheuert, Alte«, gab Otto ungerührt von sich.

Nur Herr Weißner hatte sein Büchlein hervorgeholt und machte sich Notizen. »Sie werden von uns hören.«

Laubengänger schüttelte den Kopf: »Das hast du jetzt davon.«

Friedrichsberg gefiel dieses Spiel, die ganze Sache nahm Fahrt auf, und er drehte sich zu Marzimke und pokerte hoch: »Und Sie mochten sich ja auch nicht, oder? Kaiser und Sie? Wie war das mit der Sache mit der Rauferei? Als Sie ihn mal bei den Mülltonnen zur Seite genommen haben?«

»Was?« Marzimke schaute den Dicken an.

»Das war doch wohl ein etwas überflüssiger Angang, oder?«

»Also, ich weiß nicht, wovon Sie reden.«

»Was war denn der Grund dafür?«

Marzimke schaute ihn aus kleinen Augenschlitzen an; da stieg sichtbar Wut empor. »Seine laute Musik.«

Friedrichsberg freute sich: Marzimke war drauf reingefallen.

Und der machte weiter: »Die ging mir auf den Sack. Wenn ich Feierabend hab, will ich meine Ruhe haben und nicht noch so einen lauten Dreck hören.«

Frau Bach mischte sich ein: »Schlager wäre schöner gewesen, oder?«

»Ach, seien Sie doch still, Sie Schachtel!«

Die Tellmann-Bach-Schwestern blickten empört.

Friedrichsberg holte aus: »Er hätte Sie anzeigen können. Womit haben Sie ihn denn bedroht?«

Marzimke nickte. »Mit einem Wagenheber. Und er hat mich nicht angezeigt. Dafür hab ich schon gesorgt.«

»War das jetzt ein Geständnis?«

»Wie?!« Marzimke sprang auf.

»Und dann haben Sie auch noch Preibischs aus dem Weg geräumt?«

»Sie spinnen ja wohl! Warum sollte ich das getan haben?!«

»Weiß nicht, suchen Sie sich was aus ...«

Frau Weißner mischte sich wieder ein: »Weil Sie ein kleingeistiger, gewaltbereiter Autofritze sind und mehr nicht.«

Friedrichsberg grinste: »Jetzt könnten Sie auch anzeigen.«

Marzimke schaute seine Nachbarn an. »Das wird mir hier echt zu blöde, ich bin weg.«

»Wer geht, gibt auf und zu«, legte Frau Weißner noch einen nach.

Aber Marzimke schüttelte nur den Kopf und räumte das Feld.

»Seltsamer Heini«, zischte Frau Laubengänger ihrem Mann zu; Herr Laubengänger biss in seine Bratwurst.

Friedrichsberg schaute die beiden Biertische entlang.

Jetzt war Franz Kolpmann an der Reihe, der immer noch völlig fertig am Tisch über seinem Bier saß.

»Und nun zu Ihnen ...«

Kolpmann schaute müde auf.

»Eigentlich sind Sie doch ein kleiner, cholerischer Querulant, dem nichts und niemand passt, hab ich recht?«

Kolpmann gab keine Antwort.

»Am liebsten würden Sie doch auf einer einsamen Insel leben, wo keine Idioten um Sie herum leben.« Friedrichsberg dachte nach. »Oder vielleicht genau das nicht. Vielleicht brauchen Sie ja auch die Idioten und Arschlöcher um sich herum, um sich an ihnen zu reiben.«

»Wenn Sie das sagen.«

Friedrichsberg machte weiter. »Und wenn es Ihnen zu blöd wird, bringen Sie sie einfach um.«

»Preibischs mochte ich«, gab Kolpmann als Einwand.

»Das mag ja sein. Aber wie sieht's mit Kaiser aus?«

»Ein Arschloch. Was hat der mich manchmal genervt. Grad, wenn er gekärchert hat. Und das hat er im Frühling und Sommer dauernd. Kärchern, kärchern, kärchern. Ich nehme sogar an, die haben die Spülmaschine abgeschafft, das hat der auch alles gekärchert. Und im Herbst Laubsaugen. Hauptsache alles immer laut.«

»Sehen Sie«, nickte Friedrichsberg. »Und deshalb haben Sie ihn einfach mal so eben im Teich versenkt.«

»Aber warum sollte ich das tun?«

»Vielleicht arbeiten Sie an dem Projekt arschlochfreie Zone. Und da fangen Sie hier in Ihrer Nachbarschaft mit an.«

»Dann hätte ich mir aber nicht Preibischs vorgenommen, sondern eher Weißners.«

Frau Weißners Augen schienen ihr aus dem Kopf zu fallen, sie stand auf und verließ wütend die Runde mit der Bemerkung: »Asoziales Pack!«

Ihr Mann blieb sitzen und machte sich Notizen.

»Ach, Herr Kolpmann ... Sie haben hier auch Ihre Freunde. Die Tellmann-Bach-Schwestern, beispielsweise. Sie unterhalten sich ja wohl gerne mit Frau Bach regelmäßig bei den Mülltonnen über ... Ja, über was eigentlich?«

Kolpmann musste grinsen: »Nennen wir es mal: Entsorgung.«

»Vielleicht schmieden Sie beide bei Ihren konspirativen Treffen ja auch Mordpläne?! Kann das sein?«

»Ich sag ja: Thema Entsorgung. Nur: Wenn ich der Mörder wäre, warum sollte ich die Sache mit den Tieren bei mir inszeniert haben?«

»Ablenkungsmanöver. Ich für meinen Teil halte Sie für einen guten potentiellen Mörder.«

»Ja, aber ...«, protestierte Kolpmann.

»Halte ich die anderen hier aber auch, das zu Ihrer Beruhigung.« Friedrichsberg nahm einen kräftigen Schluck aus seiner Bierflasche.

»Aber mich doch wohl nicht«, sagte die alte Siebenreich müde.

Friedrichsberg schaute sie verdutzt an: »Aber warum denn nicht?! Gerade Sie, Frau Siebenreich! Sie geben doch eine wunderbare Mörderin ab!«

Frau Hagen schaute ihn böse an. »Das ist doch nicht Ihr Ernst.«

»Doch. Und zwar mein voller.«

Aus kranken Augen schaute Frau Siebenreich ihn an: »Wie soll ich das denn getan haben? So krank und schwach wie ich bin?«

»Mit Ruhe und Geduld.«

Ein Lächeln huschte über ihr wächsernes Gesicht. »Und mein Motiv?«

»Möglich wäre, dass Sie ein alte Leseratte sind und Ihre bevorzugte Lektüre sind Krimis. Und Sie wollten einfach mal Ihre Lieblingsmorde nachspielen und begehen. Und da Sie schon ein bisschen gebrechlich sind, haben Sie weite Wege gescheut und in Ihrem direkten Umfeld zugeschlagen.«

Frau Siebenreich kicherte zaghaft. »Nette Vorstellung. Aber ich muss Sie enttäuschen. Ich war es nicht.«

Frau Hagen stand auf und ging zur alten Siebenreich. »Kommen Sie, wir gehen. Es wird auch langsam frisch hier draußen.«

Die beiden verließen die gemütliche Runde.

»Für mich haben Sie nicht mehr alle Latten am Zaun«, bellte Frau Laubengänger Friedrichsberg an.

»Das wäre der Tatbestand einer Beleidigung«, gab Weißner von sich und notierte sich etwas. »Langsam kommt hier schön was zusammen.«

»Ich möchte von einer Beleidigung absehen«, winkte Friedrichsberg ab.

»Mir ist der Appetit vergangen«, sagte Frau Laubengänger und schob den Teller ihres Mannes weit von ihm weg. »Und dir auch. Wir gehen.«

Die beiden Laubengängers standen auf und verließen das Grillfest.

Friedrichsberg räusperte sich. »Und nun zu den Tellmann-Bach-Schwestern. Sie können die Taten auch begangen haben.«

»Warum das denn?«, fragte Frau Tellmann nervös.

»Und wie?« Auch die etwas burschikosere Frau Bach war aufgebracht.

»Ganz simpel: Sie möchten hier in Ruhe und Frieden leben und diese Idylle wird immer wieder durch Ihre Nachbarn gestört.«

Frau Bach schüttelte den Kopf. »Und wodurch?«

»Durch pure Anwesenheit.«

»Aber so alt und gebrechlich, wie wir sind ...«

»Sie sind viel agiler und fitter, als Sie uns weismachen wollen. Und Sie leben hier schon so lange ... Länger als alle anderen. Sie haben ein gewisses Heimrecht, dass Sie durch die Morde untermauern.«

Frau Bach schaute den dicken Friedrichsberg streng an: »Wenn überhaupt ... Also sollten wir auf die Idee kommen, unsere Nachbarschaft auszurotten, und bei dem ein oder anderen gäbe es durchaus zwingende Gründe«, sie keckerte laut, »und hätten wir den Kaiser und die Preibischs getötet, auch wenn wir, wie Sie meinen, agil und fit sind, dann hätten wir die drei weder ertränkt noch mit einer Rasierklinge niedergestochen. So was geziemt sich nicht für unsereins.«

Neugierig schaute Friedrichsberg die beiden an. »Aha. Und warum nicht? Vielmehr: Wie hätten Sie's dann gemacht?«

»Wir hätten sie alle still und leise vergiftet. Das ist die feine Mordmethode reizender, älterer Damen. So was können Sie in jedem Kriminalroman nachlesen.«

Frau Tellmann schluchzte: »Sie waren mir so sympathisch, Herr Friedrichsberg, aber das ist jetzt kein feiner Zug von Ihnen.«

»Tut mir leid, aber wir suchen hier schließlich einen Mörder. Oder mehrere. Und bevor es jemandem hier an die Wäsche und darüber hinaus ans Leben geht ... Da stelle ich doch lieber falsche Verdächtigungen an und sensibilisiere.«

»Er meint es ja nur gut«, sagte Dahl kleinlaut; ihm war das alles höchst unangenehm.

Kolpmann schlug mit der flachen Hand auf den Tisch. »Und was ist mit Frau Hagen und dieser Sportlehrerin?«

»Ich habe einen Namen«, fügte Frau van Grecht an.

»Da sehe ich keine wirklichen Motive. Außer, dass denen die blöden Nasen ihrer Nachbarn nicht passen könnten. Das wäre aber auch schon alles.«

»Sehr schwache Gründe«, mischte sich Weißner ein.

»Och, bei manchen würde mir das als Grund schon reichen«, kommentierte Friedrichsberg.

»Und Nobel?«, bohrte jetzt Frau Bach weiter nach. »Was, wenn der der Mörder ist? Schließlich drückt er sich ja auch vor diesem Grillfest hier.«

»Wahrscheinlich plagt ihn sein schlechtes Gewissen«, merkte Frau Tellmann an.

»Nobel ist als Mörder so wahrscheinlich, dass er schon wieder unwahrscheinlich ist.« Friedrichsberg schaute sich um. »Welche Häuser hier gehören denn Nobel?«

Straaten zeigte auf die Häuser vor ihnen. »Das ist das, in dem Kaiser wohnte und Marzimke jetzt noch wohnt, das ist das Haus, wo er selber wohnt und die Tellmann-Bach-Schwestern und Frau Hagen, das Haus mit Kolpmann, den Laubengängern und Pistorius und das Haus mit der Gemeinschaft Preibisch/Siebenreich/Holger und Iris.«

»Schön. Kaiser und Preibischs hat's schon dahingerafft, Kolpmann hatte seine Katzenbegegnung ... Also Sie könnten, aber nehmen Sie mir das bitte nicht übel –

nach dem bisherigen Modus Operandi, und denken wir dabei noch an die Blumenpräsente – der Nächste auf der Abschussliste sein. Wenn Sie nicht selber der Mörder sind.«

»Wie bitte? Was?« Kolpmann wurde hektisch. »Da brauche ich Polizeischutz. Mir muss doch geholfen werden.«

Otto öffnete ihm ein weiteres Bier und Kolpmann trank und beruhigte sich wieder.

»Denen, die übrig geblieben sind, danke ich für die nette Abendunterhaltung. Sie haben mich ausgezeichnet unterhalten.« Friedrichsberg nickte den noch Anwesenden zu und setzte sich selber neben Straaten und Dahl.

Der Rest der Nachbarschaft begann langsam, sich wieder miteinander zu unterhalten, der Fokus lag nicht mehr auf Friedrichsberg und seinen wilden Vermutungen.

»Was war das denn für eine Geschichte hier gerade?«, fragte Dahl Friedrichsberg.

Der zuckte nur mit den Schultern. »Ich wollte die einfach mal ein bisschen aufmischen. Und wie ich finde, ist mir das auch gelungen. Und jetzt schwing keine Reden, sondern tu mir lieber noch was Kartoffelsalat drauf.«

»Du kannst essen ...« Dahl schüttelte den Kopf. »Dass du überhaupt so einen Appetit hast. Um dich herum sterben sie wie die Fliegen, sie lassen Mörder frei rumlaufen – und du frisst in aller Seelenruhe.«

»Und weißt du auch warum?«, fragte Friedrichsberg ihn und biss genüsslich in ein Bratwürstchen. »Weil sich solche Typen wie dieser Nobel meistens von selbst erledigen.«

Friedrichsberg konnte ja gar nicht ahnen, wie recht er damit haben sollte.

»Und solche Nachbarschaften auch. Kommt Zeit, kommt Mord. Die schaffen sich hier schon selber. Weil hier eigentlich keiner keinen sonderlich mag und jeder nicht unfroh ist, wenn der andere weg wäre.«

Straaten setzte sich kerzengerade auf: »In diesem Zusammenhang: Danke!«

»Wofür?«

»Für deine Aktion hier. Ich kann doch gar nicht mehr vor die Türe gehen nach diesem Grillfest. Das fällt doch alles hier auf mich zurück.«

Friedrichsberg zuckte die Schultern. »Na und? An deiner Stelle wäre ich ganz ruhig. Wenn das hier so weiterläuft, dann wohnst du, wenn du Glück hast und es der Mörder nicht auf dich abgesehen hat, eh bald alleine hier.« Friedrichsberg nahm einen Schluck Bier.

»Das Einzige«, gab Dahl von sich, »was wir noch brauchen, ist ein Motiv.«

»Das Motiv liegt doch klar auf der Hand: Dass der andere weg ist. Was wir brauchen, ist ein Indiz, das auf den Täter weist.« Friedrichsberg schaufelte sich eine weitere Gabelladung Kartoffelsalat in den Mund. »Und weißt du, was die Pointe dieses Grillfestes ist?«

»Nö.«

Friedrichsberg schluckte die Kartoffelstückchen runter und grinste seinen Freund diabolisch an: »Eigentlich kann jeder hier der Mörder sein.«

Kapitel 18

Der Tod hinter Dünen

Holland an sich wird ja von vielen komplett überschätzt. Grad die Nordrheiner und Westfalen pilgern in ihren Urlauben gerne an die holländische Küste als gäbe es keine vernünftige Alternative, oder aber, als wäre das die Rache für die niederländische Überflutung des Sauerlandes in der Winterskisaison, aber immer mit der Begründung, nicht so lange Autofahrten in Kauf nehmen zu müssen; als wäre so etwas ein hinreichender Grund, in den Niederlanden Urlaub zu machen …

Im Vergleich zu Italien, Spanien oder der Schweiz gerät Holland ganz klar ins Hintertreffen. Italien hat Risotto ai frutti di mare und coppa di albicoche, der Spanier seine Paella, der Schweizer seine Schokolade und seine Pünktlichkeit – und der Holländer hat Flipje Vla.

Und allein der Genever lässt ja auch nicht alles vergessen; gut, kommt vielleicht auf die Menge an.

Das Einzige, was in Holland zu funktionieren scheint, ist der Handel mit Tulpen, Kaffee, leichteren Drogen und Nutten.

Auch was Dekorationen angeht, haben die Holländer ein feineres und schöneres Händchen; selbst wenn es um die dekorative Platzierung von Leichen geht.

Die Polizei ging davon aus, dass hinter dieser abscheulichen Tötung eine Gruppe Halbstarker steckte, die – seltsam kostümiert und auf ihren Mopeds sitzend – seit geraumer Zeit die Gegend unsicher machten. Mit dieser Vermutung lag sie allerdings falsch.

Aufgefallen waren sie zum ersten Mal am Pfingstwochenende fünf Jahre zuvor. Da saßen sie in Kapuzenpullis mit Schweinsmasken vor den Gesichtern auf fünf Mopeds und fuhren auf der Landstraße von Bergen nach Egmond aan Zee. Ein seltsames Bild, das für einige Aufmerksamkeit gesorgt hatte. Noch hielt man es für einen Junggesellenabschied oder sonst eine überflüssige Dummejungenaktion. Als diese Schweinsmasken mit Kapuzenpullis aber in der darauf folgenden Zeit immer häufiger in Erscheinung traten und das in überaus unschönem Zusammenhang, merkte die Öffentlichkeit, dass mehr hinter den Masken steckte als die Absicht, Streiche zu spielen.

Drei nächtliche Überfälle auf Tankstellen, vier Einbrüche bei Juwelieren, sieben Wohnungseinbrüche, zwei Bankfilialen. Wer sich ihnen in den Weg stellte, wurde niedergeschlagen oder gleich krankenhausreif geprügelt. In einem Fall wurde von der Schusswaffe Gebrauch gemacht, und das Opfer (der Betreiber einer Fitnessstudio-Kette, in dessen Villa sie eingebrochen waren und der sich zur Wehr gesetzt hatte) erlag noch auf dem Transport ins Krankenhaus seinen Verletzungen.

Die Schweinegruppe aber, auch wenn sie zunächst verdächtigt wurde, kam für die folgende Mordaktion nicht infrage.

Ein spaziergehendes Ehepaar war auf den PKW am Wegesrand aufmerksam geworden, weil ein Hund wie toll kläffend um den Wagen herumgesprungen war, und weil der Wagen dort eigentlich nichts zu suchen hatte.

Es war schon spät am Abend, es regnete, sie wollten nicht mehr raus, aber der Mann hatte seit mehreren Tagen erhebliche Einschlafprobleme und wollte deswegen noch mal an die frische Luft. Seit fast dreißig Jahren bewohnte das Ehepaar ein kleines Häuschen in Egmond aan Zee, direkt an den Dünen. Sie drehten oft dieselbe Runde, grad abends, um kurz frische Luft zu schnappen: Hin zur Promenade mit den Strandbuden und dann durch das Örtchen zurück zu ihrem Haus.

Der Wagen schien bis zu den Strandbuden vorgefahren zu sein, war dann nach rechts in einen kleinen Weg abgebogen und hatte sich direkt an den Dünen abgestellt. Der verbeulte, rote Peugeot hatte ein holländisches Kennzeichen, die Toten hatten holländische Pässe, er trug einen Bart, sie hatte eine blonde Lockenmähne, er saß auf dem Fahrersitz, sie rechts neben ihm, und beide boten ein gruseliges Bild, denn der Mörder hatte die Variante des Grönlandschusses gewählt: das ganze Hirn der beiden Toten war am Himmel des Pkw verteilt.

Der Mörder hatte ihnen die Waffen in den offenstehenden Mund gehalten und dann abgedrückt.

Bei der Frau schien es leichter gegangen zu sein als bei dem Mann, der sich gewehrt zu haben schien, was man sowohl an Verletzungen an Armen und Händen sah, als auch an den drei ausgeschlagenen Zähnen. (Was einem mit weggefegtem Hirn auch egal sein konnte.)

Selbstmord ließ sich jedenfalls ausschließen: Nirgendwo fand man eine Waffe. Höchst unwahrscheinlich, dass sie, nachdem sie sich erschossen hatten, ausgestiegen waren und die Waffe hatten verschwinden lassen.

Die holländischen Ermittler um Kommissar van den Bosch gingen zunächst davon aus, dass sich das Pärchen zum Schäferstündchen dort getroffen hatte. Vor der Fahrertür allerdings fand man Zigarettenkippen der Sorte, die der Tote in einer Jackentasche mit sich trug. Die beiden schienen dort Zeit totgeschlagen oder auf ihren Mörder gewartet zu haben.

Und genau so war es auch gewesen.

Sie hatten sich für 23 Uhr dort verabredet, mittlerweile war es kurz nach halb 12. Der bärtige Holländer hatte einige humpelnde Runden um den Wagen gedreht und dabei Kette geraucht. Er schien eine Beinverletzung zu haben; was auch der Realität entsprach, denn Friedrichsberg hatte ihm ins Knie geschossen, daher das Humpeln.

Eine Dreiviertelstunde nach der abgemachten Zeit kam endlich der, auf den sie gewartet hatten, ein großer, dünner, sportlicher Mann im Anzug: Erich Nobel.

Der Bärtige ließ augenblicklich seine Zigarette in den Sand fallen und setzte sich ins Auto. Nobel öffnete die Wagentüre und nahm hinter dem Beifahrersitz Platz.

»Das ist ja wohl ein bisschen eskaliert, oder?«, fuhr ihn direkt der Bärtige an und drehte sich mit dem Oberkörper nach hinten.

»Was denn?«

»Du hast gesagt, da passiert nicht viel. Das ist eine Art Spaß. Ja, ein Scheißspaß ist das, oder?«

»Ich verstehe die Aufregung nicht«, tat Nobel unschuldig. »Du hast doch gesagt, du kannst jemanden zu Tode erschrecken.«

Der Bärtige fuhr aus der Haut: »Das war ein Gag, du Arschloch. Ich bring doch keinen um.«

»Du hast auch keinen umgebracht.«

»Aber das eskaliert hier doch! Was ist mit dem durchgeknallten Alten in dieser Scheißkneipe? Schießt mir ins Knie, der Idiot.«

Nobel dachte kurz nach. Um diesen seltsamen fetten Friedrichsberg hatte er sich auch noch zu kümmern. Was er da zu tun hatte und wie, das wusste er noch nicht; darüber hatte er sich bislang keine Gedanken gemacht. Aber dass der dicke, alte Typ viel zu neugierig war und viel zu viele Fragen stellte und seine Nase in Dinge steckte, die ihn definitiv nichts angingen, das war klar. Und das hatte aufzuhören.

»Das ist dumm gelaufen«, stimmte Nobel zu.

»Dumm gelaufen? Dumm gelaufen am Arsch!«

»Warum hast du dich nicht um den gekümmert?«

»Was soll ich mit dem Opa denn machen?! Ihn ins Heim stecken?«

»Nicht die schlechteste Idee.« Nobel grinste.

»Der ist gefährlich, Mann. Und außerdem hatte ich keinen Auftrag.«

Nobel stöhnte auf. »Du nervst mich. Wenn dir der alte Sack zu nahe kommt, dann tu einfach was. Beseitige ihn.«

»Ich bringe keinen um!« Der Bärtige betonte jede einzelne Silbe seines Satzes.

»Ich hab's begriffen. Der Alte stört mich selber, das hättest du dir nicht gefallen lassen brauchen.«

»Du bist gut! Ich konnte mich noch nicht mal wehren! Der hat mich mit seinem Revolver bedroht! Und ich hatte keine Waffe dabei! Kannst du mir mal sagen, was ich da hätte machen sollen?!«

»Willst du wirklich, dass ich dir das sage? Ich glaube kaum.«

»Der hat mir ins Knie geschossen! Ich muss dringend zu einem Arzt! Und mit so was kann ich nicht ins Krankenhaus, da muss ich zu einem Freund für, der macht mir das.«

»Und?«

»Das kostet natürlich.«

Der Bärtige wollte Kohle.

»Klar.«

»Und meine Schmerzen kosten auch.«

»Auch klar. Meinst Schmerzensgeld, oder?«

»So was Ähnliches.«

»Verstehe.«

»Und was ist mit dem Ehepaar? Wo wir in der Wohnung waren?«

»Was soll mit denen sein?«

»Die sind tot.«

»Ja und?«

»Warst du das?«

»Was?«

»Hast du die getötet?«

Nobel lachte auf. »Spinnst du?! Wieso sollte ich?«

»Ich weiß es nicht, Mann! Aber da stimmt doch was nicht! Ich bin doch nicht blöd!«

Eine Zeit verstrich, die beiden schauten sich an.

Nobel deutete mit seinem Kinn vor sich auf den Beifahrersitz und auf die Frau, die da saß und bisher keinen Laut von sich gegeben hatte.

»Warum sagt die denn nichts?« Er grinste. »Ist die taubstumm?«

»Lass sie in Ruhe!«

»Oh, deine Perle?«

»Geht dich einen Scheißdreck an.«

Nobel hob abwehrend die Hände. »Ich frag ja nur.«

Plötzlich kam ein Kommentar von der Blonden: »Macht euern Männerscheiß gefälligst alleine.«

»Ui, Blondchen kann reden.« Anerkennend nickte Nobel mit dem Kopf.

»Ich sag dir eins: Lass sie in Ruhe«, fuhr der Bärtige hoch.

»Und warum ist sie dann hier? Wenn ich sie in Ruhe lassen soll?«

»Die ist hier zu meiner Unterstützung.«

»Du brauchst eine Zeugin«, stellte Nobel fest.

»So was in der Art.«

»Verstehe. Bringt dir aber auch nichts, wenn ihr beide hopsgehen würdet.«

»Willst du mir drohen?«

»Nein, bin doch kein Schwerverbrecher. Ich weiß auch gar nicht, was du von mir willst. Du solltest ein paar Menschen ein bisschen verängstigen. Und das hast du gemacht.«

»Mit dem Ergebnis, dass mir einer ins Bein geschossen hat. Ich kenn das Arschloch noch nicht mal! Das ist Scheiße! Das kostet alles.«

»Klar. Dass so einer wie du mit Kohle kommt.«

»Was soll das heißen? Ich hab meinen Preis. Wenn du zahlst, okay. Wenn du nicht zahlst, auch okay. Aber dann geh ich zu den Bullen.«

»Klar, du gehst zu den Bullen.« Nobel lachte auf. »Und dann? Sagst du denen, dass du da mit drinsteckst oder wie?«

»Ich steck da einen Scheiß mit drin!«

»Da sind zwei Leichen im Spiel. Und du warst bei denen in der Bude. Und willst da nichts mit zu tun haben? Das werden die Bullen aber anders sehen. Vor allen Dingen werde ich denen was anderes erzählen können. Du hast die Scheiße veranstaltet. Und ob ich da mit drinhänge ... Wie willst du das denn beweisen?«

Der Bärtige überlegte.

»Ich hab Protokoll geführt. Dann unsere ganzen Telefonate, das können die doch leicht zurückverfolgen. Und dann haben sie dich.«

»Dafür, dass du denkst, ich hätte die umgebracht, reißt du das Maul ganz schön weit auf. Wie viel willst du?«

»200.000.«

Der hatte doch den Arsch auf! Wofür hielt der sich? Und was glaubte er, was Nobel ihm zahlen konnte? Das war jenseits von Realität und Vorstellung.

Der Bärtige hakte nach: »200.000 und du hörst nie mehr was von mir.«

»Ja, ja, ein halbes Jahr lang. Und dann wieder 200.000?«

»Ich will hier weg. Wenn die Bullen mich kriegen, dann ist es aus.« Jetzt schaute er Nobel direkt in die Augen. »Und bei dir auch. Wenn ich rede.«

»Aber du willst ja nicht reden.«

»Wenn ich die Kohle kriege, ja.«

Nobel stieg aus dem Wagen und hielt seinen Kopf in die kühle Luft und atmete ein paar Mal tief ein und wieder aus.

»Hey, was machst du?«, kam vom Fahrersitz.

»Frische Luft schnappen. Bisschen nachdenken.«

»Überleg's dir, 200.000.«

»So schnell krieg ich die nicht zusammen. Und außerdem«, Nobel ging langsam hinter dem Auto her in Richtung Fahrerseite, »ist mir das zu heikel. Weiß ich, ob ich dir trauen kann?«

»Klar, kannst du mir trauen.«

»Für 200.000? Weißt du was? Du bist doch so ein Arschloch ... Du willst die Kohle, willst abhauen, und wenn die Kohle weg ist, kommst du wieder angeschissen. So Penner wie du kommen immer wieder. Die wird man nicht los. Hab ich mir schon gedacht, als ich dich das erste Mal gesehen habe. Da hatte ich so was schon im Gefühl.«

»Was hast du im Gefühl gehabt?« Der Bärtige hatte die Fahrertüre geöffnet und schaute Nobel an, der direkt neben ihm stand.

»Dass du ein widerliches, verschissenes Arschloch bist, dem man nicht trauen kann.« Nobel lehnte in der geöffneten Türe und beugte sich zu ihm hinunter.

»Ach. Und was jetzt? Zahlst du oder zahlst du nicht?«

»Hab was viel Besseres vor.«

»Und was?«

In dem Moment zog Nobel blitzschnell eine Pistole hervor, die er am Rücken hinter den Gürtel gesteckt hatte.

Die Frau auf dem Beifahrersitz schrie kurz auf, der Bärtige erschrak, wehrte sich, schlug nach der Waffe, aber mit dem Kolben bekam er einen Schlag an die Schläfe verpasst, die Frau schrie jetzt noch lauter, dann packte Nobel das Gesicht des Bärtigen, die Frau versuchte, die Beifahrertüre zu öffnen, in ihrer Panik gelang ihr das auf die Schnelle aber nicht, Nobel öffnete mit dem Lauf seiner Waffe den Mund des Bärtigen, stieß auf einen Widerstand, durchbrach ihn, das mussten die Zähne gewesen sein, drückte den Lauf immer tiefer hinein und betätigte dann den Abzug.

Ein Schuss, eine Explosion, der Schädel brach nach hinten auf, Blut und Hirn wurden durch den Druck an den Himmel des Autos gefeuert.

Dann lehnte sich Nobel weiter in das Auto, über den Toten hinweg, rüber zu der Frau, griff ihr ans Kinn, drückte ihr den Mund auf und tötete sie auf die gleiche Weise.

Danach verließ er den Wagen, säuberte mit einem Taschentuch die Waffe und verstaute sie wieder am Rücken.

Ein gelöstes Problem. Bei seinen Eltern hatte er auch schon nachgeholfen. Da war es nur um Geld gegangen. Geld, das er dringend brauchte. Und Immobilien. Bei den beiden Toten vor ihm war es um Geld und seine

Existenz gegangen. Er konnte das Risiko nicht eingehen, dass sich die beiden irgendwann mal an die Polizei wenden könnten. So hatte er auf jeden Fall sichergestellt, dass er seine Ruhe haben würde. Zwei schnelle Schüsse. War rascher gegangen, als er gedacht hatte.

Er schaute an sich herab: fast tadellos, kaum Blutrückstände. Mit dem Taschentuch fuhr er sich durchs Gesicht: Da war Blut. Kein Wunder, wie das gespritzt hatte. Im Auto hatte er feuchte Reinigungstücher, die würde er nehmen müssen und zu Hause wollte er eh duschen.

Fingerabdrücke hatte er nicht hinterlassen, er hatte Handschuhe getragen.

Er drehte sich von dem Auto ab und ging wieder in die Richtung, aus der er gekommen war.

Er wollte über Amsterdam nach Hause fahren und dort in irgendeiner Frittenbude noch eine Kleinigkeit essen. Irgendwas würde um diese Uhrzeit bestimmt noch aufhaben.

Und dann wollte er sich um Alfons Friedrichsberg kümmern.

Kapitel 19

Balkone zum Hof und Varianten des Wahns

Er konnte ja nicht ahnen, dass sein Mörder bei ihm vor der Türe stand; wenn er das gewusst hätte, er hätte mit Sicherheit nicht aufgemacht.

Erich Nobel hatte in der elterlichen Wohnung in seinem provisorischen Arbeitszimmer an seinem Laptop gesessen und sich ein paar Notizen über das Geschehene gemacht, dabei auch überlegt, was als Nächstes zu tun sei, und wie er mit diesem Friedrichsberg weiter zu verfahren habe. Er hatte sich gerade einen Tee aufgesetzt, als es mehrmals an seiner Wohnungstüre schellte.

»Ja, ja, ja, ich komme ja schon, Augenblick noch ...«

Erneutes Schellen.

»Ich bin ja schon da.«

Nobel öffnete die Türe; mit diesem Besuch hatte er nicht gerechnet.

»Ach, das ist ja eine Überraschung, Sie sind es ... Wir hatten doch letztens noch miteinander ... Und wie ich sehe, haben Sie Kuchen mitgebracht ... Entschuldigen Sie, aber ich hatte grad noch am Computer ... Ist ja auch egal ... Na, dann kommen Sie mal rein, ich hab grad einen Tee aufgesetzt.«

Es sollte sein letzter sein.

* * *

Luftlinie fünfzig Meter entfernt, direkt nebenan gewissermaßen, saßen in bequemen Stühlen Alfons Friedrichsberg, Jupp Straaten und Willi Dahl bei Straaten auf dem Balkon und genossen die Sonne.

»Was für eine Luft.« Dahl atmete tief ein. »Und diese Friedlichkeit ... Die Sonne scheint, die Vögel zwitschern ... Und mal keine Toten, die einem über die Füße stolpern.«

»Da haben sich die Toten also mal ausgestolpert, was?!« Friedrichsberg stupste ihn mit dem Ellbogen an.

Straaten hob sein Bierglas, hielt es gegen die Sonne. »Also nee, was tut so ein kaltes Bier im Sommer gut ...«

Friedrichsberg grinste. »Herrlich. Erfrischend und belebend.«

»Bei Kaiser und Preibischs würd's aber auch nicht mehr helfen«, gab Straaten von sich, und alle drei alten Herren lachten laut auf.

»Sag mal«, wandte sich Friedrichsberg an den Hausherren, »wo ist eigentlich deine Frau?«

»Die? Die ist mit einer Cousine in die Stadt gefahren. Shopping.«

»Weißt du, was ich mir mittlerweile gut vorstellen kann? Dass es die Gattin gar nicht gibt. Oder die hat's mal gegeben, aber die liegt mausetot im Keller.«

»Kannst gerne mal nachsehen.«

»Ich? In deinem Keller? Nee, danke. Da kannst du mal schön alleine rein.«

»Wieso sollte ich?«

»Na ja, könnest deine Frau besuchen.«

Die drei lachten wieder auf.

Friedrichsberg nahm einen tiefen Schluck vom Bier. »Hör mal, mein Arzt sagt zwar, ich dürfte nicht mehr so viel Fettes zu mir nehmen und auch nicht mehr so viel Alkohol, aber er meint auch, ich bräuchte mehr Entspannung, also Erholung. In dem Zusammenhang, was meinst du: Hast du noch von diesen herrlichen Würstchen von letztens oder diese dollen Koteletts?«

»Du meinst, ich soll was auf den Grill werfen?«

»Ich hätte auch nichts dagegen«, warf Dahl ein.

»Und ich bitte dich«, setzte Friedrichsberg seinen Dackelblick auf.

»Hast du auch noch diese ungarischen Würstchen?«

»Ja, ja, ja, hab ich noch was von da, Willi. Braucht aber noch einen Moment.«

»Kein Problem«, sagte Friedrichsberg und beugte sich im Sitzen zu dem Bierkasten hinunter, der unter dem Tisch stand. »Ich mache mir in der Zwischenzeit noch mal ein Bierchen auf.«

Straaten ging in die Küche, holte einen Packen Würstchen und Fleisch aus dem Kühlschrank, kam zurück und legte alles auf den Tisch. »Was sagst du eigentlich zu dieser Nummer bei Kolpmann?«, wandte er sich an seinen dicken Freund.

Friedrichsberg schaute ihn direkt an. »Du kommst nach Hause, und es hockt einer bei dir auf dem Sofa.

Oder du kommst nach Hause, und es hängt eine tote Katze an ihrem Schwanz von der Decke. Kurz drauf findet der Einmarsch der Vierbeiner statt. Wärst du davon angetan?«

»Beileibe nicht«, steuerte Straaten bei.

»Das ist doch eine ganz eklige Angelegenheit, das Ganze«, gab ihm Dahl recht.

»Seht ihr. Ich fänd's auch nicht toll. Und Preibischs und Kolpmann auch nicht. Und du erinnerst dich doch bestimmt an die Geschichte von Kolpmann mit diesen komischen Blumentöpfen auf dem Balkon, oder?«

»Ja, ja, sicherlich.«

»Die gleiche Geschichte haben mir die Preibischs erzählt.«

»Die Preibischs? Wirklich?« Straaten musste sich setzen. »Das ist ja ein Dingen.«

Friedrichsberg nahm noch einen Schluck Bier. »Nobel will seine Mieter rausekeln.«

»Ja, aber eine sicherere Einnahmequelle kann man sich doch nicht wünschen.« Dahl schüttelte den Kopf. »Also verstehen kann ich das nicht.«

»Eine sichere Einnahmequelle nicht, das stimmt. Aber eine lukrativere.« Friedrichsberg strich sich über seinen Schnurrbart. »Nobel hat vor einiger Zeit ein paar Häuser geerbt von seinen Eltern. Da ist wahrscheinlich seit über zwanzig Jahren nichts mehr an den Wohnungen und an den Häusern gemacht worden. Die sind alle oll, mehr oder weniger. Also schön alt. Das sind ja tolle Häuser. Aber wer einmal in so einem Haus, in so einer Wohnung lebt, der hat nicht allzu große Lust darauf, etwas zu verändern, von Grund auf zu sanieren. Zu viel Dreck, zu teuer, zu viel Arbeit. Und so wird's alt und immer älter. Das hier ist aber eine recht hübsche und gern genommene Wohngegend. Und? Was machst du, wenn du plötzlich so was erbst, eigentlich in München hockst, mit dem ganzen Zirkus hier nichts zu tun hast und auch nicht haben willst und dir die alten Mieter vollkommen wurscht sind? Du bietest denen an, ihre Wohnungen zu verlassen. Du willst das alles hier nämlich kernsanieren, von Grund auf, komplett, ohne Rücksicht auf Verluste und dann, wenn alles fertig ist, wieder vermieten, diesmal aber fürs Doppelte. Und da stören dich die Alten nur. Und die müssen raus.«

Dahl verzog angewidert das Gesicht. »Das wäre dann aber eine ziemlich miese Nummer.«

Friedrichsberg nickte. »Nobel hat doch auch als Vermieter als Einziger einen Schlüssel zu allen Wohnungen und Häusern. Der kommt überall problemlos rein. Das erklärt doch alles.«

»Ja, aber hat der denn auch was mit den Morden zu tun?«, fragte Straaten ihn.

Verdutzt schaute Dahl ihn an. »Du meinst: Nobel – ein Mörder?«

Friedrichsberg kramte aus seiner Innentasche eine Zigarre und Streichhölzer hervor und betrachtete beides. »Gute Frage. Kann sein. Muss aber nicht. Ich meine, warum sollte er das tun? Da würde er einen Schritt zu weit gehen. Hat er ja gar nicht nötig, für so eine simple Renovierung. Aber Geldvermehrung rechtfertigt bei so manchen manchmal so manches.«

Straaten und Dahl schauten den Dicken an und schwiegen. Friedrichsberg steckte sich seine Zigarre in den Mund, schlug ein Streichholz an und setzte seine Rauchware in Brand. Genüsslich zog er an ihr und paffte Rauchringe in den Himmel.

In diese vermeintlich friedliche Stille schrillte das Telefon.

Niemand rührte sich.

»Telefon«, stellte Friedrichsberg an seiner Zigarre vorbei fest.

Straaten schien aus seiner Lethargie erwacht zu sein und sprang von seinem Stuhl hoch. »Ich hör's ja und eile schon.« Das Telefon schrillte unaufhörlich weiter. »Ja, ja, nicht so eilig ...« Straaten hastete in die Wohnung. »Wo hab ich das nur hingelegt...?«

»Gleich ist er weg«, stellte Friedrichsberg fest.

Aus dem Inneren der Wohnung vernahmen sie nur ein »Ja, ja, ich mach ja schon.« Straaten hatte das Telefon gefunden, nahm ab und sagte: »Ja, Straaten hier?«

»Wer ist es denn?«, wollte Friedrichsberg vom Balkon aus wissen.

»Ach, Herr Nobel«, sagte Straaten, und zu Friedrichsberg: »Das ist Herr Nobel.«

»Ach. Wenn man vom Teufel spricht«, grummelte der Dicke.

»Was will er denn?«, fragte Dahl ihn.

»Weiß nicht, was der will, dieser Verbrecher. Vielleicht will er gestehen und sich stellen.« Straaten war mittlerweile wieder auf dem Balkon und hatte sich in seinen Stuhl gesetzt.

Friedrichsberg lachte laut auf. »Ha, das wär ja mal was. Und ein schnelles Ende. Frag ihn mal, was du für ihn tun kannst.«

»Was kann ich für Sie tun? ... Grad zu so vorgerückter Stunde ... Wie bitte? Ihnen ist schlecht?« Und zu Friedrichsberg: »Ihm ist schlecht.«

Der fragte: »Wie: schlecht?«

»Wie: schlecht?«, fragte jetzt Straaten Nobel. »Warum ist Ihnen denn schlecht, Herr Nobel? ... Wie: Wissen Sie nicht?« Und zu Friedrichsberg: »Weiß er nicht.«

»Wie: weiß er nicht?«, fragte der Dicke.

»Ja, er weiß es eben nicht.«

»Und warum?«

»Ja, warum weiß er das denn nicht?«, fragte sich jetzt auch Dahl.

Und Straaten rief in sein Telefon. »Warum wissen Sie das denn nicht, Herr Nobel?«

»Und warum ruft er dich dann an?«, fragte Friedrichsberg Straaten.

»Gute Frage«, stimmte Dahl zu.

»Und warum rufen Sie mich dann an?«, rief Straaten wieder ins Telefon. »Wenn Ihnen schlecht ist? Kann ich ja nun auch nichts für. Wie: Sie kriegen keine Luft?!« Und wieder zu Friedrichsberg: »Er kriegt keine Luft.«

»Er kriegt keine Luft?«, echote Dahl.

»Ja, warum das denn nicht?«, wollte Friedrichsberg wissen.

»Was kriegen Sie denn keine Luft, Herr Nobel? ... Das wissen Sie nicht? Ihnen ist so schlecht? Ja, dann set... dann setzen Sie sich doch erst mal was hin. Atmen Sie ruhig und tief ein und wieder aus. Wie: Das können Sie nicht?« Und erneut zu Friedrichsberg: »Das kann er nicht.«

»Das kann er nicht?«

»Er kann's eben nicht.« Straaten schlug sich mit der flachen Hand wie zur Untermauerung auf seinen Oberschenkel. »Herr Nobel, jetzt sprechen Sie doch mal ganz langsam, in ganzen Sätzen ... Sie wiss... Sie wissen nicht, was da soll, Herr Nobel? Ja, das kann ich mir vorstellen ... Sie kriegen keine Luft? ... Wie bitte? Was hatten Sie? Grade noch Besuch? Wie? Von wem denn? Was gab es? Sandkuchen?! Und Sie ... Was? ... Wo wollen Sie jetzt hingehen? ... Sie gehen auf den Balkon? Er geht auf den Balkon«, sagte Straaten wieder zu Friedrichsberg.

»Dann können wir ihn ja sehen«, sagte der und alle drei schauten gebannt auf die Wohnung von Nobel nebenan. Wenige Sekunden später öffnete sich die Balkontüre und Erich Nobel trat hinaus. »Ja, da ist er ja auch schon.«

»Da steht er, am Geländer«, rief Dahl.

Friedrichsberg kniff die Augen zusammen, um schärfer sehen zu können. »Mensch, der sieht aber schlecht aus. Der ist ja käsebleich. Und total zusammengekrümmt. Wir müssen einen Krankenwagen rufen.« Er fischte nach seinem Mobiltelefon in einer seiner Taschen. »Ich ruf mal eben einen.«

»Was sagen Sie?« Straaten presste sein Telefon noch stärker ans Ohr. »Sie hatten Besuch? Aber von ...?« Zu seinen Freunden: »Ich versteh den kaum.« Und ins Handy: »Bitte? Sie haben eine ... eine Platte klassische ... Musik bekommen von ... Hallo?! Hallo, Herr Nobel?! Ich hör nichts mehr.« Und zu Friedrichsberg: »Ich hör nichts mehr.«

Dahl schaute Straaten an. »Wie: Du hörst nichts mehr?«

Friedrichsberg grunzte auf. »Er hört eben nichts mehr. Ist auch kein Wunder. Nobel hat ja auch sein Handy fallen lassen. Der steht drüben im dritten Stock auf seinem Balkon und lehnt sich weit über das Geländer ...« Friedrichsberg konnte erkennen, wie Nobel ins Straucheln geriet. »Ja, aber ...«

Auch Straaten sah, was gegenüber vor sich ging. »Nicht, dass der sein Gleichgewicht verliert.«

»Das fehlt mir auch noch«, schüttelte Dahl den Kopf. »Wo wir doch grad grillen wollten ...«

Und Friedrichberg rief aus: »Ach, du jeh! Jetzt ...! Der kippt nach vorne! Der fällt hinunter!« Und in der Tat verlor Nobel das Gleichgewicht, sein Oberkörper sackte nach vorne über die Balkonbrüstung. »Der kippt über die Brüstung ...«, rief jetzt auch Straaten.

Von Dahl kam ein entsetztes: »Nein!«

»Der fällt runter!« Straaten war aufgesprungen.

Und in der Tat: Erich Nobel sackte über die Brüstung, verlor nun sein komplettes Gleichgewicht und fiel vom Balkon. Sein Kopf schlug im Sturz noch gegen die Häuserwand (Kommentar Straaten: »Hach, schlägt er sich noch den Kopf an dem Mauervorsprung auf und ...«) und dann klatschte er widernatürlich verdreht im Rosenbeet auf und blieb regungslos liegen.

»... und landet in den Rosenbüschen«, beendete Friedrichsberg diese Aktion.

Alle drei standen jetzt am Geländer und schauten auf den toten Erich Nobel hinunter.

»Da liegt er«, sagte Straaten leise.

Und Friedrichsberg: »Die sind jetzt hin.«

»Wer?«, fragte Dahl.

»Die Rosen«, antwortete Friedrichsberg.

»Und er auch«, komplettierte Straaten.

»Schade um die schönen Rosen.« Friedrichsberg paffte an seiner Zigarre.

»Zunichte gemacht von so einem windigen Arschloch.« Straaten rückte seine Brille zurecht.

»Das haben die auch nicht verdient.« Friedrichsberg seufzte; ihm taten die Blumen leid.

»Wer?«

»Die Rosen.«

»Und dabei hat er sie doch so gemocht«, seufzte Straaten.

»Wer?«

»Nobel die Rosen.«

Friedrichsberg grinste breit. »Kannst ihm ja aus den übrig gebliebenen heilen für seine Beerdigung ein Kränzchen binden.«

Plötzlich durchfuhr es Straaten: »Wir müssen schnell einen Notarzt rufen!«

Aufstöhnend ließ sich Friedrichberg zurück in seinen Stuhl plumpsen. »Das kann noch warten. Lass uns ein bisschen Zeit verstreichen, dann ist es für den Burschen da unten zu spät, wir haben ein Arschloch weniger und die Mieter haben wieder ihre Ruhe.«

Straaten setzte sich auch erschöpft hin, Dahl tat es ihm gleich. »So blau kann man doch nicht sein, dass man vom Balkon kippt, oder?«

Dahl war kreidebleich. »Ich brauch jetzt einen Schnaps.«

»Da bin ich immer dabei«, sagte Friedrichsberg.

Straaten holte eine Flasche und drei Gläser und schenkte ein.

Die drei prosteten sich zu und kippten das Zeug runter.

Friedrichsberg ließ den Fusel wirken, dann sagte er: »Also da stimmt doch was nicht.« Er wandte sich an Straaten. »Du hast gesagt, er hätte dir gesagt, dass ihm schlecht sei. Dass er keine Luft mehr bekomme. Und er hätte Besuch gehabt. Und es hätte ... Was hat's noch mal gegeben?«

»Sandkuchen. Also Trockenkuchen.«

»Tod durch Trockenkuchen ...« Friedrichsberg dachte und schmeckte nach. »Auch nichts Neues. Und dass jemand an Sandkuchen erstickt, kann ich mir vorstellen. Sandkuchen grenzt ja per se schon an Körperverletzung.«

Dahl schaute ihn staunend an. »Was heißt das jetzt?«

»Was will uns das Orakel orakeln?«, wollte auch Straaten wissen.

»Du glaubst doch nicht, dass der sich da freiwillig runterstürzt.« Friedrichsberg schenkte sich einen Schnaps nach.

»Das nicht. Aber es war auch kein anderer auf dem Balkon.«

»Aber in der Wohnung. Du hast gesagt, er hätte gesagt, dass er Besuch bekommen hat. Das heißt: Nobel ist vergiftet worden.«

Friedrichsberg trank den Schnaps und lehnte sich zurück. »Und ich denke, Nobel hat nichts mit den Morden zu tun. Unser Mörder ist ein anderer. Und auf den müssen wir jetzt langsam mal kommen. Sonst lichtet sich die Gegend hier immer mehr.«

»Nobel tot ...« Straaten schüttete sich auch noch mal nach. »Doll. Ertränkt und ersäuft ist Kaiser worden.«

»Massakriert die Preibischs«, ergänzte Friedrichsberg.

»Ja, ja«, komplettierte Dahl, »und nun Vergiftung und Genickbruch durch Mauer.«

»Erstochen, nicht zu vergessen. Denn wirf mal einen Blick auf unseren noblen Nobel. Da hinten, halb unter ihm, was da ist. Die leider mit ihren Zacken nach oben liegende Harke hat ihm schön in die Brust geschlagen, wenn ich das von hier aus richtig sehen kann.«

»Und auch ersäuft ... Er liegt mit dem Kopf so ein bisschen in der Vogeltränke, oder?« Straaten konnte ein leichtes Kichern nicht unterdrücken.

»Hmhm ... Hast recht. Fehlt nur erschossen. Und wenn ich mal eben von zu Hause meinen Revolver hole, können wir das gerne nachholen.«

»Das wäre doch geschmacklos.«

Friedrichsberg strahlte. »Das ist es auch, durchaus. Würde das Schauspiel hier aber komplettieren.« Jetzt gab es erst mal ein weiteres Schnäpschen für die Runde, und Straaten legte die ersten Würstchen auf den Grill.

»Wartet mal«, unterbrach Friedrichsberg die Essensvorbereitungen; Dahl verdrehte schon die Augen. »Du hast vorhin was gesagt ...«

»Zu wem?«, fragte Straaten.

»Zu Nobel. Am Telefon. Also er hat dir was gesagt, und du hast noch mal nachgehakt.«

»Und worum ging es?«

»Um ein Geschenk.«

»Was denn für ein Geschenk?«

»Der Besuch hat etwas mitgebracht: eine Schallplatte.« Friedrichsberg grinste. »Ich glaube, wir müssen noch mal eben rüber. Bevor wir den Notarzt rufen. Und die Polizei.«

* * *

Auf dem Rückweg von der Nobel'schen Wohnung liefen im Hofgarten Friedrichsberg und Straaten (Dahl war auf dem Balkon geblieben und hatte das Grillgut überwacht) Hilde Tellmann, Hedwig Bach und Franz Kolpmann in die Arme, die neben den Rosenbüschen standen, in denen der tote Erich Nobel lag.

Hilde Tellmann hatte die Hände vors Gesicht geschlagen. »Wir sind da gerade eben zufällig drübergestolpert. Also über Nobel. Also im wahrsten Sinne des Wortes. Wir wollten eigentlich Wäsche aufhängen.«

»Du hältst es doch im Kopf nicht aus.« Hedwig Bach hatte eine ganz brüchige Stimme. »Es stirbt hier ja einer nach dem anderen weg.«

»Wie die Fliegen«, fügte Frau Tellmann noch an.

Auch Kolpmann regte sich auf. »Also mir wird das hier alles viel zu unheimlich. Das ist hier doch langsam wie in einer Geisterstadt, wie in einem Horrorfilm. Das alles fällt doch nicht mehr unter Wohnkomfort.«

»Früher war das hier noch alles anders«, gab ihm die alte Tellmann recht. »Da kannte man sich, da vertraute man sich. Heute ist hier ein Kommen und ein Gehen, klar, bei dem Mordaufkommen ... Schlimm. Wer denkt sich so was aus?« Sie sah Alfons Friedrichsberg direkt in die Augen.

»Kann ich Ihnen sagen: ein Mörder.«

Sie winkte ab.

»Seien wir doch mal ehrlich«, sagte Franz Kolpmann. »Mit den meisten will man doch auch gar nichts zu tun haben, oder?« Er schaute Hedwig Bach an.

»Also ich nicht. Ich schon lange nicht mehr. Reicht mir schon, wenn ich immer wieder von irgendwem hier angequatscht werde. Was soll mir das denn bringen? Früher führte man ja noch Gespräche, heute ist es eine einzige Laberei.«

»Das ist die Pflege nachbarschaftlicher Beziehungen«, korrigierte ihre Schwester sie.

»Braucht doch kein Mensch, so was. Aber wenigstens bringen sie sich hier gegenseitig um. Wird es wenigstens ruhiger.«

Die beiden Schwestern kicherten wie junge Mädchen.

Hedwig Bach zeigte auf den toten Nobel zwischen den Rosen. »Aber was sagen denn die Herren Hobbydetektive zu unserem neuesten Todesfall?«

»Beileid«, sagte Straaten trocken.

Friedrichsberg zog die Nase hoch. »Ich glaube, dass Sie von Streichen, wie sie in der Vergangenheit ab und an stattfanden, in Zukunft verschont bleiben.«

»Hat er Ihnen eigentlich, Frau Bach, Frau Tellmann, auch Blumentöpfe auf den Balkon gestellt?«, wollte Straaten jetzt wissen.

Die beiden Damen mussten einen Augenblick nachdenken.

Dann sagte Frau Tellmann: »Ja. Ja, da standen mal plötzlich fremde Blumentöpfe. Auf unserem Balkon. Ich wusste ja gar nicht, von wem die sind.« Sie konnte es nicht fassen. »Das war Nobel? Mein Gott, was habe ich mich gefürchtet, als wir den ersten Blumentopf auf dem Balkon stehen hatten.«

»Na ja, gefürchtet ...«, beschwichtigte ihre Schwester.

»Ja, ich hab mich gefürchtet. Wer macht denn auch so was? Wer kommt auf solche Ideen? Und wer kommt bei uns einfach so in die Wohnung?! Wenn eingebrochen und etwas geklaut wird, das ist eine Sache. Aber wenn eingebrochen und etwas in die Wohnung dazugestellt wird, das ist eine ganze andere Sache. Und dann beim zweiten, beim dritten Blumentopf ...«

»Und dann stand noch einer mitten auf dem Küchentisch«, fügte Hedwig Bach an.

»Ja, aber warum haben Sie mir nichts davon erzählt?«, fragte Straaten die beiden Damen. »Was haben Sie denn mit den Blumen gemacht?«

Ganz kühl kam die Antwort von Hedwig Bach: »Weggeschmissen, was sonst?«

Kolpmann wandte sich an seinen Nachbarn Straaten: »Woher wissen Sie denn, dass die Blumentöpfe von Nobel gekommen sind?«

Friedrichsberg gab die Antwort: »Ganz einfach: Der hatte noch ein gutes Dutzend Blumentöpfe bei sich versteckt auf dem Balkon stehen.«

»Also wollte der noch mehreren diese Töpfe unterjubeln.«

»Sieht ganz danach aus.«

»Drohungen durch Blumentöpfe ... Pah, das ist ja fast wie bei der Mafia.« Straaten zog ein Taschentuch hervor und putzte sich die Nase.

Friedrichsberg schaute ihn kritisch an. »Komm, bitte. Das ist ein bisschen zu weit hergeholt.«

»Hört es denn jetzt auch endlich mit den Morden auf?!«, wollte Kolpmann von Straaten wissen.

»Ich denke nicht«, warf Friedrichsberg ein. »Zum einen, weil Nobel auch umgebracht worden ist. Was bringen ihm die ganzen Morde, hätte er sie denn begangen, wenn er den Nutzen, den er damit erzielen will, gar nicht mehr erlebt? Sehen Sie: nichts! Also kann man getrost davon ausgehen, dass der Mörder eben nicht Nobel ist, sondern irgendein anderer.«

»Zum anderen«, machte Straaten weiter, »haben wir in seiner Wohnung etwas Interessantes gefunden. Die Türe von Nobels Wohnung stand offen, warum auch immer. Wahrscheinlich hatte die sein Mörder in der Eile nicht richtig zugezogen.«

»Und da sind Sie rein?« Hilde Tellmann konnte es nicht glauben.

»Selbstverständlich.«

»Und? Haben Sie was gefunden?« Hedwig Bach schaute erst zu Straaten, dann zu Friedrichsberg.

»Ja-ha«, sagte der.

»Eine Schallplatte mit einer hübschen Tuschezeichnung vorne drauf«, sagte Straaten, »Bach. *Brandenburgische Konzerte*. Mit einer Widmung.«

Und Friedrichsberg machte den Sack zu: »Vergnügliche letzte Mußestunden wünscht Ihnen Herr Pistorius.«

* * *

Der alte Herr Pistorius saß auf seinem Sofa und starrte vor sich hin, dabei brabbelte er die ganze Zeit irgendein unzusammenhängendes Zeug, in das sich Summen und Pfeifen mischte.

Er bot ein armseliges Bild, wie er da wahnsinnig hockte.

Denn eines muss man sich immer wieder vor Augen führen: Der Wahn hockt in uns allen! Machen wir uns nichts vor.

Der Punkt ist nur: Bei den einen merkt man's früher, bei den anderen später, bei manchen auch schon mal gar nicht. Das sind die Schlimmsten. Da denkt man, die können kein Wässerchen trüben – und schon ist alles zu spät. Zeugnis geben Beispiele in der Physik, in der Politik und in der Ehe.

Und Wegsperren bringt ja auch nichts. Irgendwann kommen alle wieder frei.

Straaten stellte sich direkt vor Pistorius und beugte sich zu ihm hinunter. »Herr Pistorius? Hallo, Herr Pistorius?!« Er richtete sich auf und wandte sich an seinen dicken Freund. »Der kriegt doch absolut nichts mehr mit.«

Friedrichsberg wiegte seinen Kopf und her. »Ich wäre mir da nicht so sicher.«

»Ach, schau dir das doch an. Das ist ein Trauerspiel.«

»Da sagst du was.« Friedrichsberg seufzte.

»Aus dem bekommen wir doch keine vernünftige Antwort raus. So einer bringt doch niemanden um. Gut, mal hat er wohl Tage, an denen er vor die Türe geht, sich in einen Park setzt. Die sind aber äußerst selten. Ich hab ihn schon seit Jahren nicht mehr draußen gesehen. Ein Pflegeteam kümmert sich um den. Und die Zeiten, in denen er sich nur zurückzieht und vor sich hinbrabbelt, die sind in der Mehrzahl. Armer Kerl. Hat sich irgendwann fast komplett zurückgezogen.«

»Und warum macht er das? Also warum hat er sich zurückgezogen? Und seit wann macht er das?«

Straaten zuckte mit den Schultern. »Ich weiß es nicht. Kenn den gar nicht anders. Und warum, das weiß ich auch nicht. Die einen sagen, der ist von seiner Frau verlassen worden. Die anderen sagen, er ist aus dem Job geschmissen worden. Irgendwas hat er nicht verkraftet.«

Friedrichsberg stöhnte auf. »Wer sagt das denn schon wieder? Jetzt sag nicht, die Leute.«

»Doch, das sagen wieder die Leute.«

»Die muss ich echt mal kennenlernen, diese ganzen Leute. Was die immer alle so reden ...«

Straaten streckte sein Kreuz durch. »Also so, wie Pistorius seit Jahren drauf ist, traue ich dem gar nichts zu. Weder einen Ausgang noch sonst eine Regung. Grad nicht, irgendwo eine Schallplatte zu organisieren, vor allen Dingen nicht, irgendwas auf eine Schallplatte zu schreiben, diese Schallplatte irgendwo zu deponieren.«

»Bis jetzt hatte jeder Tote diese Platte in der Wohnung liegen...«

»Bis jetzt ja.« Friedrichsberg überlegte. »Gut, bei der alten Blumenfeld weiß ich es nicht. Können wir da eventuell noch nachsehen?«

Straaten schüttelte den Kopf. »Da werden wir so leicht nicht reinkommen. Außerdem haben die Angehörigen das Häuschen schon ausgeräumt.«

Friedrichsberg zog einen Flunsch. »Hak da mal bitte nach.«

»Wie soll ich das denn machen?«

»Was weiß ich. Frag dich durch, ruf Leute an, quatsch mit denen. Hatte die Kinder?«

»Ja, die Tochter, hab ich doch schon mal gesagt.«

»Prima. Anrufen. Und wenn du mit der gesprochen hast, sag bitte Bescheid.«

»Glaubst du jetzt etwa, dass die Tochter von der Blumenfeld unsere Mörderin ist?«

»Keine Ahnung. Und ob ich Pistorius irgendwas zutraue, kann ich auch nicht sagen. Von einem Mord mal ganz zu schweigen.«

Friedrichsberg schaute seinen Freund streng an. Dann setzte er sich in Bewegung, ging auf Pistorius zu, setzte sich neben ihn auf das Sofa und beobachtete ihn eine Weile schweigend. Dann sagte Friedrichsberg: »Vielleicht spielt der uns nur was vor und er ist bei klarerem Verstand, als wir erahnen können.«

»Meinst du? Das letzte Mal habe ich ihn vor schätzungsweise fünf Jahren im Garten auf der Bank sitzen sehen. Da ist er auch nicht von selber hingekommen. Ein Pfleger hat ihn da hingesetzt, und eine Stunde später wieder abgeholt. Und in der Zwischenzeit hat er nur vor sich hingemurmelt. Und diese Mischung aus Murmelei und Summerei und Pfeiferei, das macht er schon seit vielen Jahren. Nur reden, das tut er schon lang nicht mehr.«

»Er redet nicht, er mordet nur. Und verteilt Schallplatten.« Ernst meinte er diesen Kommentar selber nicht. Er schaute zu seinem Freund hoch. »Weißt du sonst irgendetwas über ihn?«

»Nein, nein, eigentlich nicht viel. Er war früher schon ein wenig verwirrt. Früher soll er mal Musiklehrer gewesen sein, hier an der Musikhochschule. Heute bekommt er wohl immer mal wieder von seinem Pfleger Musik aufgelegt. Ist doch auch tragisch: Früher hat er das mal unterrichtet und gespielt, heute faselt er immer nur irgendwas von Bach und Telemann und Corelli und Musik und so fort.«

»Aber was soll das für eine Parallele sein?« Mühsam wuchtete Friedrichsberg seinen schweren Körper aus dem tiefen Sofa. »Die Schallplatten mit seiner Widmung und die Morde? Soll Pistorius in seinen lichten Momenten alle Nachbarn umgebracht haben? Oder steckt vielleicht sein Pfleger dahinter?«

»Was?«

»Ja, das ist doch eine Idee: Der hat Zugang zu der Wohnung hier, kann Pistorius die Schallplatten unterschieben und anfassen lassen von wegen Fingerabdrücken und so weiter, kann dem alten Herren hier die Hand bei der Beschriftung führen, die Nachbarn kennen ihn auch, weil er hier aus und ein geht, man denkt sich also nichts dabei – und so ganz nebenher mordet er sich durch die Häuser.«

»Nette Idee«, musste Straaten zugeben. »Nur: Es sind ständig wechselnde Pfleger.«

»Aber aus einem Pflegeteam, oder etwa nicht? Dann müssen wir uns an den Leiter dieser Organisation wenden.«

»Und was soll sein Motiv sein?«

Friedrichsberg schaute seinen Freund aus großen Augen an und suchte jetzt krampfhaft nach einer Antwort. Dann fiel er wie ein Soufflé innerlich in sich zusammen. »Hast ja recht!«, herrschte Straaten ihn an.

»Ich weiß es alles nicht, verdammt noch mal! Die Frage aber ist doch: Wenn er es nicht gewesen ist, und wenn auch Nobel es nicht gewesen ist, wer war es dann? Und wer hat die Schallplatten im Namen von Pistorius verteilt? Was hat unser Mörder davon, all diese Leute, die keinen Zusammenhang aufweisen, außer der Tatsache, dass sie alle Nachbarn sind, aus dem Leben zu hauen?«

Die beiden standen nur wenige Zentimeter auseinander und schauten sich direkt an.

»Sie alle sind Nachbarn. Und das ist das Motiv. Wir brauchen jetzt nur den einen entscheidenden Hinweis, der uns zum Täter führt.«

Sie zuckten beide mit den Schultern, seufzten und verließen die Wohnung vom alten Pistorius, der immer noch vor sich hinbrabbelte und pfiff und summte.

Der Wahn.

Was macht man, wenn man malad, irgendwie mittendrin und doch fernab der Welt, nur noch da sitzt? Nur noch da sitzen kann?

Man sitzt. Mit sich.

Dadurch merkwürdig entrückt, der Realität entkommen. Da und doch nicht da.

Und man sitzt da, ist sich selbst zu viel, obwohl man nur sich hat.

Selbst das Atmen ist zu viel. Will man gar nicht mehr. Braucht man aber zum Leben. Zum Überleben. Aber wofür noch leben?

Und die Wände werden immer größer und die Räume immer kleiner und enger und alles stürzt auf einen zu und versucht einen zu erschlagen.

Kein Entrinnen. Nicht aus und vor sich selbst. Und nicht aus seinem Umfeld.

Der Raum um sich und man selber als sein eigenes Gefängnis. Nein: Verlies.

Das Bild an der Wand. Hat es nicht gerade etwas gesagt? Die Bäckerin aus dem Ölschinken. Hinten links. Still! Doch, sie spricht zu mir.

Ich verstehe es nur nicht. Ich kann es nicht verstehen. Was sagt sie denn bloß?!

Und da! Das Feuerzeug auf dem Tischchen! Spricht es auch zu mir? Sind das nicht Funkwellen, die da rauskommen, die ich höre? Sendet da wer was? Man will Kontakt zu mir aufnehmen ...

Ruhe! Ich brauche unbedingte Ruhe, um sie zu verstehen! Ich höre sie, aber ich verstehe sie nicht!

Wie soll ich ihnen antworten, wenn ich keinen Raum mehr habe? Wenn mir der Platz zum Denken fehlt?!

Platz! Platz!

Und wenn man so weit ist, dazu nichts Gesundes isst, keine Bewegung, zu wenig trinkt, dazu noch die Tablettentürmchen, dann ist es aus.

Dann dauert es nicht mehr lang, und es trampelt einem eine Elefantenherde durch die Bude und nimmt den Couchtisch mit. Und das täglich. Mitunter stündlich.

Aber das Fatalste sind die zwanzig Trompeter, die auf dem Wandschrank sitzen und ständig ins Horn pusten.

Dann ist es aus.

Kapitel 20

Mußestunden und ein teurer Goldener Anker

Abends kam Friedrichsberg nicht zur Ruhe. Er hatte ein Leberwurstbrot gegessen, dazu Gewürzgürkchen und ein kleines Bierchen. Getrunken hatte er heute schon genug. Aber die Ruhe wollte sich nicht einstellen.

Und dann hatte auch noch Straaten angerufen. Es ging um die alte Blumenfeld. Er hatte die Tochter von ihr gesprochen, die das Haus ausgeräumt hatte.

Straaten hatte sich nach dem Musikgeschmack der Verstorbenen erkundigt.

Die Tochter sagte, dass das ein interessantes Thema sei. Denn ihre Mutter habe in den letzten Jahren eigentlich nur noch Radio gehört. Und am liebsten deutsche Schlager.

Ob sie was mit klassischer Musik anfangen könne, hatte Straaten wissen wollen.

Und das sei das Kurioseste bei der Entrümpelung gewesen, sagte die Tochter: Ihre Mutter sei zwar noch im Besitz eines alten Plattenspielers gewesen, habe aber keine einzige Schallplatte besessen, die habe sie Jahre zuvor alle entsorgt. Nur eine einzige Platte habe sie gefunden: weißes Cover, Potsdamer Schloss Sanssouci und Gärten, alles als Tuschezeichnung, sommerliche Farben.

Straaten hatte dann natürlich genau wissen wollen, was das für eine Platte sei.

Die Tochter wusste es noch genau: Johann Sebastian Bach. *Brandenburgische Konzerte*.

Eigentlich lachhaft, meinte die Tochter, denn sie war sich sicher, dass ihre Mutter absolut nichts mit so einer Musik anfangen könne.

»Und?«, wollte Friedrichsberg von seinem Freund wissen.

Der machte es spannend, dann rückte er damit raus: »Die Widmung stand hinten drauf: *Vergnügliche letzte Mußestunden wünscht Ihnen Herr Pistorius.*«

Es war unfassbar. War die alte Blumenfeld also nicht durch einen dummen kellertreppigen Zufallsunfall ums Leben gekommen, nein, aller Wahrscheinlichkeit nach war sie umgebracht worden. Jedenfalls wenn man davon ausging, dass jedes Mordopfer solch eine Schallplatte in seinem Besitz hatte.

Die Gedanken, die Fragen und Ideen rasten durch Friedrichsbergs Kopf und warfen immer wieder neue Ungetüme auf.

Bis ihm der bärtige Holländer wieder in den Sinn kam.

Was, wenn der hinter den Morden steckte? War er von Nobel beauftragt worden?

Friedrichsberg ging in sein Arbeitszimmer rüber, zog die Schreibtischschublade auf und holte seinen Revolver hervor. Er zog sich eine Jacke über, stopfte die Waffe in eine Tasche und verließ seine Wohnung.

Wenig später stand er vor dem *Goldenen Anker.* Er schaute auf seine Armbanduhr. Kurz nach 23 Uhr.

Friedrichsberg stieg aus und ging auf die Kneipe zu. Er öffnete die Türe, und es bot sich das altbekannte Bild. Und der Begriff Bild traf es genau: Dieselben Figuren an denselben Stellen, es wirkte fast wie in Linol geschnitten.

Das Einzige, was hier anders war als sonst: Der Holländer saß nicht am Tresen.

Die Großbusige schaute hoch und sah ihn genervt an.

Friedrichsberg ging auf sie zu.

»Willste'n Bier?«, fragte sie ihn.

»Nein, danke. Bin mit dem Auto hier.«

»Und was willste dann hier? 'n Date mit mir?«

»Sehr witzig.« Friedrichsberg lehnte sich auf den Tresen.

»Und warum lachste dann nicht?«

»Mach ich, wenn ich im Bett liege.«

»Also, was willste?«

Friedrichsberg deutete mit seinem Kopf neben sich. »Weißt du, wo der Tresenhocker hier ist?«

»Wer?«

»Unser bärtiger Freund. Der mit dem holländischen Akzent.«

Die Wirtin sagte, sie habe keine Ahnung, wovon er sprach.

Friedrichsberg griff in die Innentasche seiner Jacke und schob ihr einen braunen Schein zu.

Sie wusste immer noch nichts.

Noch ein brauner Schein wechselte seinen Besitzer.

Langsam begann sie sich zu erinnern.

Beim dritten Schein dämmerte es ihr allmählich.

Friedrichsberg schob noch einen rüber und dann hatte sie es endlich: die Erinnerung war wieder da.

»Ich weiß nicht, wer der ist. Ist auf jeden Fall kein Stammgast. War nur ein paarmal da. Hat hier mit so 'nem Schönling rumgehangen. Steckten die Köpfe immer zusammen. Keine Ahnung, worüber die gesprochen haben.«

»Glaub ich Ihnen nicht.«

»Kannze aber.«

»Tu ich aber nicht.« Langsam nervte Friedrichsberg die Chose hier.

»Da hängen zwei Typen direkt vor Ihrer Nase ab, und Sie wollen nichts mitbekommen haben? Verarschen kann ich mich selber.«

»Und warum machst du's dann nicht? Dafür musst du nicht hierherkommen.«

»Da sagen Sie was. Also, jetzt noch mal im Guten: Was haben die beiden besprochen.«

Die Großbusige schaute gelangweilt. »Nichts.«

Friedrichsberg wurde etwas lauter und beugte sich über den Tresen. »Nichts am Arsch! Ich will jetzt Infos, Madame! Benutzen Sie mal den Raum zwischen Ihren Ohren.«

»Kopf? Hirn?«

»In Ihrem Fall wohl eher Brachland. Also! Komm, du hast genug Kohle gekriegt.«

Sie verdrehte die Augen: »Was soll ich sagen? Die haben sich über Dinge unterhalten, seltsame Dinge.

Hab ich nicht verstanden. Ging da um so was Ähnliches wie Streiche.«

»Was für Streiche?«

»Irgendwas mit Blumen, Blumentöpfe. Und was mit Tieren. Haben auch Schlüssel getauscht, das habe ich mitbekommen. Begriffen habe ich das nicht.«

Friedrichsberg kratzte sich den Hinterkopf. »Und war auch was mit Schallplatten?«

Sie dachte nach; dann schüttelte sie langsam den Kopf. »Nee, nicht, dass ich wüsste.«

»Rasierklingen?«

»Was für Rasierklingen?«

Friedrichsberg seufzte.

Die Großbusige wusste auch nichts über Gartenteiche oder Trockenkuchen.

Hier kam er nicht weiter.

»Wann waren die beiden denn das letzte Mal hier?«

Sie zuckte müde mit den Achseln.

»Und der Holländer alleine?«

Stumpfe Augen schauten ihn an. »War schon länger nicht mehr da.«

»Und dafür 200 Euro? Für die paar Infos?! Kannst du mir mal schön wieder zurückgeben.«

Die Großbusige stemmte die Hände in die Hüfte.

»Du warst das doch, der dem blöden Holländer hier aufm Klogang ins Bein geschossen hat, oder etwa nicht?« Das war keine Frage, das war eine Feststellung; fast schon eine Drohung. »Dass ich das nicht weitergebe, dürfte dir 200 Tacken wert sein. Und wenn du hier nicht sofort verschwindest, kannst du noch mal zwei Braune rüberschieben, denn sonst ruf ich die Bullen an.

Und dann kannst du mal blöde Fragen beantworten.« Sie grinste ihn dreckig an. »Na, was ist jetzt?«

Friedrichsberg stieß sich vom Tresen los, winkte ab und murmelte nur ein »Geschenkt« zwischen den Zähnen durch.

Ein Typ am Flipper schaute aus engen Augen Friedrichsberg an, der froh war, als er die Pinte verlassen hatte und in seinem Auto saß.

Er verbrachte eine unruhige Nacht mit wenig Schlaf.

Kapitel 21

... und noch eine Leiche

In den nächsten zwei Tagen kehrte etwas Ruhe in die Angelegenheit ein.

Friedrichsberg, Straaten und auch Dahl trafen sich zum Boule, gingen danach essen, sprachen über die ganze Sache, merkten aber recht schnell, dass sie sich nur im Kreis drehten. Sie ließen es fürs Erste gut sein.

Am Morgen des dritten Tages wollte Friedrichsberg gerade in ein frisches, warmes Croissant beißen, das er mit Aprikosenmarmelade bestrichen hatte, vor ihm stand ein duftender, starker Milchkaffee, neben ihm lag die Tageszeitung, als das Telefon schellte.

Wieso musste, immer wenn er aß, irgendwas passieren. Und es passierte immer etwas. Gut, andererseits: Vielleicht aß er auch zu oft zu viel.

Hauptkommissar Heidenreich war am anderen Ende der Leitung.

»Wir haben gerade einen weiteren Nachbarschaftstoten gefunden.«

Friedrichsberg schlürfte in aller Seelenruhe an seinem Milchkaffee, denn er war beruhigt: Straaten konnte es nicht sein, da hätte er schon einen Anruf von dessen Frau erhalten. Und wer bei diesem Nachbarschaftshaufen da letztlich über die Wupper ging, war ihm Schnuppe.

»Haben Sie mich verstanden?«

»Hm«, machte Friedrichsberg bejahend und biss einen Happen von seinem Marmeladencroissant ab.

»Was machen Sie denn da?«

»Frühstücken«, sagte er mit vollem Mund. »Und wer ist der neue Tote?«

Der Kommissar ließ sich Zeit. »Diesmal ist es Otto.«

Friedrichsberg staunte. Damit hatte er nicht gerechnet. »Der komische, einfach gestrickte Kerl mit der lauten Töle ... Da hat sich der Mörder aber einen wehrhaften Gegner gesucht.«

»Wieso meinen Sie?«

»Schauen Sie sich doch in der Nachbarschaft um. Wenn ich irgendwen töten wollen würde, und es käm nicht unbedingt drauf an, wen ich töten möchte – und der Täter scheint ja wahllos zuzuschlagen, jedenfalls kann ich kein Schema hinter alldem erkennen –, dann würde ich mir doch was Gebrechliches zur Brust nehmen und nicht so einen Vierkant, der mir eins auf die Schnauze hauen kann.«

»Da haben Sie recht.«

»So. Und warum rufen Sie mich an? Gibt's einen Grund, außer Ihrer tiefen Sehnsucht nach meiner Person?«

»Ich würde mich freuen, wenn Sie sich das hier mal ansehen. Vielleicht fällt Ihnen was auf. Ich bin grad ein bisschen betriebsblind.«

»Ich komm rüber.«

* * *

Friedrichsberg hatte Straaten Bescheid gegeben; der wollte auch einen Blick auf den Tatort werfen. Straaten erzählte Friedrichsberg, dass er Kopfschmerzen habe, da er die Nacht sehr unruhig geschlafen hatte: Er war von einem nächtlichen Pfeifen oder eher einem Quietschen wach geworden und hatte nun die Befürchtung, an einem Tinnitus zu leiden; er wolle das mal von seinem Ohrenarzt kontrollieren lassen.

Anderthalb Stunden später standen die beiden vor der Wohnungstür von Otto.

Ein Polizeibeamter öffnete ihnen, wollte sie zunächst nicht einlassen, erst nach kurzer Rücksprache mit dem Hauptkommissar konnten die beiden die Wohnung des Toten betreten.

Ungepflegte sechzig Quadratmeter. Der Mieter schien starker Raucher gewesen zu sein; davon zeugten randvolle Aschenbecher und nikotingelbe Gardinen. Was kein allzu großer Makel war: Durch die seit Jahren nicht mehr geputzten Fenster konnte eh kein Tageslicht mehr hereinscheinen.

Otto saß in Feinrippunterhemd am Wohnzimmertisch mit dem Gesicht auf der aufgeschlagenen Fernsehzeitung.

Straaten wollte gar nicht so genau hinschauen, auch Friedrichsberg warf nur einen kurzen Blick auf den Toten.

»Das alles hier ist doch deprimierend.«

»Was meinen Sie? Die weltpolitisch-wirtschaftliche Lage oder die Ausrottung der Nachbarschaft oder den toten Otto hier?«

Heidenreich stöhnte auf: »Die gesunde Mischung aus all dem. Ich kann diesen Fall einfach nicht fassen. Wissen Sie, Herr Friedrichsberg, ich möchte, dass wir uns richtig verstehen. Sie sind Privatmensch, kein Kriminologe, kein Pathologe, kein Kriminalbeamter. Und genau das ist für mich der Grund, dass ich Sie hier hinzuziehe. Ich komme einfach nicht weiter.«

Friedrichsberg zuckte mit den Schultern. »Ja und? Ich doch auch nicht.«

»Aber Sie haben vielleicht eine etwas andere Sicht auf die Dinge als ich.«

»Und Sie meinen, dass es charmanter wäre, wenn wir uns zusammen im Kreis drehen?« Er setzte ein Grinsen auf. »Gemeinschaftliches Drehen ist geselliger, was?«

»Das nun nicht unbedingt. Aber Sie kennen die Leute hier besser als ich. Und Sie können anders mit ihnen sprechen. Was Sie mit Sicherheit auch schon getan haben.«

»Weil ich kein Bulle bin.«

»Weil Sie kein Bulle sind«, gab Heidenreich ihm recht.

Friedrichsberg spitzte den Mund, nickte dem Hauptkommissar zu und zeigte auf den Toten. »Wie ist er umgekommen?«, fragte er den Hauptkommissar.

»Sie haben ihm eine Gartenschere ins Genick gerammt. Die hintere Hälfte ragte noch hervor. Der Mann ist jämmerlich verblutet.«

Da die Spurensicherung um den Toten herumwuselte, war es nicht leicht, sich einen vernünftigen Überblick zu verschaffen.

Jetzt sah aber auch Friedrichsberg, dass sich unter dem Stuhl des Toten eine große Blutlache befand.

»Hat der sich nicht gewehrt? Nicht geschrien?«

Heidenreich schüttelte den Kopf. »Unser Arzt sagt, der hat viel Alkohol im Blut. Hat wahrscheinlich gar nichts mehr mitbekommen.«

»Der Täter hatte also leichtes Spiel.« Friedrichsberg spitzte die Lippen. »Wo ist überhaupt die Töle hin? Hör ja gar nichts.«

»Die liegt tot in der Küche neben der Anrichte. Vergiftet.«

Friedrichsberg nickte. »Wer hat ihn entdeckt?«

»Frau Weißner. Die musste in den Keller, die Wohnungstür stand auf. Sie hat nach Otto gerufen, bekam keine Antwort, ist dann rein – und da sah sie ihn blutüberströmt sitzen.«

Friedrichsberg schaute ein letztes Mal auf den Toten, vergrub seine Hände in den Hosentaschen und ging Richtung Fenster. Von hier aus hätte man bei sauberen Fenstern einen schönen Blick auf den Garten gehabt.

»Haben Sie etwas Auffälliges entdeckt?«, fragte Friedrichsberg über die Schulter hinweg den Kommissar.

»Wir sind noch ganz am Anfang.«

Friedrichsberg drehte sich um und ließ seinen Blick schweifen.

Typischer, runtergekommener Singlehaushalt eines Mannes ohne Geschmack. Ein paar Schwedenmöbel, ein paar Fotografien mit Heftzwecken an der Wand befestigt, dafür der Flachbrettbildschirm so groß wie ein Fußballtor.

»Otto wohnte doch hier mit Weißners in einem Haus«, stellte Friedrichsberg fest und verzog sein Gesicht zu einer lächerlichen Grimasse. »Für mich steckt da überhaupt kein erkennbares Prinzip hinter. Kaiser wohnte mit Marzimke in einem Haus. Marzimke erfreut sich noch bester Gesundheit.«

»Er ist erkältet«, fügte Straaten an.

»Na gut. Also mit Einschränkungen. Preibischs wohnten mit Frau Siebenreich und den Studenten in einem Haus. Mir ist nicht bekannt, dass der alten Dame und den jungen Leuten in letzter Zeit irgendetwas Seltsames zugestoßen wäre.«

»Mir auch nicht«, sagte Straaten.

»Sie hätten es uns erzählt, wenn etwas gewesen wäre. Die Frau Blumenfeld wohnte alleine in ihrem Häuschen, und die ist auch tot. Und nun Otto ... Warum mussten bis jetzt nicht Marzimke, Siebenreich, Holger, Iris und Weißners dran glauben? Also die Leute, die in einem Haus zusammen wohnen? Mir erscheint das alles viel zu wahllos. Ich kapier das nicht.«

»Vielleicht steckt da ja auch ein Plan hinter«, gab Straaten von sich. »Aber wir erkennen den nicht.«

»Habt ihr bei der Polizei nicht mittlerweile so Profiler? Die schnitzen dir doch in Nullkommanix so einen Täter zusammen.«

Heidenreich verschränkte die Arme vor der Brust. »Sie gucken wohl zu viel Fernsehen, was?«

»Gott sei Dank nicht. Wann ist der Todeszeitpunkt?«,

wollte Friedrichsberg wissen und schielte zu dem Toten rüber.

»Irgendwann in der Nacht. So gegen drei.«

»Hmhmhm ... Aber was will uns der Mörder mit alledem sagen? Das Einzige, was klar ist: Nobel scheidet definitiv als Mörder aus. Er war tot, als dieser Mord hier geschah.«

Friedrichsberg verfiel wieder in Grübelei und schaute sich von seiner Fensterposition aus weiter um.

An der linken Seite des Raumes war ein einfaches Regal angebracht, über und über mit Kleinkram vollgepackt. Friedrichsberg ging zu dem Regal rüber und suchte es ab. »Wer will denn hier was finden?«, fragte er vor sich hin. Papiere, Hefte, Automagazine, Schnapsflaschen, Gläser, Nippes von Urlaubsreisen, zusammengesammelter, überflüssiger Kram.

Und dann traf es Friedrichsberg wie ein Schlag.

»Kommt mal rüber«, sagte er zu Straaten und Heidenreich.

Als die drei nebeneinanderstanden, zeigte Friedrichsberg mit seinem Doppelkinn in das Regal. »Schaut mal da.«

Da lag eine Schallplatte mit weißem Cover, darauf das Potsdamer Schloss Sanssouci mit dazugehörigen Gärten (Tuschezeichnung), alles in den prachtvollen Farben des Sommers. Und über der Zeichnung: Name des Komponisten und Titel des Werkes, alles in geschwungener Schrift: Johann Sebastian Bach. *Brandenburgische Konzerte*.

»Das ... das gibt's doch nicht«, stammelte Straaten verwirrt.

»Wieso?«, fragte Heidenreich.

»Die ... Die lag auch bei Kaiser. Und bei Preibischs. Und bei Nobel.«

»Ach was.«

Friedrichsberg grunzte vor sich hin. »Moment, Moment, noch ist das Ganze nicht komplett.« Und zu Heidenreich: »Sie tragen doch Handschuhe. Drehen Sie das Ganze doch mal bitte.«

Heidenreich hinterfragte gar nicht erst, sondern nahm die Schallplatte in seine Hände, drehte sie um, und da stand es, in krakeliger, ungelenker Handschrift: *Vergnügliche letzte Mußestunden wünscht Ihnen Herr Pistorius.*

Kapitel 22

Schlussfolgerungen, Zukunftsgestaltungen und ein letzter Brief

Friedrichsberg hatte beschissen geschlafen.

Und das nicht nur in der Nacht nach Ottos Tod, auch die folgenden Nächte waren eine Katastrophe. Gerade nach der Sache mit Weißners. Das war drei Tage nach Otto gewesen.

Die Ehepartner Weißner lagen in Seide in ihren Betten, die Schädel mit einem Vorschlaghammer zerschlagen. Um ins Detail zu gehen: Man hatte ihre Köpfe so sehr mit besagtem Hammer bearbeitet, dass man das Ehepaar Weißner überhaupt nicht mehr als solches erkennen konnte. Vielmehr nahm die Polizei an, dass es sich bei den Toten um die beiden Weißners handelte; der später durchgeführte DNA-Test bewies diese Annahme dann auch.

Der Hammer lag neben dem Doppelbett, die in zartem Rosa gehaltene Laura-Ashley-Tapete war über und über mit Blut bespritzt.

Genauso wie die Schallplatte (selbstverständlich *Brandenburgische Konzerte*) mit der Widmung, die auf dem Nachttischchen lag.

Auffällig war auch Folgendes: Ganz nebenbei, man hätte es fast übersehen, fand die Spurensicherung auf der Auslegeware in der Diele vereinzelte, kaum erkennbare, parallel zueinander verlaufende Abdrücke, die noch näher untersucht werden sollten.

Auch diese Angelegenheit führte dazu, dass Friedrichsberg grüblerische Tage und schlafarme Nächte durchlebte.

Meistens ging er kurz nach Mitternacht ins Bett, las noch knapp über dreißig Seiten in einem Roman, legte das Buch beiseite und fiel dann in einen unruhigen Schlaf, der oft gegen 4 Uhr morgens sein regelmäßiges Ende nahm.

Schweißnass wachte er auf, wälzte sich rum, fand aber keine Ruhe mehr, stand dann auf, trank in der Küche ein Glas Wasser, ging auf den Balkon, um ein wenig frische Luft zu schnappen, legte sich sich wieder hin, aber mit der Nachtruhe war's vorbei.

Er bekam die losen Fäden dieser Angelegenheit nicht mehr zusammen, er konnte nicht sagen, wo vorne und wo hinten war; er begriff diesen Fall nicht und wusste auch nicht, wo er ansetzen sollte.

Jeder konnte der Mörder sein. Jeder hatte ein Motiv. Es fehlten Indizien, Beweise, wirkliche Verdächtige.

Und der einzig offensichtlich Verdächtige, konnte nicht der Täter sein: Pistorius.

Einen möglichen Mörder konnte Friedrichsberg auch ausschließen: seinen alten Freund Jupp Straaten. Der würde mit Sicherheit niemandem die Kehle aufschlitzen oder den Schädel zertrümmern.

Straaten und seine Frau waren aber potenzielle Opfer.

Und das allein schon sorgte bei Friedrichsberg für Besorgnis (im Hinblick auf: Was kann passieren?) und Hirnzermarterung (im Hinblick auf: Was tun, um Eventuelles zu verhindern?).

Und als wäre das nicht schon genug, die große Frage: Wer war der Mörder? Wer steckte hinter dem Ganzen?

Er setzte Kaffee auf, warf zwei Scheiben Brot in den Toaster, machte Milch warm und schlug vier Eier in die Pfanne. Dann bestrich er die getoasteten Scheiben dick mit Butter, belegte sie mit Käse und beförderte die Spiegeleier drauf. Mit diesem Teller in der einen und dem Milchkaffee in der anderen Hand setzte er sich an den Küchentisch und las die Tageszeitung.

Der übliche Mist schlug ihm aus den Seiten entgegen; nur eine kleine Notiz auf der Seite *Panorama* weckte kurzzeitig sein Interesse.

Aber irgendwie schmeckte ihm das alles nicht: weder sein Frühstück, noch die Nachrichten in der Zeitung.

Was auch daran liegen mochte, dass er seinen nächsten Termin bei Doktor Steubermann hatte.

Je weniger Zeit man hatte, umso mehr Zeit musste man beim Arzt sitzen.

Und was hatte der Arzt ihm dann geraten? Dass er jetzt was für die Zukunft tun und nach vorne schauen solle.

* * *

Am Abend hatten sie im *Haus Aldenrath* ihr wöchentliches Chortreffen vom Herrensingkreis Rheintreue 1898 e.V., und Friedrichsberg freute sich schon auf die Pause, in der er seinen beiden Freunden von der Neuigkeit berichten wollte.

Als sie dann endlich in der Pause im Schankraum von *Haus Aldenrath* vor einem frisch gezapften Bier saßen, zog er die Tageszeitung aus seiner Jackentasche, legte sie vor sich auf den Tisch und schaute seine beiden Freunde abwechselnd an.

»Und?«, fragte Straaten. »Was soll das? Ich hab die heute Morgen gelesen.«

»Und dir ist nichts aufgefallen?«

»Doch. Wie schlecht das alles geschrieben ist. Aber das ist ja auch nichts Neues.«

»Ich hab da ein hübsches Rezept für Pfirsich-Torte gefunden«, lenkte Dahl ein.

»Und sonst etwas?«, wollte Friedrichsberg wissen. »Neben bewährtem Alten und überflüssigen Obsttorten?«

Die beiden schwiegen.

Friedrichsberg blätterte in der Zeitung herum, bis er die Seite fand, nach der er gesucht hatte. »Ich habe hier eine hübsche kleine Geschichte für euch.«

Straaten schaute auf die Zeitung. »Und das wäre?«

»Eine Notiz.«

»Oh, wie spannend.« Straaten verzog das Gesicht. »Und was ist es? Dackel beißt Postbote? Drohne bringt Essen auf Rädern?«

Friedrichsberg winkte ab. »Nichts da, spar dir deine Ironie. Ich meine das: *Totes Paar an der holländischen Küste entdeckt*.«

Dahl schaute traurig auf. »Schon wieder Tote ... Kann denn nicht wenigstens beim Singen Ruhe sein?!«

Straaten schüttelte den Kopf. »Hab ich nicht gelesen. Und? Was soll das? Worum geht's in dem Artikel?«

»Nun«, Friedrichsberg lehnte sich zurück, »da ist ein holländisches Pärchen an der ebenfalls holländischen Küste in seinem Pkw erschossen aufgefunden worden. Die lagen da ein paar Tage lang tot in dem Auto. Sind wie bei einer Hinrichtung erschossen worden. Mund auf, Knarre rein, abgedrückt, das war es dann. Der ganze Wagen voller Blut. Da war nichts mehr zu machen. Dazu kommen noch die hochsommerlichen Temperaturen ... Ihr könnt euch vorstellen, wie es in dem Auto gestunken haben muss. Von dem ganzen Ungeziefer, den Würmern, Maden und Fliegen, die sich da an und in und durch die Toten gekrochen und gefressen haben, mal gar nicht erst zu reden.«

»Das ist ja ekelhaft«, befand Dahl.

»Das kannst du laut sagen.«

»Bah.« Straaten orderte beim Wirt einen Magenbitter. »Schlägt mir direkt aufs Gemüt, so eine Nachricht. Aber was hat uns das zu interessieren? Waren das auch Nachbarn von mir, oder wie? Hatten die einen Blumentopf im Kofferraum?«

Dahl lachte auf. »Ha, Blumentopf im Kofferraum ... Der war gut.«

Friedrichsberg schlug ihm leicht gegen die Schulter. »Das nicht.«

»Oder haben die die *Brandenburgischen Konzerte* von Bach gehört?«

Dahl lachte erneut auf. »Und einen Schallplattenspieler in den Armaturen.«

»Nein.«

»Ach, du meinst, da lag eine Schallplatte auf dem Rücksitz?«

»Nö.«

»Was denn dann?«

»Ich gebe euch mal einen kleinen Tipp: Wuff-wuff.«

Straaten schlug mit der flachen Hand auf den Tisch »Was willst du von uns?«

Friedrichsberg nahm einen großen Schluck vom Bier. »Passanten sind auf den an den Dünen abgestellten Pkw aufmerksam geworden, weil ein Hund vor dem Wagen auf- und ablief und das Auto angebellt hat.«

»Die Toten waren wohl tierlieb.«

Friedrichsberg verdrehte die Augen. »Herrjeh, er kommt nicht drauf. Ich habe heute Morgen diese Zeitungsnotiz gelesen. Dann war ich beim Arzt und in meinem Hinterkopf gärte diese Geschichte aus Holland. Und dann habe ich vorhin mal Hauptkommissar Heidenreich angerufen, weil mir das alles ein wenig seltsam vorkam.«

Der Magenbitter kam, Straaten trank und schaute seinen Freund an. »Und? Ja, Mensch, lass dir doch nicht alle Würmer aus der Nase ziehen. Bei dem Zinken würd ich heute eh nicht fertig.«

»Heidenreich erzählte mir, dass sich die toten Holländer und Erich Nobel kannten.«

»Was?« Straaten hätte fast noch einen Schnaps bestellt.

»Und das sogar ziemlich gut. Die holländische Polizei untersuchte selbstverständlich die Wohnung der

Toten. Und dort fand sie auf dem Rechner eine Mail, die Nobel dem Mann geschrieben hatte. Sozusagen die erste Kontaktaufnahme. Besagen tut die nicht viel. Also Nobel hat sich in dieser Mail wohl nicht allzu weit aus dem Fenster gelehnt, will sagen: Er hat keine eindeutigen Aufträge erteilt. Aber es besteht eben nachweisbar ein Zusammenhang zwischen diesem Pärchen und Erich Nobel. Die Bullen haben dann auch noch die Anruflisten des toten Holländers kontrolliert: Nobel und er standen in regelmäßigem Kontakt. Da hat unser lieber Herr Nobel ein bisschen schlampig gearbeitet. Die Mühe hätte er sich ruhig machen können. Er hätte herauskriegen müssen, wo die beiden gelebt haben und dort Hinweise auf ihn vernichten müssen. Hat er versäumt. Aber macht auch nichts. Jetzt, wo er tot ist. Das Pärchen ist im Übrigen der Polizei nicht unbekannt: Betrügereien, kleinere Diebstähle, Erpressungen, nichts von Welt, Kleinkriminelle eben. Und diesem kriminellen Pärchen hat Nobel die Aufträge erteilt, den Preibischs, dem Kolpmann, der Blumenfeld und den Bach-Tellmann-Schwestern und weiß Gott noch wem, mal psychisch etwas zu Leibe zu rücken. Oder besser: zu Hirn.«

»Und das soll alles so in der Zeitung gestanden haben?«

»Du bist nicht aufmerksam genug, mein Freund. Ich habe diese Informationen von Heidenreich. In der Wohnung der Toten fanden sie außerdem eine Mappe mit Notizen. Die Holländer waren recht ordentlich und haben jede Kontaktaufnahme und jeden Auftrag dokumentiert.«

»Und diese Informationen rückt Heidenreich einfach so raus?«

»Nicht einfach so. Ich habe ihm gesagt, wenn er mich schon mit einbezieht, dann hätte ich aber im Gegenzug auch gerne die ein oder andere Information von ihm. Hab ich bekommen.«

»Also steckt Nobel wirklich hinter den ganzen Schweinereien.«

»Ja, Straaten. So sieht's aus. Halbwegs jedenfalls. Das belegen eindeutig die Notizen, die man in der Wohnung des Pärchens fand, dass er zusammen mit diesen Holländern die ganzen Sauereien ausgeheckt hat, um seine Mieter aus den Wohnungen zu ekeln.«

»Geht denn aus diesen Notizen hervor, ob er sie auch umgebracht hat? Oder ob das Pärchen die Morde begangen hat?«

Friedrichsberg ließ die Mundwinkel hängen. »Dafür fand die Polizei keine Beweise. Aber sie fanden die Waffe, mit der das Pärchen vor einer Woche erschossen worden ist.«

»Ach. Und wo?«

Triumphierend streckte Friedrichsberg den Rücken durch. »Keinmal darfst du raten. In der Wohnung von Erich Nobel. In einer Schreibtischschublade.«

»Dann hat Nobel sie also erschossen?«

»Und zwar genau an dem Abend, bevor Nobel vom Balkon gestürzt ist. Wahrscheinlich wurden dem Pärchen wegen der Toten die Füße kalt, da wollten sie sich vom Acker machen, verlangten ihren Lohn für die üblen Taten und fürs Maulhalten und hatten dann vor, abzuhauen. Nobel wollte keine Zeugen haben, vielleicht haben die beiden ihn auch unter Druck gesetzt, weil sie dachten, er hätte Kaiser und die Preibischs umgebracht. Und deshalb hat Nobel sie beobachtet, ist ihnen hinterhergefahren und hat sie schlussendlich – man könnte fast sagen: schussendlich! – in Holland auf einem Strandweg hinter den Dünen erschossen.« Friedrichsberg leerte sein Gals, rülpste leise und wischte sich den Bierschaum aus dem Schnurrbart.

»Nun gut«, sagte Dahl, »ist das jedenfalls geklärt.« Nach wie vor waren ihm solche Mord- und Totschlaggeschichten aufs Höchste unangenehm.

Straaten hing seinen Gedanken nach und trommelte dabei einen Rhythmus auf das Häkeldeckchen, das auf der Tischplatte lag. »Aber wer hat denn jetzt die anderen alle auf dem Gewissen? Wer bringt die denn um?«

»Wer deine Nachbarschaft ausrottet?« Friedrichsberg schaute seinen Freund streng an.

»Ja, genau. Was ist das Motiv? Wer ist der Mörder?«

»Hm. Mich interessiert grad mehr die Frage: Wo bleibt mein neues Bier?« Er schaute zu dem Wirt rüber, der hinter seinem Tresen fleißig zapfte und nur nickte, als Friedrichsberg drohend seinen Zeigefinger hob und dabei auf sein leeres Glas schielte.

»Zu viel Alkohol ist gar nicht gut für dich«, mahnte Straaten.

»Sagt mein Magenbitterfreund. Danke für den Ratschlag.«

»Was hat dir denn dein Arzt heut Morgen gesagt?«

Friedrichsberg winkte ab. »Ach, der. Der will mich zur Kur schicken. Mich! Zur Kur! Das ist doch lachhaft. Spaziergänge, Kurschatten, Bäder, Brunnen trinken, Schmalhans Küchenmeister und Ruhe, Ruhe, Ruhe. Und dann lange nichts und dann wieder nur Ruhe. Und dazu eine klare Gurkenbrühe mit einer Idee von Fenchel. Grauenhaft. Krieg ich saures Aufstoßen, wenn ich nur dran denke.« Angewidert verzog Friedrichsberg sein Gesicht.

»Das kann doch schön sein«, sagte Straaten.

»Ich find Ruhe toll«, meinte auch Dahl. »Mal was lesen ... Ruhe kann man nicht genug bekommen, manchmal.«

»Nicht für mich. Kurhotel ...« Friedrichsberg tippte sich gegen die Stirn. »Hast du im Nebenzimmer auch wieder nur Nachbarn. Vielleicht bringen die sich auch gegenseitig um dort. Ha! Dieser dämliche Arzt ... Er sagte, ich solle nach vorne denken. Wie soll das denn gehen? Nach vorne denken? Als würde das Denken in eine bestimmt Richtung gehen ... Ich solle jetzt was tun, damit ich für meine Zukunft vorgesorgt habe. So Ärzte haben immer gut reden. Er sagte auch, dass es nie zu spät sei, etwas positiv zu verändern, nach vorne zu schauen. An die Zukunft denken.« Er machte eine Scheibenwischerbewegung vor seinem Gesicht und lachte dazu laut auf.

Straaten schlug mit der Faust auf den Tisch. »Ja, dann tu das doch auch mal. Nachher stehst du da und bist tot. Du musst vorbeugend handeln.«

»Ja, ja, ja, ja, ja.« Der Dicke winkte wieder ab. »Vorbeugend.« Er schüttelte den Kopf.

Der Wirt trat an den Tisch und stellte volle Biergläser vor die drei alten Herren.

»Ich wollte doch gar nicht mehr«, wandte sich Dahl an den Wirt.

»Dann nehme ich's«, fiel ihm Friedrichsberg ins Wort.

Und Straaten wiederholte, wie in einem Mantra: »Vorbeugend, alles vorbeugend ... Vorbeugend ...«

»Du nervst«, bellte Friedrichsberg seinen Freund an, hob das Glas und leerte es in einem Zug; und zum Wirt: »Noch eins.«

Die Runde saß schweigend vor ihren Gläsern. Dahl schaute sich im Schankraum um, Straaten beobachtete seinen schwergewichtigen Freund, in dem plötzlich irgendetwas vorzugehen schien.

Zunächst verfinsterte sich Friedrichsbergs Miene, die Stirn legte sich in tiefe Falten, er spitzte den Mund, fuhr sich mit der linken Hand über seinen Haarkranz, rückte die Brille zurecht, und mit einem Male begann sich seine Miene aufzuhellen und er sagte vor sich hin: »Moment mal ...«

»Was denn?«, fragte Dahl ihn.

»Hat er was?«, wollte auch Straaten wissen.

Jetzt richtete sich Friedrichsberg auf und sah seine beiden Freunde strahlend an. »Ja, ich glaub es kaum ... Das ist es! Mensch, das ist es doch! Du hast ja so recht!«

Dahl schaute zwischen den beiden hin und her. »Was hat er denn?«

»Was soll ich haben?« Straaten schaute Friedrichsberg neugierig an. »Jetzt sag doch mal.«

Friedrichsberg schaute seinen Freund grimmig an und fauchte »Halt mal den Rand!«, dann richtete er sich an den Wirt und rief quer durch den Gastraum: »Haben Sie mal einen Block und einen Kugelschreiber, bitte?«

»Auch noch was zum Basteln?«, war die launige Antwort.

»Sehe ich so aus, als würde ich gesteigerten Wert auf Späße legen?«

»Kommt ja schon«, gab der Wirt genervt von sich und wies eine seiner Bedienungen an, dem Dicken am Stammtisch hinten links Verlangtes zu bringen.

Friedrichsberg legte den karierten DIN-A4-Block akkurat vor sich hin, nahm den Kugelschreiber in die Hand und begann damit, sich in Windeseile Notizen, eine Art Übersicht der Ereignisse und Fakten, zu machen.

Nachdem er drei Seiten vollgekritzelt hatte, legte er Kugelschreiber und Block an die Seite, sortierte die drei beschriebenen Blätter vor sich und lehnte sich zurück. Langsam nickte er vor sich hin, den Blick immer noch auf die Blätter gerichtet.

Dann schaute er seinen Freund Straaten an. »Recht! Du hast recht, Mensch! Was hast du letztens noch gesagt? Dass die Nachbarn das Motiv für die Taten seien.«

»Ja, das war doch nur so dahingesagt.«

»Nein, nein, es stimmt ja.«

»Wie?« Straaten schaute Dahl an. »Verstehst du ihn?«

»Ich versteh ihn nicht.«

»Versteht ihr denn nicht?« Friedrichsberg verdrehte die Augen und schmatzte laut auf. »Das Motiv sind die Nachbarn. Und die sind ein Motiv ohne Motiv. Es geht nicht um die Morde, es geht um die Nachbarn. Wie sagt man immer so schön und dabei gleichzeitig blöd, also so schön blöd? Man sagt: Was werden wohl die Nachbarn denken. Und genau das ist es: Das Denken der Nachbarn, aber nicht das getane Denken, sondern das künftige Denken. Besser: Das Denken im Jetzt, was zu einer Sache in der Zukunft führt. Dass man sich selber jetzt schon etwas ausdenken muss, damit man später sagen kann: Das hatte ich mir doch gedacht. Und die anderen haben dann das Nachdenken. Also jedenfalls die, die noch nicht tot sind.« Friedrichsberg unterbrach sich mit einem scheppernden Lachen. »Und die Toten, diese ganze ausgerottete Nachbarschaft ist einfach angefallen, einfach so, weil es grad so in den Kram passte. Mit Plan, aber ohne Plan. Also dass man wen um die Ecken bringen wollte, ja fast musste, das war klar. Und auch wie diese Tat vonstattengehen sollte, da hat man sich was bei gedacht. Wen es dann aber letztlich treffen sollte, das war vollkommen schnuppe. Die Morde waren einfach nur dazu da, um den eigentlichen Mord zu vertuschen. Vorbeugend, hat mein Arzt gesagt. Und das ist ziemlich gescheit, leider. Wenn man es nur anders betrachtet. Man muss eben jetzt denken und handeln und etwas tun, damit man für die Zukunft vorgesorgt hat. Positiv aktiv verändern, nach vorne schauen. Jetzt schon an die Zukunft denken. Und daran denken, wen ich umbringen kann, damit das eigentliche Opfer nicht so ins Gewicht fällt.« Friedrichsberg lehnte sich zurück, lachte wieder auf und strich sich über den Schnurrbart. »Nachbarschaft ... Ich krieg das kalte Grausen. Schaut man sich um: alles Menschen, davon die meisten aber auch nur Leute, und alle haben sie Nachbarn, mit denen sie sich ums Verrecken nicht verstehen. Und sie schimpfen und ätzen über ihre blöden Nachbarn. Dabei sind sie selber Nachbarn. Jeder ist des Nachbarn Nachbar und dreht sich im Kreise. Schaut man sich die Häuser an, ist alles so nett und adrett und gepflegt und so hübsch dekoriert. Wie viele Abgründe aber hinter der Gemütlichkeit lauern, welche Perversitäten hinter sorgsam geputzten Fenstern und Fassaden stecken, das lässt sich nur erahnen. Und wenn man ehrlich ist, will man's gar nicht wissen, es würde einem eiskalt den Rücken runterlaufen. Genau wie in unserem Fall. Was für abgezockte, eiskalte Weiber ... Ich fass es nicht!«

Friedrichsberg hatte seinen Monolog beendet und starrte leer vor sich hin.

»Sag mal, was faselst du denn da?« Besorgt griff Straaten nach dem Unterarm von seinem Freund.

»Hast du in deinem Mobiltelefon die Nummern deiner Nachbarn abgespeichert?«

»Zum Teil. Aber was willst du da wissen, Alfons?«

Friedrichsberg spitzte die Lippen und pfiff Luft in Richtung Deckenlampe. »Ruf bitte die beiden Schwestern an. Und sag ihnen, es sei vorbei.«

»Wie: vorbei? Was denn?«

»Und wen soll er anrufen?«, wollte Dahl wissen.

»Frau Bach und Frau Tellmann?«

»Jawohl, Jupp.«

»Das sind unsere Mörderinnen?«, fragte Straaten ungläubig.

»Die alten Damen?!« Auch Dahl war irritiert.

»Du spinnst doch wohl. Die tun doch keiner Fliege was zuleide.«

»Einer Fliege nicht.« Friedrichsberg grinste diabolisch. »Aber Leuten, die sie um jeden Preis aus der

Wohnung haben wollen. Denen drehen sie, ohne mit der Wimper zu zucken, eiskalt den Hals um.«

»Was soll das heißen?« Straaten fehlten die Worte und das Verständnis. »Du meinst ...«

»Ich meine«, und mit diesen Worten setzte sich Friedrichsberg kerzengerade hin, »die beiden hatten ein einziges, simples Ziel: die Beseitigung Erich Nobels. Und mehr auch nicht.«

»Ja, wie? Und Kaiser? Und Preibischs? Und Otto? Und Weißners?« Dahl schaute Straaten an: »Oder habe ich noch wen vergessen?«

Straaten schüttelte stumm den Mund.

Friedrichsberg vervollständigte Dahls Satz: »Mussten dran glauben, damit das eigentliche Opfer nicht so deutlich auf der Hand liegt.«

»Und die alte Blumenfeld?«

»Auch bei diesem Todesfall stecken Frau Bach und Frau Tellmann dahinter. Wenn nicht, wird es ein Unfall gewesen sein. Woran ich aber nicht glaube, schließlich fand man bei ihr auch eine Schallplatte.« Friedrichsberg winkte dem Wirt, kreiste mit seinen Wurstfingern über die leeren Biergläser, woraufhin der Angewunkene nur knapp nickte.

Die drei alten Herren schauten abwechselnd sich an, ihre Biergläser, dann wieder sich, dann in der Gegend herum.

Der Wirt brachte drei Pilsbiere, stellte sie vor den Männern ab und machte Bleistiftstriche auf den Bierfilzen.

Straaten sagte trocken: »Dann sind die alten Damen ja über Leichen gegangen ... Und alles nur um ...«

»... nur um in dem Haus, in der Wohnung weiterhin leben zu können, in der sie schon seit Jahrzehnten leben.« Friedrichsberg nahm sein Bier und hielt es den anderen beiden zum Anstoß hin.

Die beiden anderen taten es ihm gleich und sie prosteten sich zu.

»Aber wie bist du da jetzt drauf gekommen?«, fragte Dahl.

»Weil mein Arzt mir sagte, ich solle an die Zukunft denken. Und das jetzt schon. Und wenn die beiden alten Damen nicht ihren Vermieter Nobel beseitigt hätten, wären sie früher oder später rausgeflogen. Und das schoss mir gerade durch den Kopf.«

Straaten nickte: »Schön. Aber einen Beweis hast du nicht.«

»Das nicht«, Friedrichsberg schaute Straaten an. »Aber vermutlich ein Indiz. Du hast doch gesagt, du hättest es manchmal an den Ohren. Also in letzter Zeit jedenfalls.«

»Ja, aber das ist Quatsch.« Straaten lachte auf. »Da ist gar nichts. Ich dachte, ich muss dringend zum Ohrenarzt.«

»Aha und warum noch mal?«

»Weil ich da mal nachts so ein blödes Pfeifen in den Ohren hatte.«

»Ein Pfeifen?«

»Na ja, das trifft es nicht richtig, das ist eher ein ... Na, also ... Wie soll ich sagen ... ein Quietschen.«

»Was jetzt: Pfeifen oder Quietschen?«

»Ja, so ein Quietschen. Da bin ich nachts von wach geworden. Mehrmals. Im Halbschlaf dachte ich, das muss ich mal untersuchen lassen. Grad, wenn man es nur merkt, wenn man es nachts hört.«

Friedrichsberg schaute seinen Freund an und sagte dann ganz langsam: »Das war nicht etwa so ein Quietschen wie das Quietschen vom Hackenporsche der Tellmann-Bach-Schwestern?!«

Straaten wurde ganz still, überlegte, ihm wich alle Farbe aus dem Gesicht und dann sagte er: »Du hast recht. So ein Quietschen war das.«

Friedrichsberg schlug mit der geballten Faust auf den Tisch. »Und damit hätten wir unser Indiz: das Quietschen des Hackenporsches. Wann hast du das das letzte Mal gehört?«

Straaten dachte nach. »In der Nacht, bevor sie den Otto tot aufgefunden haben. Und bevor sie Weißners gefunden haben.«

»Da waren unsere beiden Mörderinnen auf Tour mit ihrem Gefährt.«

»Das gibt's doch gar nicht.« Dahl stand der Mund auf. »Und haben auf ihrer nächtlichen Tour Otto umgebracht?«

»Da gehe ich mal von aus«, brummte Friedrichsberg. »Ich habe dieses Quietschen jedes Mal vernommen, wenn die beiden tagsüber unterwegs waren.«

»Ich ja auch, aber ich hab mir doch nichts dabei gedacht.«

»Warum auch? Zu denken geben sollte es uns nur jetzt, wenn du das Quietschen auch in der Nacht gehört hast, in der Otto umgebracht worden ist. Und was fanden die Bullen am Weißner-Tatort? Zwei feine, parallel zueinander laufende Abdrücke, winzige Spuren.

Höchstwahrscheinlich sind es die Spuren von zwei Rädern. Na, was könnte das wohl sein? Unser Hackenporsche.« Dann griff er in die Innentasche seines Jacketts, fischte sein Mobiltelefon heraus und wählte eine Nummer. Nach einer Weile sagte er: »Ja, guten Abend, Herr Heidenreich, Friedrichsberg hier, entschuldigen Sie bitte die späte Störung, aber ich habe eine dringende Bitte an Sie: Könnten Sie auf die Schnelle etwas kontrollieren lassen von einem Spurensicherer? ... Ja, genau, wir müssen ziemlich rasch etwas nachweisen. ... Das geht? Prima. Dann fahren Sie doch mal bitte zu dem Haus, in dem die Tellmann-Bach-Schwestern wohnen. Dort steht unten im Hauseingang immer deren Einkaufs-Trolley, genau. Kassieren Sie den doch mal ein und untersuchen Sie die Räder oder von mir aus gleich das ganze Ding nach Blutspuren. ... Ja, richtig, Blutspuren. Und vergleichen Sie bitte die Räder von diesem Trolley mit den Spuren auf dem Boden am Weißner-Tatort. Vielleicht haben wir ja Glück. Und melden Sie sich bitte, wenn Sie was gefunden haben. ... Danke.« Friedrichsberg unterbrach die Verbindung.

Dahl schaute ihn verdutzt an. »Du glaubst, da könnte man was finden?«

»Ich glaube nicht, ich hoffe. Wenn die beiden Damen aber ihr Gefährt zu jeder noch so blutigen Tat mitgenommen haben … So viel Blut, wie da immer vergossen und verspritzt wurde ... Da wird sich bestimmt was finden. Da können die noch so gut geschrubbt haben.«

»Hm ... Die beiden alten Damen sind unsere Mörder. Also Mörderinnen. Und all das nur, weil sie nicht weg wollten. Einen alten Baum verpflanzt man eben nicht«, stellte Straaten fest und trank.

Dahl wischte sich den Schaum vom Mund. »Und sie wollten eigentlich nur ihre Ruhe haben.«

»So sieht's aus.« Friedrichsberg machte ein kleines Bäuerchen. »Wenn man's genau nimmt, sind das sehr schäbige, egoistische Morde. Wie es eigentlich jeder Mord ist. Den beiden Damen ging es nur um sich selbst und ihre jahrzehntelang geliebte und gelebte Gewohnheit. Und die hat keiner von außen zu beeinträchtigen und zu zerstören. Selbsterhaltungstrieb, gewissermaßen.«

»Und wie haben die das angestellt? Also den Mord an Nobel, meine ich.«

»Wahrscheinlich haben sie Nobel einen Kuchen gebacken und den mit Gift versehen.«

»Kaiser?«

»Ebenfalls mit Gift fürs Erste aus dem Verkehr gezogen und der Rest ist ja bekannt: im Gartenteich fixiert und ersäuft. Zu zweit dürfte das eigentlich kein Problem gewesen sein. Grad nicht, wenn das Opfer durch das Gift schon leicht neben der Spur ist. Und die sanfte, leise, aber doch zielführende Mordmethode Gift lässt auf ein weibliches Händchen schließen. Oder wie hier auf zwei. Also vier. Und was haben die beiden Damen beim Grillfest gesagt? Wenn, dann würden sie vergiften. Was sie in diesem Falle auch gemacht haben. Und transportiert haben sie den Herrn Professor wahrscheinlich auf ihrem Hackenporsche.«

Dahl schluckte: »Das ist aber weit hergeholt.«

»Nee, den haben sie wahrscheinlich von Karstadt.«

Dahl nickte. »Und die Preibischs?«

Friedrichsberg nahm seine Brille von der Nase und putzte sie mit einem kleinen Stückchen seines Oberhemdes. »Man kannte sich ja gut, wollte sich vielleicht mal abends gemütlich zusammensetzen. Also ich gehe davon aus, dass man in irgendeiner Form verabredet war. Vielleicht wollten die beiden Preibischs auch nur mit den beiden Schwestern über diese seltsame Angelegenheit mit den Fremden in der Wohnung sprechen. Entweder waren beide bei Preibischs oder es war nur eine da, das weiß ich nicht. Ich kann aber mutmaßen: Wenn es nur eine war, dann würde ich persönlich auf Hedwig Bach tippen.«

»Die alte Bach hat den Preibischs das Rasiermesser durch den Hals gezogen?« Straaten war entsetzt.

»Ich gehe davon aus. Das müssen ja recht rasch durchgeführte, verhältnismäßig sportliche und konzentrierte Taten gewesen sein. Und zu irgendeinem Zeitpunkt, ich kann gar nicht mehr genau sagen, wann und wo das genau war, auf jeden Fall hat irgendwann Hedwig Bach gesagt, dass sie zum Yoga geht. Passt für mich ins Bild: Von beiden Damen ist sie die sportlichere. Und deswegen konnte sie auch so athletisch bei den Morden an Preibischs vorgehen.«

»Ja, aber da hat man doch seine Skrupel, oder nicht?«

»Du schon, ich auch. Aber da bilden wir wohl mittlerweile die Ausnahme. Du bist in der Wohnung und schon ist das Rasiermesser aus der Tasche gezogen und die Kehle durchtrennt. Man muss nur, würde ich mal sagen, den günstigsten Überraschungsmoment abwarten. Überrumpeln ist hier die Devise. Das geht dann ratzfatz. Genauso wie dann noch bei Otto und bei Weißners. Wenn du das Morden einmal raus hast, dann gehen die nächsten Leichen quasi wie von selbst. Dann steckt schnell die Schere im Nacken oder der Hammer im Gesicht.«

»Wenn du das sagst ...« Straaten zog die Stirn kraus und trank vom Bier.

»Jawohl, das sage ich. Und was hat Hedwig Bach gesagt? Da ist sie lieber tot, als dass sie in ihren eigenen vier Wänden nicht mehr leben können. Und damit beide weiter dort leben können und das eben höchst quicklebendig, mussten sie etwas dafür tun. Das Leben der anderen gegen ihres. Leben und wohnen, ohne Veränderung. Dafür veränderten sie die Lebensgewohnheiten der anderen, indem sie sie umbrachten. Ein kurioses Werk.« Friedrichsberg schlug mit der Faust auf den Tisch. »So. Und jetzt rufst du bei den meuchelnden Damen an und sagst, wir kämen nach unserer Chorprobe vorbei.«

* * *

Nach der Probe sah Friedrichsberg auf sein Mobiltelefon: Heidenreich hatte versucht, ihn zu erreichen. Der Dicke rief sofort zurück, und der Hauptkommissar teilte ihm mit, dass sie – trotz gründlichster Reinigung vonseiten der beiden Damen – an den Rädern des Hackenporsches Blut nachweisen konnten. Und zwar sowohl von Preibischs als auch von Otto und von Weißners sowie DNA-Spuren vom toten Professor Kaiser.

Friedrichsberg grinste und sagte: »Und damit haben wir sie.«

Dahl wollte jetzt nach Hause gehen; er war der Meinung, es sei schon spät genug (22:30 Uhr), er müsse ins Bett, sollten seine beiden Freunde allerdings seine Unterstützung benötigen, würde er selbstverständlich mitkommen.

Da aber sowohl Friedrichsberg als auch Straaten der Überzeugung waren, dass Dahl ihnen alles Mögliche war, nur nicht eine Unterstützung, gerade nicht in solch einer Situation, entließen sie den dritten im Bunde guten Gewissens in den Feierabend. Was Dahl wiederum nicht auf sich sitzen lassen konnte; jetzt wollte er doch mitkommen.

Die drei ließen sich Zeit. Zunächst tranken sie am Tresen von *Haus Aldenrath* ein Abschlussbierchen, und danach machten sie sich auf den Fußweg, um den beiden alten Damen den angekündigten Besuch abzustatten.

Es war eine lauwarme Sommernacht, der Mond tauchte alles in ein helles, blaues Licht, warmer Wind strich über die Dächer und ein Kater um die Häuser. Und wie zur Untermalung der ganzen Szenerie waren, je näher sie dem Haus kamen, in dem die Tellmann-Bach-Schwestern wohnten, Bachs *Brandenburgische Konzerte* zu hören.

Friedrichsberg, Straaten und Dahl schauten sich um, die Musik kam eindeutig aus den Fenstern der Bach-Tellmann-Wohnung, die auf Kipp gestellt worden waren.

Friedrichsberg verzog sein Gesicht, schaute seinen Freund an und murmelte nur: »Da stimmt was nicht.«

Straaten nickte. »Das denke ich leider auch.«

Da die Haustüre verschlossen war, mussten sie bei Anne Hagen klingeln. Sie öffnete ihnen und die drei alten Herren gingen ins Treppenhaus.

Die Wohnungstüre stand offen, und durch einen Spalt fiel Licht ins Treppenhaus; die beiden Damen hatten sie offenstehen lassen, weil sie zum einen wussten, dass Friedrichsberg und Straaten vorbeikämen, zum anderen, weil sie obendrein wussten, dass sie ihnen, wenn sie klingeln würden, nicht mehr öffnen konnten.

Hilde Tellmann und Hedwig Bach saßen im Chippendale-Esszimmer am gedeckten Tisch, in der Mitte ein aufgeschnittener Sandkuchen, auf den Tellern vor sich jeweils ein Stück, in den Tassen ein abgekühlter Tee.

Beide Schwestern waren tot und saßen wie nasse Säcke auf den Stühlen, ihre Köpfe auf der Tischdecke zwischen Teller, Tasse, Löffel und Serviette ruhend.

Und im Raum die majestätische Ruhe des Gewesenen und Vergangenen, leicht untermalt vom *Brandenburgischen Konzert*. Nur das Ticken der Wanduhr wurde mit jedem Schlag lauter.

Straaten stand im Türrahmen und starrte auf den Leichentisch. »Jetzt sind die auch noch tot!«

»Wir kommen zu spät«, sagte Dahl tonlos.

Friedrichsberg steckte die Hände in die Hosentasche und streckte seinen Wanst aus. »Ja. Oder genau rechtzeitig, ganz wie man will.«

»Das liegt ja wohl im Auge des Betrachters.« Straaten schaute ihn streng an.

»Ich denke, dass die beiden das so gewollt haben. Rechtzeitig ins Jenseits wechseln. In dem Alter hast du keine große Lust mehr, für mehrere Jahre ins Gefängnis zu gehen.«

»Da hätten sie aber wenigstens ihre Ruhe«, meinte Dahl.

»Haben die sich jetzt nur deswegen umgebracht, weil ich denen gesagt habe, dass wir vorbeikommen wollen?« Straaten trat neben seinen dicken Freund.

»Gut möglich«, meinte der.

»Ach, du lieber Himmel«, schlug sich Straaten die Hand vor den Mund; dieser Umstand war ihm äußerst unangenehm. »Jetzt bin ich es auch noch schuld, dass die sich umgebracht haben ...«

»Schreib's dir bitte nicht auf die Fahnen. Und wenn du's absolut nicht lassen kannst, dann nur mit einem ganz dünnen Stift. Die beiden wären so oder so nicht mit ihren Morden durchgekommen. Dass du ein bisschen an der Uhr gedreht hast, das ist ihr Problem. Und bleibt es auch. Aber das alles haben sie sich selbst zuzuschreiben. Und bei alldem, was ihnen bevorstehen würde beim normalen Gang der Dinge – als da wären Verdächtigung, Verhaftung, Untersuchungshaft, Verhöre, Verurteilung, Gefängnis –, ist das hier«, Friedrichsberg zeigte über das morbide Tischarrangement, »für die beiden noch das geringste Übel. Jedenfalls besser als der ganze Stress und der Knast. Da gibt's jedenfalls keine exquisite Kaffeetafel.«

Straaten nickte vor sich hin. »Du wirst recht haben. Ich meine, jetzt mal unter uns: Nobel hat es doch verdient. Was ist denn das für eine Art, auf so makabre Weise seine Mieter aus dem Haus zu ekeln? Aber nur um Nobel aus dem Weg zu räumen und das Motiv nicht so klar erscheinen zu lassen, gleich sieben weitere Menschen umzubringen ... Also, ich weiß nicht.«

Friedrichsberg hatte sich von seiner Position gelöst und war auf den Tisch mit den beiden Leichen zugegangen. Er hatte etwas entdeckt, das ihm auf den ersten Blick entgangen war. »Warte mal, hier liegt doch was neben der Teekanne ... Ein Briefumschlag.« Er nahm ihn auf. »Vielleicht eine Art Abschiedsbrief?«

Er öffnete das Couvert und zog einen Brief heraus.

Der Brief, formschön und durchaus souverän in alter, geschwungener Handschrift verfasst – der man die Jahre ansah, die sie auf dem Buckel hatte –, ein Bild in sich.

»Was machst du denn jetzt schon wieder? Lass das doch liegen, bitte«, jammerte Dahl, dem jedwede Aktion in solch einem Ambiente nicht zu passen schien.

Aber auch Straaten blies ins selbe Horn: »Den kannst du doch jetzt nicht lesen. Den müssen wir doch für die Polizei ...«

»Nichts müssen wir«, unterbrach ihn Friedrichsberg. »Jetzt wird gelesen.«

Friedrichsberg überflog das Papier, dann las er halblaut vor.

»Sehr geehrter Herr Straaten, sehr geehrter Herr Friedrichsberg,

wir bedauern sehr, dass Sie uns auf diese Art und Weise vorfinden müssen, Ihr letztes Bild von uns so aussehen muss: tot am Esstisch.

Selbstverständlich können wir nicht sagen, wie wir dabei aussehen – wir lagen noch nie zuvor tot am Esstisch –, dass es kein schöner Anblick sein wird, davon gehen wir allerdings aus.

Ein anderer Ausweg schien uns nicht gegeben. Die einzige Alternative zum Gefängnis ist der Freitod und für den haben wir uns nun gemeinschaftlich entschieden.

Uns tut all das Geschehene von ganzem Herzen leid, allerdings wussten wir keine andere Lösung für dieses Problem, das sich uns in Form von Erich Nobel zeigte und mit Vehemenz in den Lebensweg stellte.

Seit dem Tod seiner Eltern und der Bekanntgabe der Tatsache, dass er der Alleinerbe war und somit auch über einige dieser Häuser hier verfügen konnte, wie er wollte, war das Wohn- und Lebensniveau nicht mehr das, was es vorher war. Genießen konnten wir die letzten Monate hier nicht mehr.

Und alles ist eskaliert, als unsere Mietergruppe, unser seit vielen Jahren zusammengewachsener und befreundeter Kreis, auf grausame Weise von diesem Nobel zerstört wurde.

Wir mussten uns doch wehren! Verstehen Sie uns? Wehren mussten wir uns doch. Man kann sich doch nicht alles gefallen lassen! Grad im Alter nicht! Und wir wissen uns noch zu wehren! Der kann doch nicht alles mit uns machen. Nicht mit uns!

Wir haben uns gesagt, dass der uns nicht aus unseren Wohnungen werfen kann! Versuchen kann er es. Aber wir wehren uns! Und wir haben uns gewehrt!

Wir leben hier seit über vierzig Jahren. Das geht doch nicht! Wir suchen uns doch nichts Neues mehr. In dieser unserer Wohnung leben wir, solange wir denken können. Und hier werden wir auch sterben.

Aber all das war gefährdet. Nichts war mehr sicher.

Wir merkten, Nobel will uns hier raushaben. Dem waren wir und unser Leben vollkommen egal.

Und da haben wir beide uns entschlossen, Erich Nobel umzubringen.

Besser der, als wir.

Das war zunächst unser Plan. Nur: Mit diesem Entschluss kam auch die Angst. Die Angst davor, dass unser Plan nicht aufgeht, dass wir aufzufliegen drohen, entdeckt und entlarvt, verhaftet und verurteilt werden und eventuell ins Gefängnis müssen. Das wollten wir ja auch nicht. Wir wollten durch den Mord an Nobel unser altes Leben in Ruhe und Frieden weiterführen können. Aber wenn wir nur Nobel umbringen, dachten wir, wird allzu rasch klar, welches Motiv und welche Täter dahinter stecken könnten.

So kam uns die Idee, diesen einen Mord durch andere Morde zu vertuschen. Durch Morde an unliebsameren Nachbarn.

Wir waren ja mehr oder weniger mit den anderen befreundet. Aber fangen wir beim ersten an: Professor Kaiser. Kaiser kannten wir ja auch schon seit einigen Jahren. Und wir hatten ein Problem mit ihm, er stellte immer der Hilde nach. Und das war ihr zu anzüglich, das mochte sie gar nicht, das setzte ihr richtiggehend zu, sodass sie sich manchmal kaum noch wagte, das Haus zu verlassen. So schlimm war das für sie. Und Hedwig ging das ewige Klavierspielen auf den Geist. Grad die Übungsphasen. Und dann dieses ewige entsetzliche Kärchern ... So was Idiotisches! Außerdem war sie eh der Überzeugung, Kaiser sei ein Lackaffe. Und da dachten wir uns: Derjenige, auf den wir am ehesten verzichten können, das ist Kaiser. Und deshalb haben wir ihn als Ersten umgebracht. Wir haben ihn mit einer geringen Dosis Gift im Sandkuchen fürs Erste unschädlich gemacht, auf unseren Einkaufs-Trolley geschnallt, und dann haben wir ihn in sei-

nem eigenen dämlichen Gartenteich ertränkt. Das war auch eine von Kaisers blödsinnigen Ideen: der Teich. Und? Haben im Sommer nur die Frösche rumgelärmt. Was haben uns diese Frösche gestört. Na ja, Kaiser ist jetzt zwar weg, das Gequake bleibt leider. Kann man nichts machen.

Und zu Preibischs: Jeden Donnerstagabend haben sie mit ihren Freunden Doppelkopf gespielt. Und immer mehr als laut. Um nicht zu sagen: sehr laut. Und das bis spät in die Nacht. Die wohnten ja auch gleich nebenan. Mit immer geöffneten Fenstern. Wir fühlten uns dadurch schon seit vielen Jahren gestört, haben auch um Verschiebung gebeten, dass sie früher spielen oder eher aufhören, aber sie machten es nicht. Und da dachten wir uns, also wir hoffen, dass Sie da Verständnis für haben, wir dachten uns jedenfalls: Wer nicht hören will, muss fühlen. Und so haben wir den Wirbel um das fremde Ehepaar in Preibischs Wohnung ausgenutzt, der spielte uns schön in die Karten, und ihnen die Kehlen durchgeschnitten. Das ging recht fix. Das hat die Hedwig übernommen. Wir waren zwar beide bei den Preibischs an dem Abend, aber Hedwig macht ja seit vielen Jahren Yoga, die ist einfach die Wendigere von uns beiden.

Und zack, waren die Preibischs still. Da hatten sie wohl nicht mit gerechnet. Da war endlich Ruhe.

Der Mord an Nobel liegt ja klar auf der Hand. Das war eigentlich auch der leichteste Mord. Wir sind zu ihm hin, haben geklingelt, er machte uns auf, und dann haben wir Tee zusammen getrunken. Und er hat ordentlich von dem vergifteten Kuchen gegessen. Der Sturz vom Balkon war da nur ein hübscher Nebeneffekt. Am Gift wäre er eh gestorben. So war es nur noch endgültiger. Was für ein schäbiger Charakter, dieser Mensch.

Richtig viel Arbeit gemacht haben uns die Weißners. Denen haben wir auch unseren Sandkuchen gegeben. Mit nachbarschaftlichen Grüßen, wenn wir uns diese kleine Ironie erlauben dürfen. Damit haben wir sie außer Gefecht gesetzt. Im Keller hatten wir einen Vorschlaghammer entdeckt vor ein paar Wochen. Das war gar nicht unserer. Und damit haben wir den beiden dann die Schädel eingeschlagen. Wir hatten uns im Vorfeld überhaupt keine Gedanken gemacht, wie viel Blut dabei spritzen könnte. Unsere Anziehsachen mussten wir anschließend alle verbrennen und die Reste wegwerfen. Das wär noch nicht einmal etwas für die Altkleidersammlung gewesen. Das wäre alles auf uns zurückgefallen. So was kann die Polizei ja zurückverfolgen mit ihren Spürhunden oder Suchtrupps oder was es da alles so gibt. Und dann hätten die bei uns vor der Türe gestanden mit den dreckigen und blutverschmierten Sachen aus der Altkleidersammlung. Was hätten da die Leute gesagt? Von den Nachbarn gar nicht erst zu reden?

Nein, wir mussten das alles verbrennen und wegwerfen.

Auch bei 60 Grad hätte man das nicht rausbekommen. Also kamen die Sachen in den Müll, und wir sind anschließend in die Badewanne gegangen. Nacheinander, versteht sich.

Leid tut es uns um Weißners nicht. Sehr eingebildete Leute. Und auf was die sich etwas eingebildet haben, dahinter sind wir jahrelang nicht gekommen.

Ach ja, und Otto, dieser grobe Klotz. Für diese Tat müssen wir uns doch nicht etwa rechtfertigen, die erklärt sich doch von selber, oder etwa nicht? So ein überflüssiger Mensch. Wir haben bei ihm geklingelt, bellt uns schon der dumme Hund an. Und Otto steht da besoffen im Feinrippunterhemd und schwitzt wie sonst etwas. Den dummen Hund haben wir erst mal vergiftet. Hatten extra für ihn im Supermarkt eine Dose Hundefutter besorgt. Das ging dann sehr schnell und er lag nur noch winselnd auf dem Boden. Und als Otto da saß am Wohnzimmertisch sind wir von hinten ran und dann hat Hilde ihm die Gartenschere ins Genick gerammt. Der zappelte noch eine Weile, das war uns recht unangenehm, wir wussten ja nicht, wozu der jetzt noch in der Lage war, so viel Energie schien der noch zu haben, aber dann war doch recht schnell der Ofen aus, und er blieb tot sitzen.

Nur nebenbei: Unsere Nachbarin Frau Siebenreich kann eigentlich von Glück reden. Da Sie uns jetzt auf die Schliche gekommen sind, haben Sie ihr das Leben gerettet. Sie wäre die Nächste gewesen. Wir wollten sie auf der steilen Kellertreppe nach unten stürzen. Da hätte sie sich mit Sicherheit das Genick gebrochen. Ähnlich wie bei der alten Blumenfeld. Das war die leichteste Übung, so unsicher, wie die auf den Beinen war. Ja, so ist das eben, wenn man sich in jungen Jahren zu wenig bewegt. Ein kleiner Schubs und schon lag sie am Fuße der Kellertreppe und war hinüber.

Und vielleicht hätten wir uns dann auch noch um Herrn Kolpmann gekümmert. Der ist der Hilde auch so unsympathisch gewesen. Aber Schwamm drüber, denn dazu ist es ja nun nicht mehr gekommen.

Diese ganzen Untaten wollten wir Herrn Pistorius in die Schuhe schieben. Was heißt wollten wir? Wir haben es ja getan. Mit den Schallplatten. Mit den Brandenburgischen Konzerten. *Das tut uns eigentlich am meisten leid, denn Herr Pistorius kann am wenigsten von allen für irgendetwas. Der hat ja auch gar nicht gestört. Aber wir dachten, er wäre eine gute Ablenkung von uns, es würde den Verdacht von uns lenken. Und weil er eh ein bisschen wirr im Kopf ist, der Herr Pistorius, kann man ihn auch gut als Mörder verdächtigen. Das haben wir uns gedacht. Ein geistig verwirrter Mann, der im Unbewussten zum Mörder wird, und sich anschließend an nichts mehr erinnern kann.*

Er ist schon so alt, geht ja stracks auf die 90 zu, und er ist so pflegebedürftig, dass er eh bald raus muss aus seiner Wohnung und rein in ein Heim. Dem hätt das, so kurz vor seinem Hingang, nichts mehr ausgemacht, wenn er statt ins Heim ins Gefängnis gemusst hätte. Wo ist da schon der Unterschied?

Wir haben ihm die Schallplatten untergeschoben und ihn unterschreiben lassen. Dass nicht sofort der Verdacht auf uns fällt. Das kennen wir aus den Fernsehkrimis, dass die da die Handschriften vergleichen und dann ganz schnell drauf kommen, wer das geschrieben hat.

Wir mussten ihm den Text natürlich jedes Mal vorsagen. Aber er hat es geschrieben. Na ja, eigentlich haben wir ihm die Hand beim Schreiben geführt, wenn man es genau nimmt. Aber es hat funktioniert. Armer Herr Pistorius. Aber seine Jahre sind auch gezählt. Und dann noch in geistiger Umnachtung. Besser er als wir. Ein armer, alter Nachbar.

Sehen wir all das so: Wir haben es auch für unsere lieben Nachbarn getan, die mit uns seit vielen Jahrzehnten hier wohnen. Also jedenfalls für die, die noch übrig sind. Die wir nicht umgebracht haben. Gut, viele wären nicht übrig geblieben, wenn wir weitergemacht hätten. Möge der Rest in den Genuss kommen, weiter hier unbehelligt leben zu können.

Nun ja, das ist unsere Tat.

Und auch Hedwig möchte eine ganz eigene Tat gestehen, die nichts mit unserer Ausrottung der Nachbarschaft zu tun hat, ihr aber auf der Seele brennt, und zwar den Mord an ihrem Gatten vor siebenundzwanzig Jahren. Sie hatte ihm damals seine Königsberger Klopse vergiftet. Er ist quasi an seinem Leibgericht verreckt.

Wir bekennen uns schuldig.

Wir bereuen unsere Taten. In Ansätzen. Allerdings geschah all das in voller Absicht und im Vollbesitz unserer geistigen Kräfte.

Entschuldigung.

Soll nicht wieder vorkommen.

Mit herzlichen Grüßen,
Hilde Tellmann und Hedwig Bach.«

Das Ticken der Wanduhr war immer lauter geworden, fast dröhnte es in den Ohren der drei alten Herren, die sich nun konsterniert anschauten.

Straaten fand als Erster seine Worte wieder: »Meine Herren, was für eine abscheuliche Geschichte.«

»Da sagst du was«, gab ihm Friedrichsberg recht. »Wie hat mir mein Arzt so schön gesagt? Tun Sie was für Ihre Zukunft. Die beiden hier«, er schaute auf die alten Damen runter, »haben auch etwas für ihre Zukunft getan: Bringen den Vermieter um, damit er sie nicht rauswirft und sie auch in Zukunft noch in ihrer Wohnung leben können. Bis hin zum Tode.«

»Und was haben sie jetzt davon?«, fragte Straaten rhetorisch. »Gar nichts. Sie sind ja tot.«

»Alles umsonst.«

»Vollkommen richtig, Dahl.« Friedrichsberg legte den Brief und das Couvert zurück auf den Tisch. »Aber sie haben gekämpft bis zum Schluss.«

Straaten war immer noch baff. »Und dabei waren das doch so reizende, ältere Damen ...«

»Jaaa«, lächelte ihn Friedrichsberg an, »und du kannst nur von Glück reden, dass du kein direkter Nachbar von denen bist. Dass dich nicht irgendeiner der selbst gebackenen Sandkuchen ins Jenseits befördert hat und zum krönenden Abgangsabschluss wärst du noch in der Vogeltränke ersäuft worden.«

Straaten wurden mit einem Schlag die Knie weich, und er ließ sich auf die Sofalehne sinken. »Mensch, stimmt. Jetzt wo du's sagst ... Ich hätte ja auch tot sein können.« Straaten hatte die Farbe gewechselt und war jetzt kreidebleich.

»Jawohl.«

»Erst vergiftet und dann womöglich mit der Wäscheleine erdrosselt. Und durch den Rasenmäher gedrechselt. Oder mit dem Kärcher ausgelöscht. Oder auf dem Kompost entsorgt. Oder ins Wespennest geschubst ...«

»Wäre ja nicht auszudenken gewesen«, unterbrach Friedrichsberg diesen Todesartenfluss. »Obwohl: Bis man dich weggekärchert hätte ... Das hätte Zeit in Anspruch genommen. Der Möglichkeiten sind viele, alleine, du erfreust dich bester Gesundheit.«

»Hmhmhmhm ... Vergifteter Sandkuchen und vergifteter Tee.«

»Ein mitunter mörderisches Gespann«, fügte Dahl noch an.

»Grad in dieser Kombination.« Friedrichsberg kramte aus seiner Innentasche eine Zigarre hervor, hielt sie sich unter die Nase, genoss ihren Duft und steckte sie sich schon mal in den Mund.

»Und unter Nachbarn erst recht. Vor allen Dingen, wie du schon richtig gesagt hast: Es hätte ja auch mich treffen können.«

»Ach, klage nicht. Und zürne nicht. Erfreue dich des Lebens. Und hätte es dich getroffen, ich hätte dir deinen Grabstein schon poliert.«

»Du bist makaber. Aber so, wie ich dich kenne, hast du deinen bestimmt schon im Keller stehen.«

»Vollkommen richtig. Man möchte schließlich vorbereitet sein. Nachher ist man tot und kommt zu nichts mehr.«

»Und?«, fragte Straaten seinen Freund. »Was steht drauf?«

»Kann ich euch sagen.« Friedrichsberg grinste, biss eine Ecke von seiner Zigarre ab, spuckte sie aus, und strahlte Straaten und Dahl vergnüglich an: »Endlich!«

Epilog

Beständiger Ausblick oder:
Ende, das ohne den Anfang so nicht wäre

Es war an einem sehr schwülen Spätsommertag. Der Andrang bei der Beerdigung war groß, alle restlichen Nachbarn waren zugegen. Auch andere Leute aus der weiteren Nachbarschaft kamen.

Manche aus Anteilnahme, die meisten aus Neugier.

Man wollte beim Begräbnis der mordenden, alten Damen dabei sein.

Ein kleines Streichensemble spielte selbstverständlich Johann Sebastian Bachs *Brandenburgische Konzerte*.

Beim Beerdigungskaffee wurde Sandkuchen serviert.

Die beiden Damen hatten sich das so gewünscht.

Hauptkommissar Heidenreich konnte diese seltsame Akte schließen.

Alfons Friedrichsberg hatte sich zur Kur angemeldet; man musste ja was für die Zukunft tun.

In der Nachbarschaft kehrte Ruhe ein.

In die Wohnung der beiden Schwestern zog wenige Monate später ein junges Pärchen mit einem ständig irrsinnig laut kreischenden Kleinkind ein.

Kolpmann hatte wieder äußerst kreative Ideen und deshalb meinte er, die würde er am liebsten alle in eine luft- und schalldichte Kabine sperren und so lange das Blag brüllen lassen, bis den jungen Eltern das Blut aus den Ohren spritzen und alle drei jämmerlich krepieren würden.

Es gibt eben Dinge, die sich niemals ändern werden.

Auf gute Nachbarschaft ...

ENDE

Die Krimi-Reihe als Hörspiele bei tacheles!

Kriminalhörspiel von Kai Magnus Sting. Sprecher: Kai Magnus Sting, Henning Venske, Traugott Buhre, Jochen Busse, Piet Klocke, Jochen Malmsheimer u.v.a.
3 CDs • ISBN: 978-3-941168-55-8

Kriminalhörspiel von Kai Magnus Sting. Sprecher: Kai Magnus Sting, Henning Venske, Hans Korte, Jochen Busse, Gerburg Jahnke, Stephanie Überall, Wilfried Schmickler, Fritz Eckenga u.v.a.
2 CDs • ISBN: 978-3-86484-019-7

Kriminalhörspiel von Kai Magnus Sting. Sprecher: Kai Magnus Sting, Henning Venske, Hans Korte, Jochen Busse, Irm Hermann, Anke Engelke, Jochen Malmsheimer
1 CD • ISBN: 978-3-86484-328-0

Kriminalhörspiel von Kai Magnus Sting. Sprecher: Kai Magnus Sting, Henning Venske, Hans Korte, Jochen Busse, Dieter Hildebrandt, Jürgen Holtz, Konrad Beikircher, Jürgen von der Lippe u.v.a.
2 CDs • ISBN: 978-3-86484-329-7

tacheles! Hörbuch bei ROOFMUSIC